静かなノモンハン

itō keiichi

伊藤桂一

講談社 文芸文庫

目次

静かなノモンハン

ノモンハン付近地形概要図

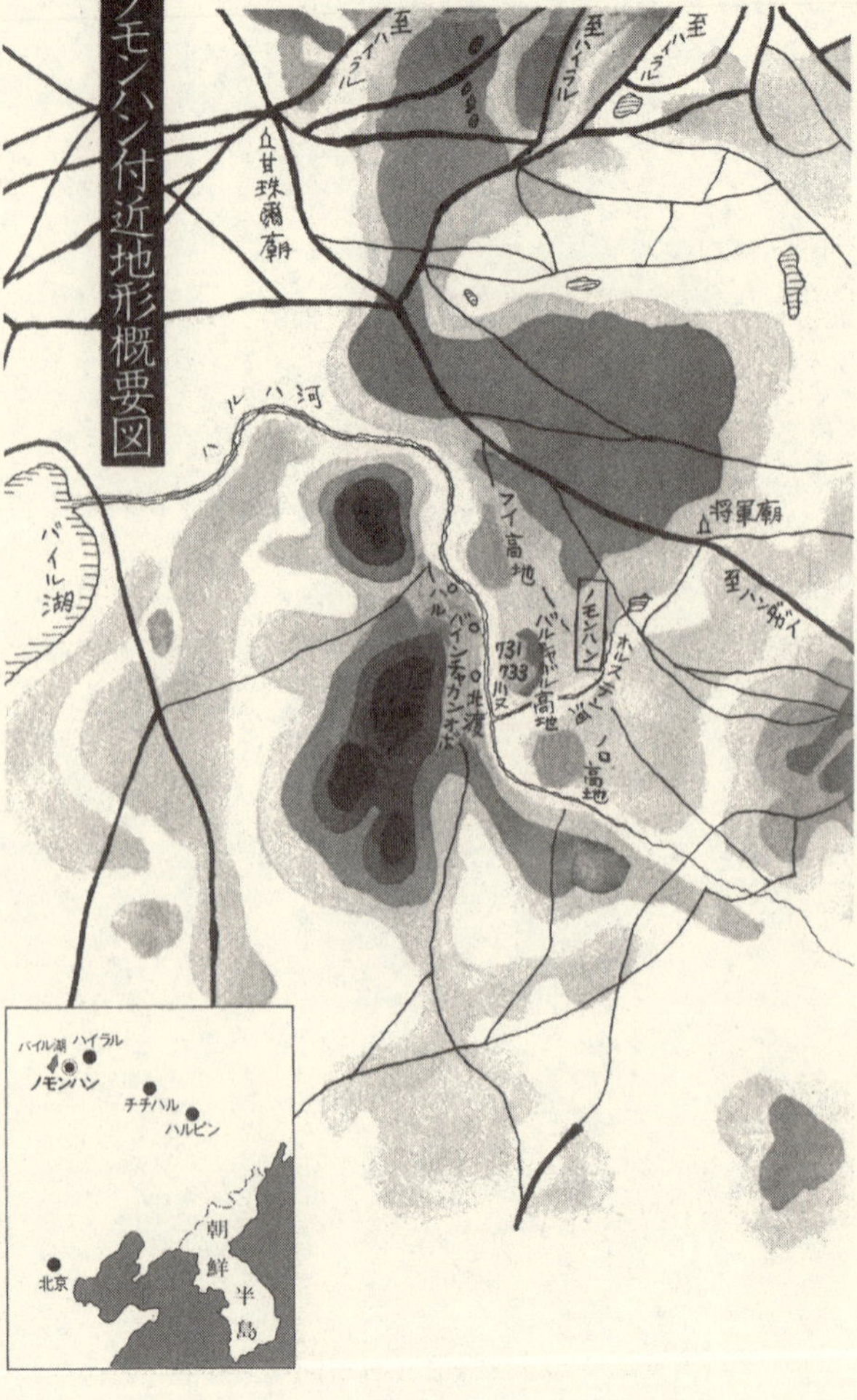

序の章・草原での戦い

興安嶺《こうあんれい》の南を源とする一条の水流、ハルハ河——は、草原と砂漠のまじる大波状地を縫って西流し、さらに北流して、バイル湖に流れ込む。流程約三百キロ。水量は豊かで、水は清澄。流れの中には、イワナに似た魚がたくさんに棲む。ハルハ河の河幅は約五十メートル。水深は一メートル前後。流速は一メートル。

西流するハルハ河が、北流をはじめてまもなく、東から流れてくる一つの支流を合わせるが、この河がホルステン河である。河幅二十メートル。この河は砂漠の中に点在する「泉」を源とする。このあたりの広大な波状地には、アブタラ湖、モホレヒ湖などという湖があるが、「湖」と名のつくものはすべて鹹水湖《かんすいこ》である。ウズル水——のように「水」と名づけられたものは、淡水湖である。しかし、住むに適さない草原と砂漠の地帯だから「湖」も「水」も、オアシスのような風情はない。水辺に、せいぜい、わずかばかりの緑地や灌木をみるくらいである。

ホルステン河を東へ十五キロ溯《さかのぼ》り、さらに北へ十キロ溯ると、そこにノモンハンという集落がある。集落というより、蒙古人たちの名づけた地名の場所がある。

遊牧民たちが、そこにときどき、包《パオ》の群落を築くだけの、寂しい場所でしかない。

そのノモンハンから、二十キロ北上した地点に将軍廟《しょうぐんびょう》がある。ラマ廟ひとつとそれに付随する家屋があるだけだが、そこから東西に街道が伸びていて、東は興安嶺の麓のハロンアルシャンにいたる。ハロンアルシャンは鉄道の起点である。将軍廟から東へ、興安嶺山脈を越えて直線コースで五百キロの地点に、第七師団の駐屯地チチハルがある。また、将軍廟から北へ二百キロの地点にハイラルがあり、ここに第二十三師団司令部以下が駐屯していた。

ノモンハンの周辺は、どこも渺茫《びょうぼう》として果てしがなく、道といえばどこでも道、道でないといえばどこも道でないが、草原や砂漠の上を、トラックで走れないことはない。ところどころに砂の吹きだまりが出来ているので、それに車輪をとられさえしなければ。草原はどこもかも見通しで、こんな場所で戦争をしたら、犠牲者が際限もなく出るだろう、と思われた。

ハルハ河を境界線として、左岸は外蒙領、右岸は満洲国領、というふうに満洲国側では考えていたが、外蒙側には外蒙側としての考え方があり、外蒙側は、ハルハ河の右岸までを自国領とみていた。しかし満洲国側は、外蒙軍がハルハ河の線を越えると、これを越境とみなして攻撃し、そのため、時々、小ぜり合いを生じていた。

ハルハ河を境にして、左岸の外蒙領は、地形がやや急勾配に高くなり、右岸の満洲領側は、ゆるい傾斜のままに砂丘化している。つまり、満洲国側からハルハ河をみると、河の向こうの台地の奥を望見することはできないが、外蒙側からみると、ハルハ河を越えて、どこまでも、視野の限り満洲国側を望み見ることができる。ということは、台上から砲撃した場合は、目標物を射的場のように狙うことができるので、外蒙側の地形のほうが、はるかに有利ということになる。

このあたりは、草原や砂漠とはいえ、標高は七百メートルから九百メートルもある。夏でも、夜は寒い。夏の終りには、夜、霜も降りる。草原は、草の生えている表面の土層は、せいぜい十センチほどで、あとは砂層である。壕を掘っても、じき崩れるし、支えの杭を打っても、砂層だから、しっかりとは打ち込めない。どこかに、泉を、さがしあてなければ、水も飲めない。

昭和十四年の五月四日の正午ごろ、日本人警官六名を含む二十二名の乗馬の国境巡察隊が、ハルハ河右岸のバルシャガル高地付近で、河を渡って越境してきた外蒙兵から攻撃されている。向こうは、軽機三を有する約五十名。巡察隊も応戦してこれを撃退したが、さらに十一日には、外蒙軍は兵力を増加して、再び越境してきた。

このころ、関東軍司令部からは「満ソ国境処理要綱」が隷下部隊に示達されている。その方針はつぎのごときものである。

一、軍ハ侵サス侵サシメサルヲ満洲防衛ノ根本基調トス之ガ為満「ソ」国境ニ於ケル「ソ」軍（外蒙軍ヲ含ム）ノ不法行為ニ対シテハ周到ナル準備ノ下ニ徹底的ニ之ヲ膺懲シ「ソ」軍ヲ慴伏セシメ其ノ野望ヲ初動ニ於テ封殺破摧ス

右の示達にもとづいて、ハイラルに駐屯していた第二十三師団は「紛争処理要綱」の趣旨を、実行に移すことになった。

五月十三日に、東中佐の率いる捜索隊（歩兵第六十四聯隊第一大隊主力他満軍の一部）は、ハイラルを出発し、十五日にはノロ高地（ハルハ河とホルステン河の中間地帯で、ホルステン河の南方にある）付近に進出していた外蒙軍を駆逐した。第二十三師団長も、関東軍司令部も、これで国境紛争は一応片付いたと思ったが、東捜索隊が引揚げると同時に、ソ蒙軍は重ねて越境進出してきた。第二十三師団長は、これを捕捉撃滅すべく、攻撃命令を発し、東捜索隊と山県支隊（歩兵第六十四聯隊長山県大佐指揮。第三大隊、師団捜索隊、師団自動車隊及び満軍騎兵部隊）は、五月二十二日、甘珠爾廟《カンジュル》付近に到着した。

東捜索隊は、二十八日午後、ハルハ河川又（ホルステン河との合流点）付近に前進、ソ蒙軍と交戦したが、敵は台上から十二榴《りゅう》四門を中心とする猛射を浴びせ、さらに夜になると探照灯をもって陣地内を照らし、速射砲と迫撃砲の攻撃に加えて、

戦車を有する徒歩部隊も攻撃し来り、捜索隊は善戦しつつも、増強を加えるソ蒙軍のために、消耗をつづけ、翌二十九日夕刻に全滅した。戦闘間、捜索隊は友軍に救援を乞うたが、わずかに浅田小隊が救援に来てくれただけで、浅田小隊も捜索隊と運命をともにしている。

山県支隊主力は、二十七日夜、甘珠爾廟を出発して、翌早暁、川又付近に達し、第一群、第二群にわかれて、七三三高地（ハルハ河とホルステン河の中間、ホルステン河の北方にある）付近のソ蒙軍を攻撃した。師団長は、支隊の勇戦により、ソ蒙軍は多大の損傷を得て退却するものと予想していたが、ソ蒙軍の装備は日本軍の戦力を圧倒するほど充実していて、山県支隊はとうてい所期の目的を達し得ずに、三十日に東捜索隊他の遺体二百余を収容して、甘珠爾廟へ退き、さらにハイラルへと撤退している。

ただ、この間、空中戦では、日本軍の九七式戦闘機群が、搭乗員の士気、技倆ともに秀れていて、みごとな戦果を挙げている。

こうして、第一次の紛争が終っている。

山県支隊の撤退とともに、ソ蒙軍は、さらに勢いを得て、続々とハルハ河を渡河してきている。ハルハ河付近のその兵力は砲二十数門、機甲車輌三十数輌、高射砲十数門、自動車五百輛以上に及び、後方ではなお兵力の増強が用意されつつあった。

関東軍は、これに対し『軍ハ越境セル「ソ」蒙軍ヲ急襲殲滅シ其ノ野望ヲ徹底的ニ破摧ス』という作戦方針のもとに、六月十九日には新たに飛行隊を展開させる命令を出し、翌二十日には地上部隊への、応急派兵の命令を出している。第二十三師団を主力に、それに第七師団中の歩兵第二十六聯隊（須見部隊）、安岡支隊（第一戦車団）、安岡支隊へ配属の第七師団歩兵第二十八聯隊（芦塚部隊）中の第二大隊、及び速射砲一中隊を付し、ほかに師団衛生隊、工兵第二十四聯隊その他が加わった。

この第二次の兵力動員は、歩兵十三個大隊、火砲九十数門を数えて、第一次事件の折よりもかなり充実していた。兵力一万三千である。この時点で関東軍は、その作戦方針の如く、ソ蒙軍を「徹底的ニ破摧」できず、後方にとり逃してしまいはせぬか、と懸念していた。つまり、自軍が苦戦に陥ることの予想などは、いささかも持たなかった。飛行隊は、関東軍の独断の作戦進行によって、外蒙の飛行基地タムスクを奇襲し、敵機百十余を潰滅させる戦果を挙げ、関東軍は作戦の成果に一時的に酔うことになった。しかし、これによってソ蒙軍は、関東軍の予想をはるかに絶する、報復行動のための兵力の大動員を、企図しはじめている。

ソ蒙軍は、七月初めまでに、ハルハ河右岸、ホルステン河付近に、機甲旅団、狙撃機関銃大隊、車載狙撃聯隊等の大兵力を増強し、さらに後方に、随時召致し得る機甲三旅団、車載狙撃一聯隊を待機させていた。

第二十三師団の行動要旨は、フイ高地方面のハルハ河下流（ホルステン河との合流点より約二十キロ下流）より渡河して、左岸（外蒙側）の敵を撃滅し、さらに南下して、合流点付近に至って敵の退路を遮断し、右岸より退却する敵を捕捉して殲《せん》滅《めつ》する、というものであった。

この作戦に従って、フイ高地付近からハルハ河を渡河する任を負うた安岡支隊は、七月二日に戦車二個聯隊を以て攻撃を開始し、第一線、第二線陣地は突破したが、三日以後、ソ蒙軍の強力な対戦車火砲のために被害続出して、攻撃も頓挫《とんざ》している。安岡支隊に配属の歩兵第二十八聯隊第二大隊（梶川大隊）等は、安岡支隊が痛手を受けたあとの、三日夕刻に戦場に到着している。

第二十三師団の主力は、合流点の六キロ下流で、舟艇をつないで架橋渡河し、対岸のハラ高地を隠密に占領している。

ソ蒙軍のハルハ河左岸にいた大部隊は、この第二十三師団の渡河を知らず、右岸で安岡支隊と戦っている部隊を救援すべく行動を起したが、その途中で、ハラ高地付近の日本軍と偶然遭遇し、交戦している。ソ蒙軍は、このため渡河を変更して、ハラ高地付近の日本軍を撃滅すべく、戦車旅団やモンゴル騎兵旅団その他の大兵力を動員した。

第二十三師団は、これによって三方から包囲され、勇戦敢闘をつづけたが、日中四十度に達する炎暑の中で、水もなく、敵戦車五十輛を擱坐《かくざ》せしめたものの、陣地を支えられなくなった。そこで師団は右岸への撤退を意図し、第七師団の歩兵第二十六聯隊をハラ高地に進出せしめて、撤退部隊の援護をさせている。歩兵第二十六聯隊は、任務は遂行したものの、一部隊で優勢な敵と全面的に交戦したため、戦死傷四百を越す多大な損害を蒙っている。敵を軽視した関東軍司令部の作戦の失敗を、前線の将兵が血で償《つぐな》ったということになる。

こうして、第一次の戦闘行動は、一応の結末をつけている。

ハルハ河右岸に撤退した日本軍は、右岸一帯（北はフイ高地から南はホルステン河南方のノロ高地まで）の間に布陣して、態勢を整えることになった。第二十三師団は、死傷四千に達したので、これの欠員補充もなされている。また、独立野戦重砲兵第七聯隊を加えて砲兵陣の強化を図っている。損害の大きかった安岡支隊は解組され、第一戦車団は原駐地の公主嶺に引揚げている。

日本軍は、防禦に重点をおいた作戦に転換しつつあったが、ソ蒙軍は、従来手薄であった歩兵の戦力を増加して、いちだんと攻撃態勢を強めている。ソ聯軍戦車は、日本軍の火炎瓶によって多大の損失を招いたが、ディーゼルエンジンにかえたり、戦車に金網を張ったりの工夫をして、損失を防ぐ配慮をしている。ソ蒙軍は、後日の総攻撃に備えて、自軍の戦備を充実しながらも、日本軍に対しては、つとめて防禦にいそしんでいるような気配を示した。欺騙《きへん》作戦である。七月から八月上、中旬にかけて、局所的な戦闘はつづいたが、ソ蒙軍が、大攻勢に移ってきたのは、八月十九日の夜間からである。

ソ蒙軍は、戦車旅団、機甲師団、狙撃師団、モンゴル騎兵師団等を、南部軍、北部軍、中部軍等にわけて、強大な兵力を擁した軍団がハルハ河を渡っている。ソ蒙軍は装備兵力ともに日満軍に倍したが、ことに火砲と戦車の性能が秀れていた。

ソ蒙軍の八月十九日の夜間攻撃は、まず爆撃にはじまり、翌二十日の早暁に至ってさらに激化し、北のフイ高地から南のノロ高地に至る各陣地は、砲撃と戦車の襲来との猛烈な攻撃にさらされはじめた。歩兵第二十八聯隊第二大隊（梶川大隊）の戦闘詳報には、二十日のノロ高地の情況を「朝来熾烈ナル砲爆撃ヲ受ケ、……特ニ最左翼方面ヨリスル敵機械化部隊ノ行動ハ極メテ積極的ニシテ、我背後ニ深ク迂回シテ攪乱シツツアリ……」とあり、翌日には「……昨日来弾薬補充困難ナル為擲弾筒モ十分使用シ得ス、又砲兵ノ協力モ皆無ニシテ、一方敵ハ我ヲ猛射シ第一線陣地ハ殆ント崩壊シ戦闘益々困難トナル」と記されている。

二十日の夕刻には、敵の機甲師団の一部は、ノモンハンへ三キロほどの地点にまで、進出してきている。

日本軍陣地は、各所でソ蒙軍の重囲に陥ちたが、いずれの陣地もよく防禦をしつづけた。しかし、上層部では、前線の悪戦の情況を理解し得ず、守勢を攻勢に向かわせるべき命令が発せられている。陣地守備隊は従来の守備地を確保し、攻勢部隊はホルステン河上流に集結し、八月二十四日払暁《ふつぎょう》を期して攻撃前進に移り、南下してソ蒙軍の退路を遮断するとともに、ハルハ河の渡河点を押さえることになった。

攻撃部隊は、右第一線を歩兵第七十二聯隊を主力に支援歩兵、左第一線を歩兵第二十八聯隊の主力と支援歩兵、それに予備隊を以て行動を開始したが、右第一戦部隊は敵陣地に突入したものの、戦車に蹂躙《じゅうりん》されて全滅に瀕している。右第一線部隊は、参加兵員一二九五、将校七九のうち、戦死傷兵員七〇一、将校五二を数えている。「軍旗ヲ砂中ニ埋メテ守護スルコト数次ニ及ブ。此頃小林歩兵団長負傷シ幹部亦相次イテ斃ル。茲ニ於テ聯隊長ハ軍旗ヲ一時後退セシムルコトトシ軍司令部ニ奉移ス。斯クテ第一線ハ損害続出シ聯隊長モ負傷シ攻撃ハ再ヒ頓挫セリ……」といった戦闘詳報にも苦渋の色が深い。左第一線部隊もまた、甚大な打撃を受けている。

日本軍は、所期の計画を断念して、第二十三師団主力は、ホルステン河北岸に撤退した。これによってソ蒙軍は、かれらが主張するハルハ河右岸の国境線に進出して布陣するとともに、さらに日本軍を包囲殲滅すべく企図している。

ソ蒙軍は、二十八日に総攻撃をかけて来て、独立第七野戦重砲兵聯隊長は砲を放棄して退却し、第十三野砲聯隊長及び第一野戦重砲兵聯隊長代理も戦死し、全火砲を失い、山県支隊は潰乱し、聯隊長は軍旗を焼いて自《じ》刃《じん》した。ソ蒙軍は掃討戦をつづけ、数日ののちには、かれらが主張する国境線内から、日本軍は一兵残らず駆逐されている。

日本軍が攻勢に転じた時、ソ蒙軍はすでに強力に陣地を固めていた。日本軍は兵力装備の弱小、補給の不備、情報入手の欠陥等いくたの理由で、ソ蒙軍に勝ち目のない攻勢をしかけたことになる。しかし、全般的にみて、日本軍は驚くべき持久力を発揮して、ソ蒙軍の圧力に耐えたということができる。

こうして、第三次の戦闘行動が終っている。

八月下旬のソ蒙軍の総攻撃の結果によって、関東軍上層部も、日本軍の敗勢を認めないわけにはいかなくなった。

関東軍司令部は、第二師団、第四師団、全満の速射砲中隊と重砲兵聯隊を抽出して、次期の戦闘に備えるべく準備をした。過去の作戦の不首尾に懲《こ》りて、七万五千の兵力を数える態勢を整えたが、この作戦が実施に至らぬうちに、九月十六日の停戦を迎えている。

参謀本部は、関東軍の意向に反して、戦闘の拡大を望まず、

一、情勢ニ鑑ミ大本営ハ爾今「ノモンハン」方面国境事件ノ自主的終結ヲ企図ス

二、関東軍司令官ハ「ノモンハン」方面ニ於ケル攻勢作戦ヲ中止スヘシ 之カ為戦闘ノ発生ヲ防止シ得ル如ク先ツ兵力ヲ「ハルハ」河右岸係争地域外ニ適宜離隔位置セシムヘシ

といった命令を伝えている。関東軍の独走を叱ったものである。また、日中戦争が泥沼化している現状からみて、ソ聯側の停戦意向に、同調せざるを得なかった。ソ聯とドイツとの不可侵条約が締結されたのは、八月二十三日であるが、ソ聯はこの空気を見通しながら、ノモンハンで攻勢激化を意図している。そうして、九月三日に第二次大戦がはじまるや、巧みに停戦に持ち込んでいる。

停戦後の遺体収容時、戦場で奉焼された山県部隊の軍旗は、仮埋葬された山県聯隊長の遺体の下から、旗竿、房、地布の一部など、焼き切れなかったものが掘り出されている。

ノモンハン事件に於ける第二十三師団の死傷者は、将校三三五名、兵員一一一二四名に及んでいる。

第七師団関係では、歩兵第二十五聯隊、戦死九八名、戦傷一〇九名、歩兵第二十六聯隊では戦死五九八名、戦傷七八三名、歩兵第二十七聯隊では戦死二一一名、戦傷一九二名、歩兵第二十八聯隊では戦死五六八名、戦傷六七九名に及んでいる。総出動人員一〇六一三名のうち、約三十三パーセントの犠牲を出していることになる。

この事件で、戦闘間に戦死した聯隊長以上は十指に及ばんとし、さらに停戦後、無断撤退等の責任を追及されて、自決に追い込まれた部隊長も多い。戦史に特筆されてよい勲功を挙げながら無断撤退を咎められた第二十三捜索聯隊長井置中佐、第八国境守備隊長長谷部大佐、歩兵第七十二聯隊長酒井大佐など。帰国して戦況を天皇に報告した小松原第二十三師団長はのちに病死している。関東軍司令部にも責任追及は及んだが、しかし、自決するほど深く責任を考えた人は一人もいなかった。

停戦によって、ソ聯との国境線が新たに策定されたが、ハルハ河、ホルステン河につながる地域は、事件前にソ聯が主張していた国境線が守られることになった。日本軍側は、それまで国境線として守ってきたハルハ河の線から追いやられて、ハルハ河は、はるかに遠い、ただそれを永遠に望見するだけの河となった。

一の章・あの稜線へ　鈴木上等兵の場合

その日――まで、私は、比較的に恵まれた軍隊生活を送っていました。平穏でたのしい軍隊生活、といってしまってよいかもしれません。

私が、旭川の歩兵第二十八聯隊第一大隊第二中隊に入隊しましたのは、昭和十三年の一月十日です。徴兵検査は昭和十一年に受けましたが、第一乙で、翌々年に補充兵として召集されましたのです。

三月初旬に室蘭港から出港して、チチハルへ向かいました。チチハルは第七師団の駐屯地で、私たちは東方の東大営にあった兵舎に入りました。煉瓦造の兵舎です。満洲は冬は寒気がきびしいので、室内はオンドルを焚きますし、兵舎もしっかり造られております。チチハルは城壁に囲まれた地区が旧城内で、満人が住んでいました。駅は城外にあって、各兵舎には引込線が来ていました。歩兵第二十七聯隊のいた北大営、歩兵第二十六聯隊のいた嫩江《のんこう》、歩兵第二十五聯隊のいた南大営、みなそうです。チチハルの人口は五万ほどで、日本人はその五分の一くらいです。

私は、旭川の東方にある上川町で、産業組合に勤務していました。私の家は男の兄弟が六人いて、上の二人はすでに軍隊にいました。父は日露戦争の生残りで、私が徴兵検査を受けに行く時「お前なら甲種になれるな」と申しましたが、第一乙だったので、少々落胆したようでした。

チチハルでは、現役入隊の人たちと同じに初年兵教育を受けました。私の入隊した中隊は、徴兵延期になっていて、東京から入隊した者が、初年兵全体の十分の一いました。この人たちは年上だし、学歴もありますので、私たちはこの人たちを、さんづけで呼びました。この人たちはひとりも幹候に志願しませんでした。幹候を受けて将校になると、二年では除隊できないからです。兵員は旭川地区を中心に、上川地区、それに一部樺太の炭鉱で働いていた人たちもまじりましたが、よくいわれるような、陰惨な私的制裁の気風はほとんどありませんでした。初年兵の立場からみても、のどかな気風ということができましたのです。第七師団は全体として兵員の素質がよく、殺伐なところがありませんでした。これはほかの聯隊の者にきいても、同じ答をしてくれています。

一期の検閲が終り、古参の兵隊と一緒に、勤務もとり、周辺の村落へ演習かたがた出向くことも多くなりましたが、内地にいるのとさしてかわらない日常でした。兵舎のまわりには、貧しい満人の子供たちがいつも遊びに来ていて、兵隊たちはかれらに加給品のキャラメルや砂糖豆などをくれてやり、子供たちになつかれていました。

私は、日曜には、付近の外人経営の外国語学校へ遊びに行くのが習慣になり、そこで生徒たちに日本語を教え、生徒たちから満語を習いました。このような生活をつづけていれば、十年もすれば、日本人と満人は、互いに同化しあえるのではないか、こうして王道楽土の道へ進んで行きつつあるのではないか、と私は思ったものでした。

むろん、満人たちも、少しも反日意識などは持っていませんでした。生徒を介して、その生徒の家へもよく遊びに行くようになりましたが、そこの父親が、私に、軍隊を終ったらうちへ婿に来てはもらえまいか、と、まじめな顔でいうようになりました。日本人を娘の婿にもらうことが、かれらの最大の理想だったのです。その家には、十三、四の、まだ少女の面影の濃い娘がいました。

古参の兵隊も、同僚たちも、みな朴訥《ぼくとつ》な、いい連中でしたし、そのうちに年が明けると、初年兵が入隊してきて、私たちも二年目の兵隊になって、さらに軍隊の気分はよくなります。私は六人兄弟の四人目だし、場合によっては満人の家へ養子に行ってもかまわない、などと考えたりしたものです。満人の娘は愛らしい顔立をしていましたし、一年ほどもなじむと、かなり言葉も通じましたし、お互いに、なにかしら、心の通い合うものが、芽生えはじめていたのです。

そうした日常のくり返されていた、七月のある日に、ノモンハンへの「応急派兵」の命令が出たのです。応急派兵というのは、六時間以内の出動となります。第二大隊（梶川大隊）は先発隊として出動して行き、私たちの大隊（堀田大隊）も出発準備に追われたのです。

五月のはじめに、ハイラル南方の国境線で、外蒙・ソ聯軍に対し紛争の生じていることは、私たちの耳にもはいっていましたが、私たちの部隊に応急派兵の命令の来るまでは、よそごとの事件と思っていたのです。むろん、その時にはまだ、戦場へ向かう緊張感などというものもありませんでした。だれにも、そういう体験がなかったからです。

私たちの部隊が、汽車で、チチハルを出発したのは、八月一日です。三日にはハイラルに着き、第二十三師団の酒井部隊（歩兵第七十二聯隊）の宿舎に泊まりました。酒井部隊はすでに前線に出ています。ハイラルは前線基地で、兵隊で充満しているのがわかりました。宿舎へ着くまでに、前線から来るトラックに何台か会いましたが、負傷者がたくさん乗ってい、負傷者の軍衣の血に染まった状態がすさまじく、これは尋常でない戦争が行われているのだ、ということがわかり、宿舎へ着いた時には、だれもが、きびしい緊張感にとらわれていました。私は、前線へ赴くことに、恐怖感のまじった、異様な期待を覚えたものでした。戦闘に対する経験が皆無なので、戦闘行動についての痛苦の実感も、わかるはずがなかったのです。

翌四日に、完全軍装でハイラルを出発しました。軍旗を先頭にして、砂埃りの中の行軍です。行き会うトラックには負傷者ばかりが乗っていて、口のきける負傷者は、トラック

の上から身を乗り出し、

「頼むぞ、がんばってくれ」

と、身うちからしぼり出すような声で、励ましてくれました。汗と血と泥によごれて、表情のわからない兵隊も多く、行軍が進むにつれて、次第に悲壮感が身に募《つの》ってきました。ハイラルから、熱砂を踏み、前線の将軍廟までは二百十六キロの行程があります。ハイラルを一歩出ますと、南下してゆく行手は、みる限りの砂漠と草原の大波状地です。将軍廟までは自動車道があります。道路の両側も、砂漠か草地です。身を隠す遮蔽《しゃへい》物というものは何もありません。ぎらぎらと陽が照りわたっています。東の果てに、興安嶺の、緑に覆われた嶺々の望めるのが、わずかに眼を慰めてくれるだけです。気温は、日中は四十度を越え、夜は十五、六度に下がります。

将軍廟への道は、途中までは、ほぼ伊敏河《いびんが》に沿って行きますので、河畔近くで野営のできる時は、水があるので助かりました。しかし、烈日の下を歩くので、二日、三日と行軍が重なるうちには、疲れも加わりますし、水の欠乏はつづきます。砂漠と草原では水のあるわけもないのですが、たまに凹んだ湿地帯をみつけますと、小休止をして、砂を掘って、しみ出てくる水を布にしませて、しぼって水筒に入れました。むろん、砂まじりの濁り水ですが、一つの水筒を廻し飲みにして、互いに、うまいうまい、と、いいあったものです。

一日に、四十キロ前後は行軍せねばなりませんが、一キロ歩いてひと口水筒の水を飲む、というような歩き方をしますので、歩きながらも眼がかすみ、眠りながら歩く、というようになってきました。それでも行軍中なので、食糧に窮するということはなかったのですが、携帯口糧しかありませんし、野菜類を口にしないと、どうしても脱力感が深まって行きます。それでも、だれも「兵隊を運ぶトラックもないのか」などといった不平を洩らす者はありませんでした。戦場への行軍そのものがはじめての経験でしたし、こういうものなのかと思い込んでいたのです。

このあたりの地形は、ゴビ砂漠の東端からの地つづきになるのですが、砂漠と草原の比率は五分五分です。草地は、背の低い雑草ばかりですが、私たちの仲間の間では、この雑草にまじっている野生のニラを摘んでは、生野菜の代りにすることが流行《はや》りました。雑草を嚙むような索漠《さくばく》とした味しかしませんが、それでもビタミンを補給してゆく、なによりの栄養源であることは、それを嚙みしめていても全身でわかります。ひと嚙みずつのニラが、身体を潤《うるお》してゆくのがわかるのです。

四日目に、敵機の爆撃を受けました。三機編隊で、かなりな高度から、私たちの行軍隊形に向けて爆弾を落とし、そのまま去って行きましたが、これは友軍機の警戒の眼を盗んで来たものです。それでも、まわりに炸裂《さくれつ》する爆弾の音は、これもはじめての経験で、全身に緊張感がみなぎります。幸い、犠牲は少く、野砲の輓馬《ばんば》が砂地へ逃げ散ったくらいでしたが、その輓馬たちも、一頭が重傷を負うたのみです。しかし、この爆撃を受けて以後、部隊は、日中は草の上で寝、専ら夜行軍を重ねることになりました。

日中休む、といっても、日蔭一つない砂漠か草原の上ですから、暑熱のために、かえって疲労します。夜は、星空ではありますが、疲れのために視力も落ちて、睡魔に誘われ朦《もう》朧《ろう》として歩きますので、前の者の背嚢《はいのう》にタオルを結びつけて、これにつかまって歩くのでした。ご存じのように、完全軍装だと背嚢は肩に喰い込むほどの重みがあります。十分間の小休止の時は、泥睡してしまいますが、それでもタオルだけは手首に結びつけておきます。それでないと隊伍に置き去りにされてしまいます。

夜行軍は、隊伍の中にいるのに、ひしひしと孤独感を感じます。一歩を踏み出すごとに戦場に近づいて行く、という心細さも手伝うためかしれません。おびえるわけではないのですが、未知なものへの、本能的な畏怖感が、次第に強まってきたためと思われます。

真夏のせいもありますが、水もないのに、蚊の多いのには悩まされました。蚊は、昼間はどこにいるのかわからないのですが、あたりが暗くなるにつれて、湧き出すように出て来ます。皮膚のむき出しのところはもちろんですが、服の上からも容赦なく刺します。追っても追ってもつきまとう、しつこい蚊に悩まされながら、ふらふらと、よろめくようにして歩きつづけました。ひとりの落伍者も出さずに日を重ねましたのは、初戦に向かう昂奮と、使命感のためだったかもしれません。まだ戦場に着かない行軍の途中で、落ちるわけにはいかなかったのです。私は、十一年式の軽機を、仲間と交代でかつぎましたが、世の中にこんな重い兵器もあるのかと、身にしみて思ったものですが、これもよほど疲れていたからの実感です。

こうした苦しい行軍をつづけていても、実は、私たちには、これからどこへ行くのか、という指示は、まったく与えられていなかったのです。軍隊というのは、行先を、なにも教えてくれないのです。ただ、引率者について、黙々と歩んで行くのみです。

ところが、五日目の昼ごろに、私たちには給料が支給されました。応急派兵で前線へ向かいつつある時、それも砂漠と草原の中、疲労と飢渇に喘《あえ》いでいるさいちゅうに、給料をもらってみても何になるというのでしょうか。軍隊はふしぎなところだと思いました。おそらく、戦死するかもしれないので、渡すものは渡しておけ、という指示があったのかもしれませんが、遣《つか》いようもない給料を支給された時には、お互いに、冗談をいい合う気力さえなくしていたのです。

ハイラルを出て一週間目に、採塩所へ着きました。粗末な小屋がいくつか建っているきりです。ここには塩湖があり、採塩所では、満人の苦力《クーリー》が十数人働いていました。ここまで来ると、草原の向こうに、遠く殷々《いんいん》と砲声がきこえてきました。遠雷のようです。しかし塩は貴重なので、採塩の作業はつづいています。塩水を天日で乾かしてゆくだけの簡単な作業です。私たちはここで、三日間、行軍の疲労を回復するために幕舎生活をしました。

遺書を書いておけ、爪や髪も切って残しておけ、という示達が出ましたが、遺書を書こうにも、なにを書いたらよいのか、考えても書くことがありませんでした。かりに事実を書いても、検閲で、知らせたい部分は消されてしまうのです。

三日目に、満軍の騎兵が多数逃げてきました。陣地が破られて潰滅した、ということでした。この三日間に、前線の砲声は、ますます激しさを加えてきています。遠い低い砲声は、それだけに不気味な谺《こだま》を生みます。

その日の午後に、前進命令が出ました。私たちは、草原の道をたどりたどり、二十一日に将軍廟へ着きました。これはラマ廟で、その名のように、将軍像を祀《まつ》る煉瓦造の大きな廟がありました。まわりに、駐留している一隊のための幕舎もありましたが、あとは茫々たる草原の風景です。廟の屋根には、満人の哨戒兵が出ていました。砲声が途絶えている間は、あたりの雑草までが、眠ったように静かになります。

将軍廟では、各自に二本ずつ、サイダーの支給がありました。ほかに、防疫給水班から水の配給が受けられました。サイダーは、許可なくしては飲めず、背嚢の横にぶら下げて歩くことになりましたが、一本だけは飲んでよいということになり、やっと口にしたそのサイダーの味のうまかったことは、未だに忘れることはできません。なまぬるいサイダーではありましたが、まさに甘露《かんろ》としかいいようのないものだったのです。最後の一滴までが、全身にしみとおる思いで飲んだのです。

将軍廟にいた少数の一隊は、前線との連絡任務を帯びておりましたが、ここまで来ますと、前線の模様もかなりよくわかります。私たちは、飲んだあとのサイダーの空瓶を、そのまま携行して行くように命ぜられましたが、これも将軍廟に着いてからの指示です。空瓶は、なかにガソリンを詰めて、対戦車戦の火炎瓶として使用するためです。この火炎瓶使用は、六月にノモンハンへ向かった歩兵第二十六聯隊の須見聯隊長の発案です。戦車に追いつめられて、進退きわまった一衛生兵が、とっさの知恵で、携行していたアルコール瓶を投げつけましたら、戦車が燃え上がって擱坐《かくざ》してしまった、という報告があり、それを耳にされた聯隊長が、サイダー瓶による火炎瓶を思いつかれたのだそうです。サイダー瓶にガソリンを詰め、点火芯には乾パンの袋や、兵器手入用の晒木綿や手拭を裂いて使い、これに点火して戦車に投げつけます。すると、エンジンの熱と暑熱とで灼《や》け切っている戦車の鉄甲は、ガソリンを浴びてたちまち燃え出し、焔は天蓋の隙間から内部に吸い込まれて、内部をも焼きつくします。

もっとも原始的な兵器が、信じられないほどの戦果を挙げた、ということになります。こうしたことも、将軍廟まで来てはじめて得た情報です。思えば私たちは、対戦車戦に対する予備知識など一片も持たぬといっていい状態で、敵戦車の駈けまわる戦場へ出向いてゆくことになっていたのです。将軍廟からほんのわずか前進すれば、そこはすでに、戦域の一端になっていたのです。

将軍廟を出発した私たちの部隊は、八月二十三日の午後、交戦区域内へかなり深くわけ入った地点で、敵との接触に備えて、大休止をしました。芦塚部隊長以下の歩兵第二十八聯隊が、明日は確実に戦闘行動に移るはずでした。

そのためには、明日分の飯も炊いておかねばならず、私たちは少々前進した地点にある沼へ、水を汲みに行きました。このあたりもむろん、砂地と草地のまじり合った、起伏の多い地形ですが、ところどころに沼があります。地図にある名称の下に湖とつくのは鹹《かん》水《すい》、水とつくのは淡水です。むろん、名もない小さな沼も散在します。沼のまわりの、わずかばかりの緑地には、丈の短い雑草が生え、こうした場所は蒙古人たちの羊の遊牧地に使われています。

そうした小さな沼のひとつで水を汲んでおりますと、いったいどこで観測しているのか、あきらかに私たちの人影を認めたと思える、砲撃がきました。炸裂すると、地軸をゆるがす、というふうに、あたりが轟きます。重砲弾です。濛々《もうもう》と砂煙があがりましたが、数発でやんでいます。そのあと敵機が一機飛来してきて、沼のまわりを旋回、爆撃して行きましたが、薄暮になっているためか、それまででした。この季節、草原は日の暮れるのが遅く、九時ごろにならぬと暗くなりません。夜明けは早く、二時を過ぎると、白夜のような明るみが漂ってきます。

私たちは、その夜のうちに、目印をきめて、背嚢を埋めました。もらった給料も、埋めたのです。生きて、もどってきて、背嚢も給料も掘り出せる時がありますように、と、ひそかに願ったものでした。明日はまちがいなく戦車と対決する運命にさらされます。地表が明るみはじめたころに朝食を摂《と》りましたが、飯は青みの濃い色をしております。青みどろの水を沼からやっと汲んできて飯を炊いたので、飯にその色がついていたのです。朝食を終え、装備を確認してから、いよいよ、敵と交戦すべき地点へ向けて出発しました。この出発の時に、前日に水を汲んだ沼のほとりを過ぎましたが、みると沼の中に、数頭の馬が死んでいました。四肢を上にあげて、巨大にふくらんだ姿のままです。

これは、あとでわかったことですが、その時私たちは、ホルステン河の左岸にあるモホレビ湖の東南を、敵の陣地へ向けて歩いていたのです。私たちには、前面に強力な敵がいるということがわかっているだけで、地形についての予備知識を教えられたことも一切なく、どういう戦闘がどういうふうに行われるのかも、まるで予測はつきません。ただ、行き当りばったりに戦うために前進したのです。行手に、ただ、戦う、という行為があるだけで、あとはなにもわからない、というのは、たしかに心細いものがありました。この心細さは、この戦場にいた最後まで、私の心の奥のどこかに、しっかりとしみついていたものです。

歩いているうちに、夜が明けてきました。

時計をみますと、四時に近づいています。前進している間は霧がたちこめていて、そのためにすべてが霧にかくれているので、夜行軍をしているような一種の安心感はありましたが、その霧が夜明けとともに霽《は》れはじめてきますと、前面にひろがる草原が、視野いっぱいにみえてきました。草原はゆるい起伏をみせたまま、遠く果てもなく連なっているようです。

部隊は、横に散開して進んでいたのですが、さらにしばらく進んでいるうちに、ふいに、流れ去るように霧が霽れてきました。

ずっと遠くまで見通せました。敵も、われわれを認めると、前方のはるかな稜線上に、一団の戦車がはっきりとみえてきました。すると、戦車は一列になって進んできて、そのうちに横にひろがりながら、こちらへ向かって来ます。こちらは一台の戦車も持たずに、戦うことになるのです。緊迫感が急激に強まってくるとともに、五体がしめつけられるように固くなり、しきりに尿意だけがつのります。

敵の初弾が、まず一発飛んできました。俗に一升瓶と呼ばれている十五榴《りゅう》（十五サンチ榴弾砲）の砲弾が、私たちの後方で炸裂すると、おびえた野砲隊の輓馬が数頭、狂奔して、敵の方角へ駈け出して行きました。それを兵隊が追います。同時に、野砲隊が、戦車群に向けて発射をはじめ、敵戦車の砲撃もはじまり、たちまちにまわりは彼我の砲撃の音で、地面が動顚《どうてん》するほどになります。そこらいちめん砂煙と硝煙に包まれて、再び霧がたちこめはじめてきたほどの暗さを帯びてきましたが、私たちは、右手に小銃、左手に円匙《えんぴ》を持って、十メートルほど駈けてはすばやく伏せ、伏せると同時に砂を掘り、掘った砂は頭の前に積み上げて弾丸よけにしました。だれが教えたともなく、そういう前進の仕方を、だれもがやったのです。

轟々《ごうごう》と、キャタピラの音をとどろかせながら近づいてくる戦車の、その物音が、砲撃音の合間に、ふしぎに鮮明にきこえました。戦車の姿を認めてからは、恐ろしさと緊張のために、私はまったく声が出なくなっていました。ただ、まわりの、前進する隊伍にまじって、私も前進をつづけていただけです。たぶん、逆上して、頭は真空のようになっていたと思います。はじめての戦闘行動、それがいきなり、あまりにもきびしい場に、ほうり出されてしまったのです。

砲弾の落下につれて、まわりで死傷者のふえてゆくのがわかります。なにをいっているともわからぬ叫びが交錯しているのです。たれかが、

「中隊長戦死」

と叫んだ声が、弾幕を貫いてきこえました。

私たちの前面には、戦車が六台、全速力で突進してきましたが、この先頭の一台に、速射砲弾が命中しました。戦車は燃えはじめ、燃えながら旋回をつづけて、じきに擱坐しま

した。戦車のうしろに、数台の装甲車がつづいてきます。第二小隊長の後藤少尉が、部下五名とともに、戦車群に突っ込んで行くのが硝煙の切れ目にみえました。この人は、平素もきわめて熱血漢の人で、飛び出さずにはいられなかったのだと思います。

しかし、私たちの第三小隊長の長山准尉は、

「出るな、出るな。おれの命ずるまで出るな」

と叫びつづけて、私たちをひきとめ、出させませんでした。長山准尉は満洲事変の生残りで、金鵄《きんし》をもっていましたし、歴戦の経験があるので、非常に落ちついていました。ただ、長山准尉が私たちを牽制《けんせい》し得たのも、ほんの緒戦の間だけでした。乱戦裡になってしまってからは、すでに、命令を下す者も、命令を受ける者もない、各自が各自の戦闘を、各自の判断で継続してゆくよりほかに、方法はなかったのです。

この時の、六輛の戦車ですが、先頭車が被弾して擱坐し、さらにつぎの一輛が被弾して、砂地にめり込むようにして動かなくなりますと、残りは前進をやめて逃げはじめて、それにつづいて装甲車群も逃げて行きました。

「前面の稜線まで前進せよ」

という命令が、きこえました。きこえた、というより、自分に向けて発した声が、自分にきこえたのかもしれません。逃げる戦車を追って、前面の、稜線上まで出たい、なぜ出るのかはわからないが前進しなければかえってやられる、稜線上に出れば地形の点で有利

になる、という考え方が、だれもの脳裏にひらめいていたのです。

時間にすれば、たいした時間ではないのに、驚くべき長い時間を戦っていたような気もしていました。その（わずかな）時間の中で、部隊としての団結も、組織も、形としては崩れてしまっています。炸裂しつづける砲弾が、部隊のつながりを引き裂いてしまっています。集団でいながらも、ひとりひとりが単独で戦っている、という意識だけが、ますます強まってくるのです。

私たち、ひとりひとりの胸にあったのは、

（敵がいるのだ。おれもやる、お前もやってくれ）

という、お互い同士の暗黙の意志のつながりでした。それだけが支えなのです。

「稜線まで出たら、稜線の向こう側には、戦車がいっぱいいるんじゃないのか」

「いれば、やるしかないだろう。まだ火炎瓶を使っておらんからな」

と、私は、砲撃をうけている合間に、隣合って砂地に伏せ込んでいた同僚と、一瞬の会話を交わし合ったものでした。生きて前進してゆく仲間がここにいる、話し合えた、ということがありがたかったのです。

砲弾の炸裂音の合間に、被弾した者が、

「痛い。痛いーっ」

と絶叫しながら身悶えている、そのさまが声の状態でよくわかり、また、

「あちちちち」

と、傷の痛みにたえかねて、はねまわるようにしている者もいます。なまなましく耳につく声です。これはふしぎな心理なのですが、被弾した者に近寄ると、自分も被弾しそうな、ある怯《おび》えの情が働くのか、だれもが、負傷者からは遠のいて、先へ進もうとするのです。衛生兵だけが、懸命になって、叫び声を求めて駈け廻ります。その様子をみたわけではありません。うしろに眼があるように、明瞭にわかるのです。

敵の砲兵陣地は、稜線のずっと向こうにあるのですが、こちらからはみえません。砲弾だけは際限なく落下してきます。稜線上からの、重機を中心とする銃声もしきりです。これも肉眼ではみえません。身をさらしていては、ひとたまりもないことは、数分間の経験でも身にしみてわかりました。私たちは円匙《えんぴ》で穴を掘り、その中にもぐり、砲弾の隙間をみては前進して、また穴を掘り、というふうにして進むしか、方法はありませんでした。それだけをくり返すのです。無理をすれば、死ぬだけです。敵陣へ突入して行った後藤少尉と五名の部下は、まっ先に壮烈に戦死しています。私たちは、一時間に、五十メートル以上は進めませんでした。まわりを見廻しては、自分が、人よりも遅れてはいない、という、その確認だけを頼りに進むのです。

敵の砲弾の弾着は、はじめは後方に落ちるのが多かったのですが、次第に修正されて、命中率がよくなってきました。円匙で砂を掘っているようなことでは、とうてい間に合いません。身を隠すとすればどこが安全か、ということを必死に考え、結局、砲弾穴にもぐり込むのがもっとも安全だということに気がつきました。これが、砂上戦で得た、はじめての知恵だったのです。もちろん、砲弾穴は、一時の身を隠す場所でしかなく、しばらく待機しては、また駈け進んで、つぎの砲弾穴に飛び込むよりほかはありません。

ふしぎなもので、短い時間の間ながら、激しい訓練をされたためか、そのうちに、こちらを狙ってくる砲弾の、弾道がわかってくるようになりました。シューシュースポンという、不発弾の落ちる音もわかり、砲弾が炸裂し、その土砂を浴びた人よりも、案外遠くにいる人が破片創を受ける、ということもわかりました。

敵機は、編隊を組んでは、時々襲ってきて、銃爆撃をしてゆきます。私たちが「アブ」と呼ぶようになっていた、イ—16、という機種です。虻そっくりに尻を振って飛びます。急降下してくる時には、キーンと、あたりの空気が圧縮されるような金属音を発します。低空で来るときは、草の葉もなびくのです。銃撃されると、弾幕による砂塵が飛沫《ひまつ》のように舞いあがります。夜になって確認できたことですが、この日の戦闘だけで、私の中隊は、実に九十三名の死傷を出しています。半数に近い数です。とうてい生き残れるような状態でないことは、まわりで、被弾した仲間の呻き声や、仲間の戦死を告げる友の悲痛な叫び声をきいているだけでも、よくわかります。しかし、戦っている以上は進まねばなりませんし、自分だけは必ず生きぬいてみせる、という、異様な緊張の中での、わけのわからない確信だけは、身に充満していました。

私たちの大隊は、進行隊形の右翼に位置していました。部隊は、ハルハ河の支流ホルステン河の左岸十キロほどの地点を、ハルハ河に向けて前進していたことになります。部隊が交戦地区へ向けて前進を開始しはじめた時、だれからきくとなしに耳にしたところでは、ハルハ河を渡河してきているソ聯軍のBT《ベーテー》戦車は七百四十台に達し、対岸には十五榴、二十四榴の砲兵陣地が増強されつつある、ということでした。ただ、その時には、私たちはまだ一台も敵の戦車をみていませんでしたので、対戦車戦がどのように苦しいものであるかということも、実感として、わかろうはずもなかったのです。

私が、身近に、敵兵を意識しましたのは、前進をつづけながら、前方の稜線の一端からの、重機に狙われはじめてからでした。砲弾穴に伏せていると、眼前にしきりに弾幕があがります。風を裂いて流弾が掠《かす》めるのです。敵の位置からは、あきらかにこちらがよくみえているのです。地形は、敵のいる方向がゆるやかな起伏をもちつつ高くなっています。当然、私たちは不利な地形に甘んじて前進しているのですが、銃弾が、眼前の草地を薙《な》ぎ払いますと、草の葉がピュンピュンと宙に跳ねあがります。頭をもたげるとやられる、と思うのですが、もたげねば前方はみえません。かまわず、頭をもたげて前方をみ、弾丸の切れ目をみて、はね出しては進みます。カンだけが頼りです。ジグザグに走って、素速く、凹地か砲弾穴に身を沈めます。

私たちは、生死の間の、短い時間の中で、きびしい教育をされたわけですが、その教育にたえられず、脱落した者もいます。一種の、心神喪失の状態になってしまって、砂の上にポカンと坐り込んでしまっている者もいたのです。それを突きとばして伏せさせるのですが、うつろな眼をするようになってしまっては、狙撃の的になるだけです。腹をやられて悶転している仲間には、声をかけてゆくよりほかに方法はありませんし「殺してくれ、殺してくれ」と、せがむ者もいました。腹部の負傷は、ことに苦しいのです。まず助かりませんから。「円匙で殴り殺してくれ、頼む」と、匍《は》い寄って来られたこともあります。

部隊が、稜線へ向かって前進する、というその一事だけは守られて、あとは、もう命令系統もわからなくなっています。人それぞれの判断で、お互いに呼応しあいながら、進んでゆくしかありませんでした。私の進んでいる付近に、大隊砲が一門、出てきていました。しかし、馬は腹に破片創を受け、腸がはみ出しています。それでも馬は懸命に砲を曳こうとし、兵隊は馬の傷に手をあてがって、馬を支えながら進もうとしています。馬の血を浴びて、兵隊の上半身は血まみれですが、その情景は、眼にしみました。砲弾の落ちつづける中でも、砲弾穴から、その情景を、奇妙にゆっくりとみていられたのです。ゆっくりみていられたのではなく、深く心をとられてみていた、ということになるのでしょうか。馬は、すでに力を使い果たしていて、もがきつづけて、歩もうとしながらも歩めなくなっていたのです。断末魔の力を、ふりしぼっていたのです。

そのとき、私のもぐり込んでいた砲弾穴は、数人がもぐれるくらい大きなものでしたが、前面で、ビビビビと、これはマンドリンと呼ばれる自動小銃ですが、それがしきりに撃ってきます。それに気をとられて、前面の敵へ向けて小銃で応射をしました。自動小銃は、銃声だけで、やはりどこに敵がいるのかわかりません。稜線上の草地のあたりから、銃弾だけがそそがれてきます。敵影がみえず、弾丸だけが飛んでくるのは不気味です。

すると、その時、うしろから人影がひとつ、私のいる穴に飛び込んできました。ほかの小隊の兵隊で、顔は知っているのですが、名前はわかりません。彼は、私の穴に飛び込んでくるなり、敵のほうには背を向けて砂の壁に背をもたせると、つかの間、息を入れましたが、

「あの馬は、もう死ぬな。この見通しのいい砂地に、砲を曳いてくれれば、標的になるだけじゃないか。日露戦争と同じだ。アンパン抱いて戦車退治するより手のない戦争ってあるのか？　そう思わないか。――どうせ死ぬにしても、だれかと話したくなった」

と、それを、宙に語りかけるようにしながら、実際は私に向けていいました。私は、穴の中へ身を沈めると、

「あの松に、狙撃兵がいるような気がする。みてくれ。弾着が正確にくる」

と、いいました。彼の咏嘆に同調しているゆとりなど私にはありません。それよりも、前方をみてほしかったのです。稜線のあたりに、ところどころ、標識のように松が生えて

います。その一本の松の木から、狙撃弾のくるのを、私はよみとった、と思いました。懸命にみていたからです。もっとも、そこまでは五百メートルほどもあり、私の銃では、目標は明確に照準の中につかめません。しかし向こうからは、照準しやすいのです。

「あんな、目標になるところに、兵隊のいるわけはない。それに、どっちみちあそこまで行く。死ななければばな」

と、彼は、稜線をちょっと振り向いてみただけで、また、砂の壁に背をもたせます。身体をやすませておいて、また飛び出すつもりなのです。そうでなければ、もっとほかのことをいうはずです。彼が、アンパンといったのは、カートリッジ火薬の円形携帯地雷で、これを戦車のキャタピラに挟むと、炸裂します。竿の先につけます。つまり、戦車に接近して、その地雷をキャタピラにさし込まねばなりません。主として、肉迫攻撃班の仕事です。

「みろ、馬は死んだ。大隊砲を撃つぞ」

と、彼はいいました。うしろをみているので、大隊砲がよくみえるのです。いわれて、大隊砲のほうをみますと、馬は倒れていて、大隊砲についている兵隊たちが、砲撃をはじめるところでした。前面の私が気にしていた松を撃つのではないか、と、それが私には直感でわかりました。はたして、発射された初弾は、その松の、繁りあった葉を貫いて炸裂しました。それは、初弾の弾着観測のためにその松に照準したのかもしれませんが、私には、松を狙い、みごとに命中させた、と思えました。撃たれた松をみますと、幹の上部は吹っ飛び、下方に、ソ聯兵がひとり、さかさまに吊られてぶら下がっていました。だらりとぶらさがっているので、いまの砲撃で戦死したものとわかります。ソ聯兵は、松の枝に繋《つな》がれていたのではないか、と、遠目ながら、そうみてとれたのです。

昭和十二年、私が入隊する前年のことですが、青年学校で、私は、関東軍の一大佐の講演をきいたことがありました。対ソ戦についての講演で、こまかなことは忘れてしまいましたが「たとえソ聯に戦車が何百台あろうと何ら恐れることはない、向こうの戦車をこちらで鹵獲《ろかく》し、それを使って、逆に相手に向けて進めばよいのだ」といわれたことは、なぜかしっかりと頭の芯に刻まれていたのです。そうしていま、それを実験すべき時が来たわけです。たぶん、上層部の軍人はだれも、この大佐と同じに、ソ聯の戦車が来たらそれを奪い取ってこちらで使えばよい、というくらいの認識しかもっていなかったのではないか、と、私は、砲弾の落ちつづく間に、閃くようにそのことを思い出していたのです。むろん、これは、私と同じ砲弾穴にいる同僚が、日露戦争と同じだ、といった、その言葉が刺戟となって、昔の記憶が私の中によみがえってきたからです。

戦車を分捕るどころではない、戦いがはじまって、まだ間もないというのに、中隊長も、第一第二小隊長も戦死してしまい、仲間がどれほど死傷しているか、見当もつかないのです。しかもなお、前面の稜線にまでは、なんとしても攻めのぼらねばならないのです。それは眼にみえていながら、はるかに遠い距離にみえました。

私の傍らにいた彼は、ふいに、くるりと身をひるがえすと、

「がんばろう。日露戦争だろうと、戦争は戦争だからな」

と、いい残すと、砲弾の合間をみて、飛び出して行きました。

戦争が一段落したら、この人とゆっくり話そう、と、一瞬、私は自分に語りきかせて置き、私もまたつづいて、砲弾穴を飛び出して、前進しました。

砲弾は、よく限りもなくつづくものだ、と感心するほど、あとからあとから撃ち出されてきます。撃ち方に波があり、激しい時は滅多矢鱈に撃ちます。砲弾穴で、つぎに飛び出す刹那《せつな》を狙っているあいだ、上空で行われる、彼我の空中戦をみました。青く晴れ上がった天の下、高度二千メートルほどの上空で、三、四十機の機影が入り乱れて戦うさまは、ほんの束の間、身が死生の間にあることを、忘れさせてくれました。赤い星のマークのついたソ聯機はよくみえます。空中戦は、あきらかに日本軍のほうが優勢で、みるまに、二機、三機と、敵機は撃墜され、数機が墜《お》とされると、残りは、急降下をつづけながら、後方に避退して行きます。少くも、一部の制空権は、日本軍側にあるように思えました。

(さっきの仲間は、この空中戦をみているだろうか)

と、私は思いました。

それから、また、どれくらいの時間かを、しきりもなく砲弾の落ちつづく合間を縫って、先へ先へと進みました。

緊張に緊張を重ねてきた、その限界に至ると、がくっと落ち込むように、気力のなくなることがあります。意識が朦朧《もうろう》として、物をいう気力もなくなります。それでいて、頭は、しきりに、なにかを考えねばならぬ、と、せきたててくるものがあるのです。いま考えておかぬと、いよいよ死ぬ時に死にきれぬのではないか、という気がせめぎ立つのです。といって、なにを考えるのか、というと、なにも考えることのあるはずもないのです。この期《ご》に及んで、考えるなにがあるだろう、だいいち、考えてみたとていったいなにになるのか、しかし、やはり、考えねばならない、考えるにしてもなにを考えるのか――といった、同じことを、どうどうめぐりに、どこまでもくり返してゆくのです。砲煙に包まれた時間の中で、ただ、無意味に（なにかを考えねばならぬ、なにを考えるのか）――といったことを反覆しながら、それでも、弾雨の隙をみて、さらに前進をかさねるのです。ものに憑《つ》かれた状態、といったほうがよかったかもしれません。戦闘のはじまる直前のような、戦いへの恐怖心というものはありません。そういう、一種のゆとりの気持は、もう吹き飛んでしまって、ただ、戦う本能だけで進んでいたと申せます。

正午をだいぶ過ぎて（といっても、感じでそう覚えているだけですが）ようやくのことで、目的の稜線までは出ました。部隊は横隊に散開していますので、場所によっては、対戦車戦で苦しんだ者もいますが、私たちは、ともかくも、その稜線までは、弾幕を縫って出られたのです。交戦がはじまった地点からは、一キロもあったかどうかですが、おそろしく苦しい長い行程をたどりつめてきた、という印象が、その後いつまでも、この身に残ったものです。

全身が水分を失って、乾いた壁のようになっていたと思います。戦闘間、尿意を催して、砲弾穴の中で用を足そうと思ったのですが、尿意だけがしきりにあって、尿は出ません。汗を出しつくしてしまっているのに、尿意のあるのはふしぎでした。しばらくがんばっていると、とろとろと、粘りのある、茶褐色の尿が少しばかり出ました。

稜線上にたどりつきました時は、正直にいって、まったく行動能力を失っていた、というしかありません。戦車が出てきたら、黙って轢《ひ》かれてしまうしかない、それでもよい、とさえ思ったほどです。

日中の暑熱は、直射もですが、灼けた砂の照り返しもまたすさまじいのです。眼のくらむ思いです。死体は、わずか二時間で異臭を発します。もっとも、その時はまだ、身近な仲間の死体の異臭を嗅いだわけではありません。死傷者は残して、それをのりこえて、進める者だけが進んできたのです。

それにしても、よく、稜線までたどりつけたと思います。稜線上に出てくるまでの間、私たちは、この戦いに負ける、という意識はだれも持っていませんでした。チチハルを出てからずっと、戦闘のきびしさは予想していましたが、負ける、と考えたことは、一度もありません。つまり、負けたことがなかったからです。勝敗のぎりぎりの場に、身を置いたこともなかったからです。あの稜線を奪《と》れ、という命令をうければ、いかに苦戦しても、必ずその稜線は奪れる、と、だれもが信じていたのです。そのために、犠牲に犠牲を生みながらも、前進をかさねることになったのだと思います。そうして、ともかくも稜線を奪取することはできたのです。

この稜線上に出る前のことですが、ときどき、彼我の銃声が、ともにピタリとやむ、不気味に静かな時間の隙間のできることがありましたが、その時、私の駈け込んだ砲弾穴に、先に飛び込んでいる仲間がいて、かれは、仰向きに穴の壁に背をもたせて、ある、恍《こう》惚《こつ》とした表情で、空をみていました。それが「日露戦争と同じだ」といった、あの兵隊でした。胸を中心に、上半身が血にまみれていて、間近にみてわかったのですが、息をするたびに、血が、胸の奥から、噴きこぼれるように出てきます。だんだんいのちの終ってゆく、すでに苦しみもない恍惚の刻《とき》が、彼を訪れていたのです。

「おい、大丈夫か。いま、応急処置をする。しっかりしてくれ」

といって、私は、ともかく彼の雑嚢の中から、繃帯包をとり出して、死の時間を停め得ないまでも、最後の手当だけはつくそうと思いました。しかし、彼は、私を、みるともみないともつかぬ視線を向けてきただけで、首で、うなずくとも、うなずかぬともつかぬ動作を示したまま、それきりで、みると、死んでいました。私は、彼の（とうとう名もきけずじまいだったのですが）瞼をとじさせてやり、砲弾穴を跳ね出て、前進したのです。すでに、稜線上には、何人かがたどりついていて、稜線の向こう側に向けて、発砲していました。

私が、稜線上にたどりついた時、視野は、それまでよりもずっと遠く展《ひら》けていて、手前の、百メートルか二百メートルくらいの地点に、ソ聯兵の負傷者が、二、三十人も、匍いまわっていました。置き去りにされたのです。かれらは、稜線上に出てきた日本兵の銃撃を避けようとして、物かげをもとめて匍いまわるのです。なかには、大声をあげて泣いている兵隊が、何人もいました。泣きわめく、といった泣き方です。私たちは、どんな負傷をしても、泣きわめいた者はひとりもいません。人種の違いからくるものでしょうか。その、泣きわめきながら、うごめきまわる兵隊に向けて仲間たちは狙い撃ちに撃ちました。目標が近いので、面白いくらいによく当たるのです。

ソ聯兵は、撃たれると、さらに泣き声をたかめながら、逃げまわるのです。それを、なおも撃ちます。気がついてみると、私も、歯ぎしりをしながら、何人ものソ聯兵を撃っていたのですが、いまのいま、砲弾穴の中で死んで行った仲間をみてきた、その憤りが、稜線上で、私の中に燃えあがり、疲れを忘れさせたのかもしれません。

そのうちに、泣き声は、すべてやみました。その時は、たしかに、私たちは、稜線上で

『勝っていた』のです。

稜線上の、手ごろな凹地で、私たちは、はじめて、いっときの、休息の時間を持つことができました。

なによりも、甚《はなはだ》しい渇きを覚えていました。全身の干上がっている感じは、身体を休ませた時に、いっそうひどいものになっていました。むろん、水は飲みつくしてしまっています。陽は高く、草原や砂地をどこまでも灼きつくしてきます。渇きがひどくなると、だれも、唇が、黒っぽく変色してきます。眼だけが異常にかがやきながらも、全身は喘いでいるのです。しかも、まだ戦争は終ったわけではありません。単に、前面の稜線を奪取しただけです。うねうねと、まわりにつづく波状地の、そのどの地点から、いつ、どのような形で、戦車や敵兵が姿を見せないとも限りません。

むろん、空腹もひどいものでしたが、渇きがひどいと、物も食べられません。雑嚢の中に乾パンは持っていたのですが、口の中に突っ込んでみても、嚥下《えんか》することができないのです。円匙や、鉄兜で、それぞれに砂を掘って、その中にもぐり込んで、せめてしばらくの休息をとるのです。

自分の身は自分で守るより仕方のない状態に追いつめられていますので、私たちは、それぞれの穴で、自分の物思いに耽っていた、ということになります。中隊がどれだけの犠牲を出したか、ということも、くわしくはわかりません。お互いに、口をききあう気力もありませんでしたし、渇きにも空腹にも耐えて、たとえちょっとの間でも、眠っておくことが必要だ、と思ったのです。敵の砲兵陣地からの砲撃は、静まるかと思うと、また、必死懸命に撃ち出します。地鳴りのような砲声が、いたるところからきこえます。私たちは、砲声にもすっかり馴らされてしまいました。

耳もとで、だれかが、大声でなにかを叫んだので、目を覚ましてあたりをみますと、ソ聯側の方向から、こちらへ向けて、稜線を出てくる二台の戦車がみえました。起伏の蔭から出てきたのです。二台の戦車は、並んで、全速力でまっすぐに進んで来ましたが、途中で一台が先に立ち、それはかなり近づくと、火焔放射器で、あたりを薙《な》ぎ払うようにして迫って来ます。じっとしていれば、轢き殺される前に、焼きつくされます。

戦車に近い位置に、重機が出ていました。重機は、迫ってくる戦車に向けて応射しつづけましたが、なんの効果もないのが、うしろでみていてわかります。戦車は、重機の位置に向けて、直進してきました。

「鉄甲弾はないかあ」

と、その場で、まわりにきいている、せっぱつまった声をききましたが、だれも鉄甲弾は持っていません。鉄甲弾でも、しかし、重機では、戦車は射抜けないのです。

そのうちに戦車は、重機の位置へ、猛然と突き進んできました。そこにいた連中は、重機をすてて、両脇に逃げ散ります。戦車はそのまままっすぐに重機を轢いて、さらに前進をつづけてくるのです。

うしろからきた戦車は、前のに追いついて並び、それは私たちのいる位置に向けて、迫ってきます。私は、火炎瓶を一本持っていましたし、まわりにも、火炎瓶を持っている者が二人いました。三人で、呼応しあって、戦車をむかえ撃つことにしました。ですが、なにぶんにもあわてていますので、キャタピラの音がみるまに近づいてくるのに、火炎瓶になかなかうまく点火できません。やっと点火して、迫ってくる戦車めがけて投げつけはしたのですが、手もとが狂って、キャタピラの脇へ逸《そ》れてしまいました。ほかの二名の者のも、投げる勢いがつきすぎて、一つは戦車の車体を越え、一つは脇へ逸れています。火炎瓶を、投げた経験のない、かなしさです。

私は、真向からのしかかるように迫ってくる戦車から、あやうく身をかわしましたが、その刹那に、戦車はとまって、砲塔をまわしました。あたりをみまわしています。その隙に、私は、戦車に駈け寄って、そのうしろにつくことができました。キャタピラのうしろです。真うしろは、鉄板が灼けていて、燃えているように熱いのです。

ほかの二名も、戦車のうしろにつき、戦車が動きだしましたので、くっついて動きます。戦車から身を隠すには、戦車のうしろにつくしかないのです。そこだけが逃げ道です。戦車が進めばこちらも進み、廻れば廻ります。それしか方法がないのです。

むろん、戦車も、日本兵が、うしろにまつわりついたことは知っています。戦車は、うしろの死角にとりつかれると、なかなか振り離せないのです。ところがその戦車は、凹地を進みながら、砂地の斜面をのぼりはじめました。私たちも、戦車にくっついて、斜面をのぼるしかありません。すると戦車は斜面の途中で急に停止し、その直後、突然後退してきました。斜面の途中ですし、虚を衝《つ》かれて、私たちは、あやうくキャタピラに轢き殺されそうになったのです。戦車としては、巧妙な作戦だったのです。

私たちは、身の危険を感じるとともに、キャタピラの外側へとっさに逃げましたが、逃げると同時に、戦車の機銃弾に身辺を濯《あら》われました。

私は、その時、その機銃弾に当たった、という明確な意識はなかったのですが、いきなり首のうしろのあたりを、丸太で力まかせに叩かれたような気がしました。同時に、空中に撥《は》ね上げられたような気がしています。

負傷した、という、はっきりした症状に気付いたわけではありません。身に衝撃を受けたと同時に、私はふいに、まっくらな細い穴に吸い込まれて、どこまでも落ち込んでゆく意識だけがありました。非常な勢いで、どこまでも落ちて行きます。まわりが、みえるようでいて、なにもみえません。ただ、落下してゆく意識だけがあったのです。そうして、落ちるだけ落ち切った、と思った時に、いちばん底の、堅い地面にぶつかりました。地に落ちた感覚がはっきりあって、そこで、我に返ったのです。

目が覚めたのです。

その、覚めた眼で、眼の前をみると、眼の前に戦車がいました。長い時間、暗い穴の底へ落ちつづけた、と思ったのに、実際には、ほんの刹那のことでしかなかったのです。戦車を眼の前にみると同時に、まわりで叫び合う、仲間たちの声を耳にしました。なにを叫んでいるのかは、意味はわかりませんでした。それよりも、私自身の、身をかくす場所をさがさねば、という本能が働いていました。

私は、必死にあたりをみまわし、一間ほど離れたところに砲弾穴があったので、匍い進んで、その中にもぐり込みました。すると、その穴の中に、もうひとり、負傷者がいました。小隊が違っているので、やはり名はわかりません。彼は、右手の手首を左手でおさえていましたが、血が、指の間からあふれ出ています。

彼は、顔をゆがめて、しきりに、首をねじ曲げるように振り、

「痛い、痛い、痛いなあ」

と、そればかりを、かすれるような声で、くり返していました。声そのものが、もう出なかったのです。

私は、彼に、繃帯包をもっているか、と、ききました。私自身も、かなりの負傷をしていることがわかっていますので、交代で、負傷個所の手当をし合おうと思ったのです。しかし、彼は、痛みにたえきれず身もだえていて、どういう返事をしたのか、私にはわかり

ませんでした。それで私は、自分の繃帯包をとり出して、ともかく彼の手首をしばってやりました。その時にわかりましたが、私は左手が利《き》きません。その時は、一時的にしびれているのかと思い、右手だけで、手当をしてやったのです。ほんの応急処置です。

彼は、手首を射抜かれているのでした。砕けた骨の一部分がのぞいていました。私は、その手首を、三角巾《さんかくきん》で包むようにしてやったのですが、その手当が終るか終らないかに、彼は、ゆらゆらと身体を動かしたかと思うと、砂の壁に身をもたせかけ、そのまま、眠り込んでしまったのです。

死んだのか、と、一瞬思いましたが、そうではなく、疲れ果てて、眠り込んだのです。出血による貧血も手伝ったかしれませんが、よくはわかりません。彼との交渉の間、幸いに、戦車は方向転換をして、遠のいていたのです。もし、戦車が来たら、ふたりとも、だまって轢かれてしまうよりほかはなかったかもしれません。

私は、彼のために、自分の繃帯包を使ってしまったので、私の手当をするために、彼の雑嚢をさぐって繃帯包をみつけようとしましたが、雑嚢の中には、繃帯包はありませんでした。

そのときになってわかったのですが、私自身もおびただしい出血をつづけているらしく、下腹部のあたりに、たぶたぶという感じに、血の溜まっているのがわかりました。いま寝てしまった彼は、負傷個所をしっかりおさえて、痛い痛い、と呻いていたのですが、私の場合は、どこに負傷しているのか、その負傷個所がわからなかったのです。ただ、どこかがやられていて、血だけは、とめどもなく流れ出しているのがわかりました。傷が深すぎて、かえってその個所がわからないのです。

一升二合出血したら死ぬ——ということは、前からきいていました。もう一升は確実に出た、と、いう気がしていました。しかも、出血はやみません。あと二合で、助からなくなります。その二合の血の出つくすのも、いくらの時間でもないはずです。

（もうだめだ、これで終りだ）

と、私は思いました。

同時に、

（なんとかしなければならない。まだ死ねない。なんとしても、がんばらねばならない）

と、しきりに、胸の底で、叫びつづけるものがあります。

私は、思いついて、ズボンのポケットから、泥だらけのタオルをとり出しました。出血ですが、右の肩のあたりから流れ出ているらしい、と、見当がついてきていました。ふしぎに、それほどの痛みはないのです。

タオルを、右手で、右の肩の傷口をさぐって押し込みましたが、そのタオルが、傷口の中に、みんなはいってしまいました。

それは、非常に気味の悪い感じでした。

タオルを、右手で右の肩の傷に押し込みながら（もう左手はだめだな）と、はっきり気がつきました。一時的な麻痺などではなく、機能がだめになっているのだと、わかりました。なぜ左手が利かなくなっているのか、その理由はわかりません。どう動かそうとしても、途中で神経が切れてしまっているように、動こうとしないのです。

私は、それで、右手だけで、右足の巻脚絆《まききゃはん》を外しました。そうして、それを胸に巻いたのです。左肩から右の腋の下へ斜めに巻脚絆を掛けますと、傷口がおさえられると思いました。それが、私にできる応急処置でした。それによって、あと二合出たら死ぬ、その出血を、なんとかしてとめたかったのです。

苦労しながら、懸命の思いで巻脚絆を胸に巻いたあと、私は、薬盒《やくごう》（弾薬入）を外し、それで、タオルをつめた背をおさえるようにして、穴の壁にもたれましたのです。こうして、血をとめる努力をしました。たったこんなことしかできませんでしたし、それによって出血のとまることを、願い、祈り、信じるよりほかには、なんの方法もなかったのです。

時間が、どれくらい経過して行ったのか、むろん、はっきりはわかりません。夢とも、うつつともつかず、朦朧として、時の経過に身を任せていたのですが、ふと、まわりで、さわぎ合う声に、よびさまされました。なんのさわぎか、ということもわかりません。もう、どうでもよくなっていました。

(これで、もう死ぬのだ)

という思いが、身に、ひたひたと水の寄せてくるように、忍び寄っていました。全身の力がぬけていて、ぼんやりと、空をみていただけです。晴れている空が、曇ってみえるのは、視力も衰えているためだったかしれません。

薬盒をあてがっている背が、どうにも不自然な硬さで痛いので、気がついて、防毒面をあてがうことにしました。われながら緩慢だと思われる、ゆるゆるとした動作で、どうにかそれを行いました。血は、まだ流れつづけているのが、感じでわかりました。とすると、あのあと二合も三合も、それ以上も流れ出ていて、これで自分の人生が終ってしまうことはたしかだ、と、それだけははっきりわかってきました。死にたくない、と、あがく気力さえ失われています。

どうすればいいんだろうなあ――という考えが、胸の奥から、泡の噴きあがってくるように、浮かんできて、そのまま消えてゆきます。

そのとき、私の倒れ込んでいる眼の前に、足を引きずりながら、負傷者がひとり、匍い寄ってきました。彼は、私を死者と感違いしたのか、私の足を引っぱって、穴の底のほうへずり落とそうとしました。私の寝ている位置が、その穴ではもっともよい位置なので、そこで、自分が休息しようと思ったのかしれません。その兵隊も、私の知らない兵隊でした。

「おれ、まだ、生きてるんだ」

と、私は、彼に向いて訴えました。

声は、出ないかと思ったのですが、出ましたし、相手にもきこえました。彼は、別に、驚いた顔もせず、また、私に詫びるのでもなく、そのまま穴を匍い出て行ったのです。別なかくれ場をさがしにです。そうしたことが、お互いに、なんの感動もなく行われたのは、私はむろんですが、相手も、疲れと傷の痛みとで、ただ、物憂い、死にぎわの生を持て余した、そういう状態でいたためかもしれません。今朝から戦いがはじまり、まだ半日も過ぎていないのに、こうして運命がめまぐるしく変転して、まもなく私は死のうとしているのです。死んでもかまわないことだ、と、そう自分に教え、眼をとじました時に、きき覚えのある声が、耳の近くでしました。人の名を呼び合っているような声でしたが、同年兵の中西の声でした。

(生きているのだ、中西は)

私は思わず身を起こしかけ、(実際には身体は少しも動きませんでしたが)

「ナ、カ、ニ、シ。ナ、カ、ニ、シ」

と、渾身の力をこめて、呼びかけました。

助けてもらおうと思ったわけではありません。身近に同年兵の声をきいた喜びに、懐しさがこみあげてきたのです。

その声も、中西にきこえたのかどうか、私にはわかりませんでしたが、すると、さらに耳の近くで、

「おい。鈴木か。鈴木じゃないか。大丈夫か」

と、呼びかけてくれる声がきこえ、さらに、

「みんなやられたよ。おれだって、長くはないだろう。あとでまたくる。死ぬんじゃないぞ。がんばっていてくれ」

と、いいます。私は、

「ナカニシ、ナカニシ」

と、呼びかけ、彼が、顔を寄せてくれたので、

「おれはもう、出血多量で生きられない。それがわかっている。すまないが、おれが死んだと、中隊に伝えておいてくれないか」

と頼みますと、中西は、悲痛な声で、

「わかった、わかった。しかし、死にはせんよ。大丈夫だ。あとで来てやる」

といって、私の額にちょっと手を置き、そのまま立ち去って行きました。生き残っている者には、戦闘任務が残っています。

戦闘も、潮の満干に似ていて、砲声も、遠のいていました。敵も味方も、疲れ果てて

の、しばらくの休止の状態かと思いました。それとも私自身、昏々と眠りはじめたための、周囲との断絶だったのかもしれません。

ともかく、私は、これでもう死んでゆくのだ、と心をきめ、死ぬための眠りにひき込まれて行ったのです。

そのあと、どれほどたってか、また目が覚めてみると、あたりは暗くなっていました。ああ、死んでしまっているのだな、と思いましたが、全身が寒く、悪寒がきましたので、まだ生きているのだ、ということがわかりました。

流れ星がしきりに飛ぶ、とみえましたが、これは、どこでどういう戦闘が行われているのかわかりませんが、虚空《こくう》を、曳光弾《えいこうだん》が飛び交うていたのです。それは、ふしぎに美しい眺めでした。死ぬことを深く観念している眼には、曳光弾もまた美しく映ったのでしょうか。この草原で、私の昏睡したあとも、戦闘はずっとつづいていたのですし、仲間たちも、この付近のどこかで戦いつづけ、死傷を重ねていたのです。しかし、戦闘の模様がどのような工合なのか、私にはなにもわかりません。そのとき私にわかっていたことは、とにかくまだ生きてはいる、ということだけでした。

その、生きているということを、しっかりたしかめたくて、身体を動かそうとしましたが、背は、かまぼこ板に貼りついたような感じで、どんなにしてもびくとも動きません。

身体が動かない、ということは、いずれにしろこのまま死んでゆくよりほかはないのですから、動かなければ動かないでよいわけですが、それでも、なんとかして動かしてみようとつとめているうちに、また、朦朧としてしまって、そのまま、しばらくは昏睡してしまったのです。

それからまた、どれくらいの時がたったのか、夜の深まるにつれて、いちだんと寒さが加わってきて、目が覚めました。血が大量に失われているので、ひどく寒いのです。

もう一度、身体を動かしてみようと思いましたが、その時になって(血がとまっている。そうか、血糊がかたまっているのかもしれない)ということがわかりました。防毒面に背をあてて眠っていた時間の中で、身体は身体の微妙な作用で、血糊が出血をとめる作用をしてくれていたのです。自分で背中をみたわけではありませんが、右手をそろそろと背にまわしてさぐってみて、出血のとまっていることをたしかめたのです。出血がとまり、夜になっているとすると、

(——助かるかもしれない)

という、きわめて淡い期待が、身うちに湧いてきました。しかし、期待は、ただそれだけで、身体がまったく動かないのでは、死期を待つ以外にないのです。

それでも、出血がとまっている、ということは、私に、わずかな安堵感を与えてくれました。同時に、非常なのどの渇きを覚えました。そうして、手首の貫通で、眠り込んでし

まった隣の兵隊が、もしかすると水筒に、わずかなりと水を残しているかもしれない、と思いました。そうなると、どうしても、その水を求めたくなってきます。動くのは、右手だけです。私は、寝ている隣の兵隊に、

「おい。起きてくれ」

と、声をかけてみましたが、なんの返事もありません。ゆすぶり起こしてみるつもりで、右手をさしのべますと、その手が、相手の手に触れました。ひどくつめたいのです。夜気のために冷えているのか、と察しましたが、その手にいくら触れていても、しんしんとした冷たさしか伝わってきません。死んでしまっているのでした。

（なんだ、手首の傷だけで死んでしまったのか？　するとおれはどうなるのだ？　手首の何倍もの、傷と出血ではないか）

それでも、ともかくもまだ生きている、いずれは絶えてゆくいのちにしても、まだ呼吸をしている、人のいのちというものはわからないものだな、と思いました。

いま、何時ごろか、時間を知りたい、と、なぜかそう思ったのですが、左手が利《き》かぬので、時計をみることもできません。時計も、砂をかぶりつづけて、とまっているかもしれません。深夜ではないはずです。時間のことを考えながら、また、うとうととしたと思いますが、今度は、人の声で、目が覚めました。だれの声かもわかりません。なにをいっているのかもわかりません。聴力もまた衰えているようでした。

人の声を、耳にしたせいかもしれませんが、ふと、家のことを思い出しました。父が、よく、奉天《ほうてん》戦で夜襲をした時のことを話してくれたのを、きれぎれに思い出しました。父は、話をするたびに、捕虜にだけはなってはならぬ、捕虜になる時は、舌を噛んで死ぬのだ、ということを、いつも、話の結びの言葉にしたものでした。日露戦の時に、父にそういわせる記憶が、強く残ったのに違いありません。

父の話をきいている時は、単に、話をきいている、というそれだけのことでしたが、いま、父のことを思い出しますと、自分が捕虜になる、きわめて危険な状態にいることが、身にしみてわかりました。かりに、ソ聯兵が、このあたりへ攻め寄せてくれば、私は簡単に捕虜にされてしまいます。抵抗する、なんの力ももう残されてはおりません。捕虜にされないための方法が、もし残されているとしたら、それは、父のいったよう、舌を噛んで死ぬことだけでした。

(舌を噛んで、死ぬなどということができるのだろうか)

と、私は、自分に問いかけ、自分の舌を噛むふりをしてみましたが、舌を噛み切れるかどうかということについては、噛み切れるという自信は、まるでありませんでした。私はただ、理由もなく、こわかったのです。自分で舌を噛まないまでも、刻々に近づいてきている、死の爪につかまることが、こわかったのだと思います。つまり、死の世界へ、捕虜として、連れ込まれてしまうことを恐れたのでした。

私がいま、これほどもひどい状態で、死に追いつめられていることを、郷里の家族たちは、だれも想像できないだろう、私が、ここまで懸命に戦ったことを、父もまた想像もしていないだろう、父の日露戦の時よりも、ずっときびしい戦争を、短い時間ではあるけれども、私は味わったのではないか、できれば、そのことを父に知ってもらいたい、と思ったのです。しかし、それもかなわず、ひとりで、この穴の中で死んでいかねばならぬ、その運命がさびしかったのです。そのさびしさへの憤りが、力の尽き果てている身うちから、なおわきあがってきました。死ぬことがわかっていながら、どうしても死に切れない思いが、執拗《しつよう》につきまといます。この分だと、いよいよ息の切れる時は、どれほどにか苦しいことだろう、と思い、深いためいきが出ました。

そのとき、敵に近い方向で、

「おーい、敵襲だ、敵襲だ」

という叫びがあがりました。

つづいて、

「負傷者は退がれッ」

という指示が、伝達されてきました。

断続して、夜空を切り裂いている曳光弾を茫然とみていた私が、その声で、われにかえり、つぎに気のついた時は、穴の底に、立ちあがっていたのです。背が、砂の壁に貼りついて動かなかったそれが、一瞬に、魔法の解けるように、動き出せていたのです。生きたい――という一念が「敵襲」という叫びで、激しく呼びさまされたのです。

戦闘力を失った負傷者は、退がるより外はありません。といって、どの方向へ退がればよいのか。私には、周囲の地形もわからなくなっていましたが、穴を匍い出し、曳光弾のしきりに飛来してくるその反対側へ向けて、小銃で身を支えながら、よろよろと歩み出したのです。銃声はつづいていましたが、砲声はやんでいます。暗くなると、観測ができないからだろう、と思いました。

草の上を、または砂地の上を、銃身で辛うじて身を支えながら、よろめき進んでいる時に、私と同じ方向へ向けて、いくつもの人影が、亡霊のように、同じくよろめきながら歩み進んでいるのがわかりました。草原の、星夜の底を、どこからか湧き出したもののような人影が、いずれも、喘ぎ喘ぎの歩を進めているわけです。影は、よろめいていても、だれもが、生きのびたい、という一念に燃えて、必死懸命に歩んでいることは、自分の身にひきくらべて、あまりにもよくわかったのです。

歩み出したあとは、歩みのつづくにつれて、生きたい、生きられるかもしれない、という思いが、急速につのってきました。途中で倒れなかったのも、その一念のためです。うしろの陣地で、どのような戦闘が行われているのかはわかりません。ひと足ごとに、ずるずると、砂の中に崩れ落ちそうになる膝を、精いっぱい支え支えて歩むことだけで、ほかのことを考えるゆとりはなかったのです。

星明りの下を、どれほど歩いてきたかわかりませんが、ふと、前方をみますと、だれかが、砂地を掘っていました。後方からここまで出てきて、ここで夜明けを待つつもりかもしれません。

星明りの下での人影ですから、顔のわかるはずもありませんが、その人影に近づいた時に、その人影は、私が、かたつむりのような遅い歩みをしているのをみて、砂を掘る手をやすめ、

「仮繃帯所まで、まだ三キロくらいある。がんばって行ってくれ」

と、声をかけてくれました。その声に、私は聞き覚えがありました。

「真壁じゃないのか？」

と、私は問いかけました。

相手は、息をとめるようにして、眼を凝らして私をみ、近づいてきながら、

「鈴木か、鈴木か――おう、鈴木じゃないか。大丈夫か」

といって、私を、支えるようにして、間近に顔を寄せてきました。

通信隊の真壁でした。私とは仲のよかった同僚ですが、一期を終って、通信隊へ移っているのです。こうした心細い、いまにも倒れ込んで息の絶えてしまいそうな歩みをつづけ

ながら、親しい知己にめぐりあえるのは、なによりも嬉しいことでした。

「おれは、やられた。どこまでもつかわからない」

と、私がいいますと、

「仮繃帯所は、ここをまっすぐに進んで二、三キロのところだ。敵はいない。がんばって歩いてくれ」

と、彼はいい、つづけて、

「お前、繃帯もせずに歩いとるのか」

と、ききます。

「繃帯は、人のために使った。おれは脚絆で胸を縛っている」

と、いいますと、真壁は、

「脚絆では縛っておらんよ。脚絆を長く引きずりながら歩いてるじゃないか。そうか、左手もやられとるのか、よし、おれが手当をしてやる」

といい、脚絆で、私の上半身を巻き直してくれました。自分では手当をしたつもりが、実際には、したつもりだけで、ろくに結んでもいなかったのです。

「これで大丈夫だ。もうしばらく行けば、それで助かる。ついていってやりたいが、おれたちも忙しいのだ。がんばってくれ」

真壁は、さらに、水筒の底に、わずかばかり残っていた水を、私の口にあてがって飲ませてくれました。これほども、甘い、味わいのよい、飲んでいて天にものぼるような気持になる水を、私はその時まで口にしたことはなかったのです。その、あっというまにのどを通ってしまったわずかな水が、真壁の友情とともに、私の中に、どれだけの力を与えてくれたかしれません。

「悪いな。お前の水を飲んでしまって」

といいますと、真壁は、

「夜は、のどが渇かんからかまわない。お前、のどが渇いてやりきれなかったら、草地に身を伏せて草をなめるんだ。夜露がおりている。一時しのぎにはなる。たとえ匍ってでも、仮繃帯所までは行けよ」

と、力づけてくれます。

もし、私の中に、この時、水分がいくらかでも残っているとしたら、私は、死にかけていたソ聯兵のように、声をあげて泣きながら歩いたと思います。戦友の情もですが、もっと複雑な、自分にもよくわからないなにかに、はげしくゆすぶられている気がしていたのです。

夜明けに近づきつつある、四時ごろになっていたかと思いますが、私は、ようやくに仮繃帯所をみつけ出しました。白夜の、うすら明りが漂うている中で、動物たちが本能的に水場を求めて行くように、前線から、よろめき出てきた負傷者たちが、別に申し合わせたわけでもないのに、仮繃帯所に集まってきました。明るみが漂い出してわかったのですが、トラック道がみえてきたのです。その道路に沿って、仮繃帯所がありました。

仮繃帯所といっても、別に設備のあるわけではありません。道のほとりに、幕舎がいくつかあり、幕舎の表に赤十字のマークが貼りつけてあっただけです。数名の衛生兵が、幕舎内に寝かせてある負傷者の面倒をみているだけで、軍医もいないのです。臨時の、ごく便宜的な、負傷者の溜り場だったのです。

衛生兵がひとり、幕舎の外に出ていて、退がってくる負傷者たちに、ここは野戦病院ではない、ここでは手当はできない、野戦病院まで退がって手当をうけてくれ、と、いいます。

負傷者の手当をしてもらえる野戦病院が、この先どこまで退がればあるのか、そのことは、きいても、衛生兵は教えてくれません。わからないのです。ただ、後方にあることだけはたしかです。前線を、ともかくここまで退がってこられた、ということは、それだけ生きのびられた、ということになります。せめて、そのことに力を得て、私は、他の一団の負傷者たちとともに（といっても、別に、支え合うでも、力づけ合うでもない、おのおのの力の限りを、手にした杖代りの銃身に支えて）トラック道を、進みはじめたのです。

しかし、一キロ進んでも、二キロ進んでも、野戦病院らしい幕舎はありませんでした。ただ、まわりに土嚢《どのう》を積んだ、さきに出動してきたどこかの部隊が露営地にしたらしい跡がありました。壕も掘ってあり、休憩するにはよい場所のようでした。私が、その場所へたどり着きました時、うす明りの中に、先着の者が、あちこちに、死んだように眠り込んでいるのがみえました。私も、力はとうに尽き果てているのですし、しばらく眠ることにしました。眠る前に、明日に備えて、まわりの草地の上を匍いずり廻って、草の露をなめまわしておきました。わずかに露を置いた、懐しい雑草の匂いです。

私は、崩れた土嚢の一つを枕にして眠りましたが、眠りに入るとき、たぶんこのまま眠りつづけて、もう目の覚めることはないかもしれない、と、ふと思いました。ここには、戦場の物音もきこえず、見上げる満天に星ばかりがきらめいています。しばらく前は、なにかだいじなことを考えねばならないのではないか、という、せめぎ立つ気分もあったのですが、その時は、もうなにを考えようとする気もありません。星をみあげているうちに、その星に包み込まれてしまうような気分のままに、眠り込んでしまったのです。

一時間か、二時間か、さして長くもなかったはずの眠りが、道路を駛《はし》るトラックの音でさまされました。

夜は明けていました。まだ陽は出ていません。

起きて、様子を見に、道路ぎわへ出てみましたが、そこまで歩くのがやっとでした。夜が明けきり、陽がのぼって気温が上がってくると、もう、いかにしても歩行できないことだけは、はっきりとわかりました。この土嚢の場所で死んで行くか、さもなければ、通うトラックに、なんとかして乗せてもらって、野戦病院のある後方へたどりつくしかないのです。生きられるか死ぬかの境い目は、この土嚢のある休憩所にしかない、という事実が、身にしみてわかってきました。

トラックは、後方から前線へ、何台か走って行ったはずですが、むろん、物資を運搬し、負傷者を連れてくるのだと思います。後方へもどってゆくトラックに、なんとか頼み込んで乗せてもらおう、と思いました。私と同じ考えでいるらしい十数名の負傷者が、道ぎわに出て来ていました。私の身近な同僚は、ひとりもいませんでした。戦線が錯綜してしまったので、他隊の兵隊もまじりあってしまっているようです。

しばらく待っていると、トラックの影がみえてきました。

私たちは、道のほとりで、だれもがいっせいに手を挙げて、合図をしました。トラックは、速度をゆるめはしましたが、とまらずに過ぎて行きました。その時、トラックの窓から兵隊が手を出して「だめだ」というふうにその手を振り、同時に指で、後方を指さしました。行き過ぎるトラックの背をみてわかりましたが、死者とも傷者ともつかない人たちが、重なり合うようにして乗せてあります。重傷者の搬送です。トラックの兵隊のいったのは、歩ける者は歩け、という意味だったと思います。

しかし、だれも、歩き出そうとはしませんでした。みんな、歩く体力も気力も尽きていたのです。十数名の傷者のうち、片腕を失っている者が二名いました。出血に耐えて、よく退がって来られたと思いました。どこに傷をしているのか、顔から首へ、血だらけの三角巾を巻いている者もいました。ここまで歩いて来たほうがよかったのかどうか、もっと重い傷をして、トラックで運ばれたほうが、助かる率が多かったのではないか、とも考えました。もっとも、トラックの位置までたどりつけねばそれで終りです。

そのうちに、また、トラックの影がみえてきました。

ひとりが、道の中程へふらふらと出てきて、ほかの者に、呼びかけるように、いいます。

「みんなで、道の上に寝よう。そうすれば、トラックはとまる。無理矢理に頼んで、乗せてもらおうじゃないか。もう、これ以上、歩けといわれてもだめなのだ。その代り、傷がなおったら、必ずまたもどってくる」

そういったのは、年次の古い兵隊のようにみえました。口の利き方でわかります。彼の言葉には力があり、道のほとりに立っていた連中は、吸い寄せられるように道の中ほどに出てくると、それぞれ思い思いの形で、道の上に寝そべってしまったのです。

そのうちに、トラックが近づいてきました。

トラックは、当然、とまらざるを得ません。

とまったトラックに向けて、いま、皆に話しかけた兵隊が歩みより、

「ここにいる連中は、もう一歩も歩けん。ここで死なせるより、なんとかして野病まで送ってくれ。なおったら、また来て戦う。このままおめおめとこんなところで死ねるか。邪魔にならぬように、端っこにつかまって乗る。たのむ」

そういうと、トラックの兵隊が返事するよりも早く、

「おい、みんな、乗れ、乗れ」

といって、手を振って、せかしました。

私たちは、実をいえば、先を争うようにして、トラックによじのぼったのです。トラックは、先の車のようには、重傷者はつめ込まれていませんでした。片腕のない者は、だれかが押し上げて、ともかく、そこにいた一団の負傷者は、そのトラックに乗せてもらうことができたのです。

喘ぎ喘ぎ歩むことと、車で、みるまに走り去ることとのなんという違いでしたろう。あっというまに、まわりの風景は飛び去ります。

(これで、ひとまずは生きられるかもしれない)

と、だれもが安堵していたはずです。

ひとまず、と申しますのは、生きのびられたら、再びまたこの前線へ出てきて戦う、という意味です。いま、年次の古い兵隊がトラックをとめてくれるまでは、私たちは、ただ、生きのびたい、ということしか考えなかったのですが、彼は、またもどってくる、と

いう考えのもとに、トラックをとめたのです。

助けられもし、教えられもし、複雑な感慨を覚えながら、私は、トラックの背で、遠のいてゆく前線の風景をみていました。そこに残って、まだ戦いつづけている、同僚たちの姿をみました。

そうして自分に、いいきかせることができたのです。

(そうか。そうだった。なおったら、またもどってきて、みんなと一緒に戦わなければならない)――。

一時間近く走って、野戦病院の位置に着きました。この日は八月二十六日です。

野戦病院――とはいっても、ここもまた、一望の草原の一角に、いくつかの幕舎を張っただけの設備しかありません。ただ、驚くほどの負傷者が集まっていました。

ここには、動いている者といえば、少数の軍医と衛生兵しかいません。看護婦もいません。収容されている負傷者には、手や足のない者が意外に多いのです。対戦車戦のためです。それに、一分間に二、三百発も撃ち込まれる重砲弾のために、手も足もふっ飛ぶのです。手や足の負傷で、手当が遅れると、暑熱のために化膿してガス壊疽《えそ》になり、手や足を切断しなければならなくなります。そうした危険にさらされている負傷者も多いのです。

まったく身動きできぬ重傷者を、トラックから担架で下ろし、そのまま並べられている列が、どれほどあるかしれません。前線へ出て行った将兵は、全員が、死ぬか負傷してしまうのではないか、と、背筋に寒さを覚えたほどの負傷者の多さでした。私は、野戦病院に着けば、手厚い看護をうけ、看護婦がまめに駈け廻って、ゆきとどいた手当をしてくれるもの、という情景を描いていたのですが、ここには、戦場よりも、さらにひどい阿鼻叫《あびきよう》喚《かん》の世界しかありませんでした。手や足を失っている者は、止痛剤もないので、その痛さのために、殺してくれ、殺してくれ、といってせがみつづけるのです。死ぬほうがずっと楽に思えるのでしょう。どこもかもが呻き声に満ちていて、凄惨な空気だけがこの一廓を占めています。負傷者がもってきた小銃の類は、片隅に、薪積場のように積み上げてありました。

それでも、新しく到着した負傷者たちには、治療が施されました。木の長椅子が、いくつも並べられていて、負傷者はそれにまたがって一列になって順番を待ちます。数名の軍医が手分けして、衛生兵を手伝わせながら治療をしてゆくのですが、どう手早く手術や手当をしても、かなりの時間はかかります。私は自分の番がやっと廻ってくるのに、二時間余りも待っていました。私の番になった時、軍医は、

「どこをやられたか」

と、ききます。

「背中です」

と、申しました。

服が切り裂かれ、上半身を裸にされます。傷の中に詰め込まれていたタオルがぬかれます。その時の気も遠くなるほどの痛み。その時、軍医にきいてはっきりわかったのですが、私の傷は、機銃弾が、左の肩のつけ根から、右の脇の下へぬけているのでした。それで、左手が利かなかったのです。

「お前は、運がよい。弾丸は背骨を避けている。それに機銃弾でよかったのだ。十五榴だったら、出血多量で生きてはいられまい。あの破片はギザギザだからな。大きく肉を削《そ》ぐのだ」

軍医は、そういって私を安心させたあと、

「助かったのだ。痛かろうが、我慢せい」

といって、ブラシ一ぱいにヨードチンキをつけて、傷口を思い切って洗滌しました。世の中にこれほども劇烈な痛さがあるのか、と思うほどの痛さです。しかし、ここで治療をしてもらえば助かる、という一念をしっかりと胸に抱き込むようにして耐えたのです。傷口は、弾丸の出たところが大きくひろがっています。今度は、その傷口にリュパノールガーゼをつめてもらえたのです。十五榴が炸裂すると、周辺の草は、微塵《みじん》に千切れて吹き飛びます。破片もまた、その草の断片のように飛ぶのです。

私が、治療を終えて、木椅子を下りて、幕舎の片隅の草の上に身を憩《やす》めていた時ですが、三機の編隊で、敵機が襲来してきました。

「空襲！　待避せよ、待避せよ」

と、だれかが叫びます。

野戦病院には、空中からもわかるように、幕舎の屋根に赤十字の印を出し、旗も立てています。ソ聯機は、ここが野戦病院ということは充分知っているのですが、知っていて空襲するのです。敵機は、かなりの高度から、爆弾を落としはじめました。それがまわりに落ちます。ここは前線ではないので、爆弾を落とされれば、落とされるに任すしかありません。日本軍の哨戒機の隙間を縫ってくるのです。これは、あとでききましたが、敵機はこのところ、無差別爆撃をつづけていて、赤十字旗は、逆に、好目標とされているのではないか、ということでした。

この爆撃がはじまりますと、治療の順番を待っていた負傷者はもちろん、殺してくれ、と叫んでいた、身動きもできないはずの重傷者までが、地面をごろごろと転がりながら、少しでも凹地になっている物蔭を求めて待避します。担送患者も同様です。助かりたい一心、といえばそれまでですが、敵機の遠のいて行くまでのしばらくの間は、みじめな、かなしい騒ぎがつづきましたのです。

私は、身を竦めている傍らに、恰好の窪地があり、そこに身を伏せて、爆撃の時の過ぎるのを待ちましたが、この伏せている時に、ある不安が、胸のうちにひろがってくるのを覚えました。それは、中隊に無断で、戦線を離脱してきている、という事実です。

かりに、いかに混戦苦闘の状態であったにしろ、夜になれば、遺体収容のための努力もつくされます。そうして可能の限り遺体を収容し、氏名を確認し、仮埋葬をする場合は、少くも死者の小指を切りとって、それを遺骨として、遺族へ送ることになります。ひとりひとりの、生か死かがたしかめられます。私は、中西に、死亡したと伝えてくれ、と頼みましたが、遺体がなければ、中隊では、戦死の確認に当惑することでしょう。しかも、死亡した地点はわかっているのです――などということを、あれこれと考えつめているうちに、

「――鈴木上等兵、無断にて戦線離脱」

という、だれかの声が、私の耳の奥にきこえてくる気がしたのです。といって、この身体で前線へ舞いもどってもなんの役にも立ちませんし、もどってゆくこと自体が、不可能です。

（えらいことになった）

という悔恨の思いが、傷の痛みに重なって、さらに私の身を虐《さいな》みます。

敵機の爆撃にさらされている危険よりも、私には、この、戦線離脱についての悩みのほうが、よほど大きく気になっていました。そればかりを考えたのです。

爆撃は、十分も経たずに終って、機影が遠のきますと、また元のように治療がはじまり

ます。トラックが動き出し、後方への患者輸送がはじまります。この野戦病院は、臨時の、応急処置をするだけの場所ですから、どうにか動かせる患者は、トラックで後方へ運ばれることになります。後方とはハイラルです。ハイラルまでたどりつけば、少くも、陸軍病院と名のつく、しっかりした落ちつき場所があるはずです。

担架に乗せて運ぶしかない、ごく重傷の者から先に、後方へ運ばれて行きますので、重傷とはいえ、曲りなりに動ける私などは、順番の廻ってくるまで待たねばなりませんでした。この野戦病院へ来てありがたかったことは、後方から来るトラックが水を運んできてくれたことですし、また、乾パンなどの支給があったことです。それに疲労回復のための、軍用の栄養剤なども支給されています。

全身が弱り果てていますので、食物を摂る能力も衰えておりますが、ともかくも、いくらかの力を回復して、夕方遅くまで待って、やっと、後方へもどるトラックに乗ることができました。車が、わずかばかりバウンドしても、劇痛を愬《うった》える重傷者を何人も乗せていますし、それでトラックは、きわめてゆるいスピードで走ります。これでいよいよ、本格的な治療もしてもらえます。戦線離脱についての不安はともかく、トラックの上で私は、ほっとした安堵感を覚えていました。

ハイラルの第一陸軍病院へ着いたのは、翌日の昼近くでした。

トラックが、ハイラルの町並へはいった時、はじめて、助かった、という実感が来ました。正直な感慨です。ここへ来るまでのことは、すべて、助かるための行動だったのですが、ハイラルへ来た時に『助かった』のです。

ここの病院は、旧兵舎を使ったかなり大きな規模でしたが、患者は、廊下にまであふれていました。続々と前線から運び込まれてくる、新患者の収容にも追われつづけています。私は、廊下のいちばんゆきどまりの場所に、身を憩める場を与えられましたが、ともかくも陸軍病院と名のつく施設に身を置けたことで、傷の治療については、不安はなくったのです。

この病院には、かなりの数の看護婦が働いていました。私は、はじめそれを野戦看護婦かと思ったのですが、服装がまちまちですし、近くにいる患者にきいてみると、この町の兵隊相手の酌婦、慰安婦といった人たちが、国防婦人会の一員として、病院を手伝っているということでした。

一般の民間の婦人――軍人、満鉄職員、在留邦人等の夫人などは、ハイラルが刻々と前線化してゆくので、南満の安全地帯へ避難して行きました。しかし、酌婦や慰安婦が残ったのは、それぞれの立場で兵隊との馴染があったからでしょうし、兵隊と身近に接しているだけに、兵隊の心情をよく知っていて、傷病者のあふれてくる病院を、みすてて逃げることはできなかったのでしょう。彼女たちの献身ぶりですが、なによりも、兵隊をよく知っているので、我儘《わがまま》をいう重患のあやし方も、よくゆきとどいているようでした。

「死ぬとわかると、身近で世話をしてくれていた人がきて、手を握ってくれるよ。みているると、患者はそれで、心残りのない、いい死に方をしてゆくかにみえる。前線だと、砂に顔を埋めて死ぬだけだからな」

私の近くにいた、五日ばかり前から入院しているという、山県部隊の古い兵隊が、そんなことをいっていたのを覚えています。たしかに、ハイラルへもどってきて、こうした女性たちの世話をうけていると、もうひとつ、戦争の中を生きている人間の意味、といったものを、考えさせられたものでした。

ハイラルまで来ますと、むろん、水にも不自由はしませんでしたし、それどころか、カルピスを飲ませてもらいました。これはほんとに夢心地にさせられるほどうまい飲物に思えました。私は、考えてみれば、戦闘行動といえば、たった一日しかしていないのですが、ひと月もふた月も戦ったような、重い疲れだけが身に残っていました。

どうにか自力で歩ける患者を、独歩患者と呼びますが、独歩患者は、前の野戦病院の時と同じに、木の長椅子にまたがって、順番に治療をうけます。

私は、ハイラルの病院に着いたあと、やはり長い順番を待って、今度はかなり念入りな治療をしてもらいましたが、手術鋏で傷口をあちこちと切られました。その時の痛みは、生きられる条件としての痛み、ということを犇々《ひしひし》と感じさせてくれる痛みでした。手術を念入りにやりますのは、傷を化膿させないためですが、その後、私の傷はやはり化膿をはじめて、一週間ほどは、ハイラルの病院を動けませんでした。

後送患者が続々と来ますので、動かせる患者は、チチハルへ、また遼陽へと、さらに後送されます。

私は、ハイラルからは遼陽へ廻され、ここの病院で、一ヵ月ほどを過ごしました。家に手紙を出すことができたのも、遼陽へ来てからです。この遼陽では、患者が、前線へもどるか、それとも病院暮らしをつづけてゆくかの診断が行われます。私は、前線復帰を申し出ていましたが、傷口の肉があがり過ぎ、ケロイドになり、もう一度手術をされることになって、おかげで、十日ほど寝込んだあと、今度は奉天の病院へ移されました。ここの病院は張作霖兵舎跡を利用していました。

奉天はさすがに、ハイラルや遼陽とは問題にならない大きな都市で、病院へは、慰問団もよく廻ってきました。

待遇はむろん申し分はありません。しかし、健康状態や生活状態がよくなるにつれて、私は、やはり一日も早く前線へもどらなければならない、といった思いに責められてきました。たった一日戦っただけで、これほど長い休養の期間をとってよいものかどうか、草原と砂漠しかない土地で、なお戦いつづけている仲間たちのことを考えずにはいられませんでした。あれほど苦しかった前線の生活へ、一日も早くもどりたかったのです。

そうしたある日に、同室の、須見部隊所属の人のところへ、地元の新聞が送られてきているのを借りて読んでいるうち「芦塚部隊の勇士たち」という見出しがありました。眼をひかれて、記事を読んでみますと、善戦している状況の紹介のあとに、壮烈な戦死を遂げた人たちの名が記されていましたが、その中に私の名もはいっていたのです。出身地の町名もきちんと出ております。それをみて、私は、野戦病院で、戦線離脱とみなされはしないか、という不安を抱いた時よりも、いっそうの不安をもって、その記事に見入ったものでした。

軍隊は、いったん戦死という公報を出してしまいますと、それを取り消すことを甚《はなは》だ嫌い、むしろ、本人を闇から闇に葬ってしまうことを考えたりします。まして、私の場合は、あきらかに戦線離脱とみなされてよい事実があるので、立場は非常に不利になります。

私は、私自身の戦歿記事に驚くと同時に、なんとかして、戦死者として処理されている点を取消してもらわなければならない、そのためにはできるだけの努力をしなければならない、と考えました。しかし、どういう方法があるのか、まったく見当はつきません。戦線離脱をしたために戦死とみなされて処理された、などということになると、家郷の人々に顔向けもできません。たぶん、私が砲弾穴の中で「中隊に鈴木は戦死したと伝えてくれ」と中西に頼みましたので、遺体はみつからないながらも、戦死の報告が、前線から原隊へ届き、北海道の留守隊へも廻ったのだと思います。それにしてもこれは、捕虜になると同様な、不名誉なできごとになりかねないのです。

私は、気もそぞろになって、病院の中をうろうろと歩き廻っているうち、廊下で、思いもかけず、

「おい。鈴木じゃないか」

と、声をかけられました。みると、中隊の人事係の谷村准尉でした。

「あ、准尉殿」

と、返事をして敬礼しました時、私は内心（これで助かるかもしれない）と思いました。人事係の証明があれば、戦線離脱も、戦歿通知のことも、なんとかうまく処理してもらえるのではないか、と思ったのです。人事係にめぐり会えたことは、天の助けに思えたのです。

私は、准尉の病室へついて行き、そこで、前線を離脱してきた事情を、逐一きいてもらいました。准尉は物馴れていて、心配を顔に出して話す私に、

「心配するな。おれが心得ている。あの戦闘状況で、しかも重傷を負うていては、戦線離脱するよりほかはなかろう。人に迷惑をかけなかった点を、ほめられていいくらいだ。お前のは冥途《めいど》から、あやうく離脱してきたのだ」

と、いいました。戦死のことは、誤認として、いくらでも訂正はきく。チチハルの留守

隊へも連絡文書を送付しておく、といわれました。

そのあとで、准尉は、こういいました。

「おれも、十五榴の破片創を全身にうけて、このままでは死ぬと思ったので、自力で撤退する許可をもらって、もどってきた。幸い途中で、ハイラルへもどるトラックに会って、拾ってもらったが、途中で出血がひどくなっていたから、トラックに会わなかったら死んでいたろう。いまはもう前線へもどれる身体になった。病院にも話してあるが、どうしても許可をくれんので、近く、病院を離脱して前線へもどるつもりだ。どうだ、お前も同行しないか」

それが、冗談ではなく、本心だったのです。私も、一日も早く、直接、自身の健在ぶりを中隊の者に示したかったので、いつでも同行する旨を、申し出ました。

よい折をみて病院をぬけ出よう——という准尉との計画は、しかし、それを実行に移せぬうちに、事件そのものが終ってしまいました。ソ聯軍との停戦協定が成立してしまったのです。

その後、まもなく、私は、チチハルの原隊へもどることができました。

原隊では、将校集会所にこしらえられた祭壇に、真新しい遺骨箱が、何段にもぎっしりと並べられていました。おびただしい数です。

私は、帰隊の申告や挨拶がすみますと、まず、将校集会所へ、遺骨を拝みに行ったのです。

私は、遺骨箱に記された人名を、ひとりずつ祈りをこめて読んで行きましたが、すると、左の隅のほうに、私自身の名を記した遺骨箱のあるのをみつけました。戦死者の数の中に入れられていたのですから、遺骨箱のあるのは当然です。おそらく、遺体は、まとめて焼かれ、それをわけて、それぞれの遺骨箱におさめたものと思います。一蓮托生《いちれんたくしょう》です。身も心も一つにして戦い、当然、骨もまた一つのものだったのです。

(そうだ、おれはみんなと一緒に死んでしまっているのだ)

という、深い感慨が、そのとき、胸の奥からこみあげてきました。

私は、私の遺骨箱をみつめながら、そのとき、とめどもなく涙の流れ出すのを覚えましたのです。

二の章・小指の持つ意味　小野寺衛生伍長の場合

私は、道東の厚岸《あっけし》の生まれです。厚岸は、アイヌ語でアツケシー（牡蠣《かき》のある所）という意味ですが、海岸には、太古以来の牡蠣礁がたくさんありました。

海辺でしたので、家は農業と漁業をやり、それに、牧場を持っていて、馬を飼育していました。私は、子供のころから、馬に乗って遊んでおりましたので、長じて、徴兵検査を受けるころになりますと、軍隊へ行くとしたら、騎兵科を選びたいものだ、と思っていました。

徴兵検査は昭和十二年に受け、翌十三年の一月に、希望通り、騎兵第七聯隊へ入営いたしました。厚岸辺の者たちは、みな歩兵第二十七聯隊に徴集されて行くのですが、私は徴兵検査の時、牧場経営者の家の出身ということが認められて、騎兵にしてもらえたのです。

私は、乗馬には馴れていますので、騎兵になるのが、軍隊生活をもっとも楽に送れるのではないか、と考えたのです。しかし、実際には、それは大きな見込違いでした。

第七師団は、昭和十三年の二月に、チチハルへ出ましたが、騎兵聯隊は三ヵ月遅れて、師団を追及しております。

私は、騎兵聯隊では、乗馬訓練の時はたしかに骨は折れませんでしたが、内務の生活のきびしいのには驚きました。私的制裁が、ことにひどかったのです。

私も、同年兵のだれにも負けないくらい、懸命に軍務には励んだのですが、同僚のだれかが叱られる時は、一緒に並ばせられて調教（私的制裁のことで、馬を調教するところからこの言葉を使います）を受けます。いちばんひどいのは、向かい合って相互に殴り合いをさせられることでしたが、加減してやっていると、容赦なく上靴《じょうか》（上履）のビンタが飛んできますので、お互いに力をこめて殴り合います。これをくり返していますと、しまいに、双方ともに狂気のようになって、泣きながら果てしもなく殴り合うことになります。きわめてみじめな、苛酷な、いじめられ方でした。あけてもくれても、私的制裁ばかりがつづきました。

騎兵隊は、騎兵と歩兵の両方の任務を遂行せねばならず、そのために初年兵の時から特別に鍛えてやらねばならぬ、というのが二年兵の、初年兵に対する調教哲学でした。乗馬教練の時は、事前の点検を怠ると、訓練間に落鉄（蹄鉄を落とす）してしまうことがありますが、この時は、失策をした当人は、自分で鞍を背負って歩きつづけねばなりません。演習場の泥の中にのめり込みのめり込みしながら、全身泥まみれで、息も絶え絶えになって帰営しますと、そのあと改めて、古参兵の思う存分の調教をうけるのでした。

私は、あるとき、馬の手入れが悪い、といわれて、厩舎《きゆうしや》で、靴底についた馬糞と尿とにまみれた泥を、口いっぱいにあてがわれて、これを食え、といわれたことがあります。馬は非常にフケが出やすく、相当丁寧に刷毛をかけても、毛並を手で逆に撫でますと、うすくフケの浮くことがあります。それを咎められるのです。私は、口いっぱいの糞尿にまみれた泥を、調教者の古兵の前で食べ終えましたが、その晩は、さすがに無念の思いが募って、眠ろうにも眠れませんでした。考えると涙がこみあげてきて、暗く、昂奮しました。

こうした、非情に過ぎる私的制裁をのがれる方法が、ひとつだけありました。それは衛生兵を志願することでした。衛生兵になりますと、兵科を離れて、衛生兵としての生活がはじまります。当時、衛生兵は、一年半で帰休除隊できました。もっとも支那事変ははじまっておりましたし、私も、規定通りの帰休除隊ができるとは思いませんでしたが、少くも内務班は離れられるのでした。

初年兵教育が二ヵ月過ぎますと、有線無線通信、軽機、擲弾筒などの特業を学ぶ兵隊がきまります。同時に衛生兵も募集します。衛生兵を志願し、それが受け入れられますと、中隊を離れて、陸軍病院へ移り、衛生兵としての研修を受けることになります。

私は幸い、親の承諾も得、資格審査にも合格して、衛生兵の教育を受けることになりましたが、このことがのちのち、ノモンハンで苦労する運命の岐路になろうとは、むろん、その時は少しも考えませんでした。中隊の内務班を離れられることだけが嬉しかったのです。

病院での研修が終りますと、チチハルへ出動している本隊を追及し、そのあと、ハルビンの下士官候補者教育隊に入隊しました。十三年の十二月です。なりゆきとして下士候をすすめられますと、それに従わざるを得ない事情でした。

この下士候教育隊へは、騎兵第七聯隊からは、私と寺本との二人が行きましたが、私は隊では寺本より成績が上でした。ところが、班内で仲間とふざけ合っているところを、週番下士官にみつかり、それで、内務の成績が減点され、卒業時の総合平均点では、私より寺本が上でした。寺本は九十二点、私は九十一点で、序列は、百九十五名中、寺本が十九番、私が二十番でした。

この序列の一番差は、その時点では単なる一番差でしかありませんでしたが、なかなかに意味深い一番差だったのです。下士候隊を十四年六月に卒業すると、私は第七師団軍医部の衛生隊の所属となりました。

この時には、すでに、ノモンハン事件ははじまっております。

待機中の第七師団に、出動命令の来ましたのは、六月二十日です。先発の歩兵第二十六聯隊（須見部隊）は、第二十三師団に配属を命じられ、即日出動しています。歩兵第二十八聯隊は、なお待機を命じられていました。

た。歩兵第二十六聯隊が、七月三日、四日の戦闘で全滅した、という噂を、私は耳にしました。ソ聯軍との凄惨な対戦車戦の行われていることは、チチハルにいても、かなりの緊迫した状態で、知ることができたのです。

七月二十日に、私は、歩兵第二十六聯隊の衛生兵が欠員になったため、歩兵第二十六聯隊に配属されることになり、ノモンハンへ向けて出発せねばならなくなりました。騎兵第七聯隊から衛生兵一名を派遣せよ、という司令部からの命令でしたので、私か寺本かの何れか一名が派遣されることになったのですが、軍隊はこういう場合必ず、序列の下の者が出されます。私と寺本は、卒業時の成績が一点差、序列は一番差でしたので、私が派遣されることになったのです。

この時、工兵第七聯隊から衛生兵になって師団衛生隊にいた井上も、私と一緒に歩兵第二十六聯隊へ派遣されることになりました。井上は、下士候隊で、私と一緒に教育を受けた親しい同僚です。小柄でおとなしい兵隊でした。

出動命令の出た日の朝、井上は私に、

「ノモンハンへ出ると、衛生兵だろうと軍医だろうと、まず生きては帰れないそうだ。山県部隊の入院患者が、みなそういっているそうだ」

と、深刻な表情で申しました。山県部隊は、第二十三師団の歩兵第六十四聯隊です。二ヵ月も前に前線に出ています。

私にも、井上のいう言葉の、事実であることはわかりました。衛生隊には、前線での死傷者数の情報は、よくはいるのです。私と井上は、正直なところ、泣きたい思いで、ノモンハンへ発つことになったのです。

私は、実地にノモンハンへ赴いてみて、これほども、予想と違う日に遭おうとは思いませんでした。といいますのは、いかにきびしい予想をしていたとしても、その予想をはるかに上廻る、すさまじい戦闘の現実が、そこに私を待っておりましたからです。

私と井上は、ちょうど原隊へ復帰する藤井准尉に引率されて、汽車でハイラルへ行き、その日に酒井部隊（歩兵第七十二聯隊）の空兵舎に泊まりました。部隊は全員出動してしまっていたのでガラ空きでした。煉瓦造りの兵舎です。

つぎの日、連絡にきたトラックに便乗して、将軍廟まで行きました。朝四時に宿舎を出て、夕方の四時に着いております。将軍廟といっても、ラマ教の像を祀る煉瓦造りの建物があるきりです。いかにも索漠《さくばく》としていました。警備の兵隊は幕舎生活をしています。ここは前線に、もっとも近い基地です。

ハイラルから将軍廟へ来るまでも、将軍廟からさらに前線への、広漠荒涼たる草原と砂漠の中を進んで行く時も、進むにつれて、戦いの場へ赴く、というよりも、死地へ身を入れる、という実感のほうがずっと強かったのです。私はみちみち井上と、すでにわかっていることですが「ひどいな、よくよくだぞ」と、何度もいいかわしたのです。すれ違う前線からのトラックの背にいる、負傷者の様子をみてもそれはわかります。私と井上は、それをいい合うことで、お互いに覚悟をきめ直してゆく、ということになったのです。藤井准尉は、師団司令部に分遣になっていたのが、原隊に復帰することになり、それで、前線の実情についての、具体的な知識は持っていられませんでした。

私たちが、須見部隊（歩兵第二十六聯隊）の本部に到着しましたのは、八月一日です。この時、部隊は、ノロ高地に全兵力が集結していました。ノロ高地はハルハ河の北、ホルステン河の南に位置します。両河の合流点から東へ四キロほどです。将軍廟からここまでは、まっすぐ四十キロほど南下しますが、そのほぼ中間点に、ノモンハンの、名ばかりの小集落があります。部隊はノロ高地で、兵員の補充中だったのです。私たちはここで、部隊長に着任の申告をし、私は第一大隊、井上は第二大隊付になることがきまりました。

私の所属する第一大隊（生田大隊）は、七月中の戦闘で兵員は半減していました。兵員補充をして、新たな守備についたのです。私がチチハルできいた須見部隊全滅の噂も、まったくの誤報とはいえないくらいの死傷者を出していたのです。私が部隊本部の位置に着任しました時も、平原のどこかで、遠雷のように砲声が轟いていました。前線へ着任することは、その場で、激戦裡に身を置くことになるのです。中間地帯というものはないのです。覚悟はしていましたが、いまに私もまた砲声にとりまかれると思い、全身のしめつけられる緊張感を覚えました。

大隊長の生田少佐は、安達大隊長の後任として赴任してきて、まだ一週間にしかなっていなかったのです。安達大隊長は、七月初旬のハルハ河渡河攻撃の折に、戦死されています。生田少佐は陸士を出て、赴任前は師団司令部の高級副官でした。すでに陸大への入学もきまっている優秀な人材でしたが、この事件がはじまって、陸大どころではなくなったのです。私が、生田大隊長に着任の申告をいたしました時、大隊長は、

「よく来てくれた。ありがたいことだ。よろしく頼む」

と、まことに親しげな言葉で喜んでくださり、かさねて、

「衛生兵はだいじな身体だ。死なないようにがんばってくれ。お前に死なれては皆が困る。どうにも死なねばならぬ時は仕方がないが、手段をつくして生きのびてくれ」

と、いわれました。

毅然《きぜん》とした態度の人でしたが、この言葉からも、部下思いの温情は察しられます。

遠く砲声はきこえていましたが、ここでは部隊は、小康状態の時だったのです。私が、大隊長に申告を終えますと、本部功績係の中坂曹長が、

「小野寺伍長は、おれの幕舎で寝てくれ。どっちみち、いく日幕舎にいられるかはわからんが、二日三日は休めるんじゃないか」

といって、寝場所へ案内してくれました。

幕舎、といっても、壕を掘った上に、天幕がかぶせてあるだけのものでした。草地と砂地だけで出来ている土地には、天幕の構築さえ満足にはできません。砂地だから、充分に支柱が立てられないのです。砂は掘り易いのですが崩れ易く、また、一メートル以上掘りますと、湿気をもっています。暑い時は、地底の砂を頭からかぶって涼をとった、と、これは壕の中におちついた時、中にいた兵隊からきかされたことです。

このあたりは、どこをみても、ヨモギばかりが生えつづいていました。ところどころに高さ三尺くらいの柳の木があり、それに、大隊本部の目印になるように、かなり高い楡《にれ》の木が生えていました。壕は、本部と各隊が連絡できるようにつづいていました。蟻の巣のように、砂の中に掘りめぐらしてあるのです。長さ三十メートルくらいの、二十人位はいれる壕がいくつもあり、他の壕とつづいています。

中坂曹長は、気のやさしい親切な人柄にみえました。私を、寝場所の壕に案内してくれた時、はじめに、

「どこの壕もそうだが、足の踏み場もなく、かさなり合うようにして寝ていたかと思うと、じきに隙間ばかりできて、どの壕も楽に寝られるようになる。みるまに人員が減ってゆくのだからな」

といいましたが、私は、この言葉をきいただけでも胸が痛みました。壕の中で、中坂曹長は、私にいいきかすようにして、こんなことをいってくれています。

「小野寺伍長は、死んだ大畠伍長の交代で来たんだ。大畠は看護疲れで、ふらふらになって何度も倒れ、しまいに流れ弾丸に当って死んだ。死ぬほうが楽だったかもしれない。あれだけの死傷者が出て、その看護をしていたら、疲れだけで、軍医も衛生兵も生きてはおれんよ。大隊長が小野寺伍長にああいうことをいったのも、戦闘事情をきいているからだし、自分も覚悟して先を見越しているからだ。第一大隊は、川又地区で半数に減った陣容を建て直すために、ここまで引き揚げてきた。関東軍から少々兵力の補充も来ている。満期予定の兵隊まで連れて来たんだ。可哀想なことをするよ。いずれ前進命令が来る。前よりもっとひどいだろう。奴らの戦車は、河を簡単に渡ってくるからね。川又では、三中隊の木下曹長が、戦車がなぜ易々と河を渡って来られるのかを、ずいぶん苦労して調べた。そのわけをつきとめたのは、七月十二日だったと思う。橋ができていた。それも、鉄橋が、水面の下にだ。上からは、飛行機からもみえない。砲撃しようにも、水中だし、観測もできない。その橋を、戦車はむろん、砲も兵隊も渡ってくる。それで、その橋を攻めるつもりで攻撃をしかけたが、どうしてもとれなかった。木下曹長だが、河畔に蛸壺《たこつぼ》を掘ってもぐり込み、完全擬装で身を隠して、橋の存在だけはたしかめたのだ。木下曹長は、兄弟三人のうち、二人はすでに戦死してしまっている。おれひとりは生残らせてもらう、兄貴たちも守ってくれているから、といっているが、その通り、眼の前で十五榴が炸裂しても、爆風で吹き飛ばされただけで、ふしぎにかすり傷も負わなかった。そのころ中隊指揮班は、小高い砂山のうしろの、断崖のきわに壕を掘ってもぐっていた。砲弾は、砂山の前面か、ずっとうしろへ飛んで行き、その壕は死角になっていた。木下曹長はその壕にいたが、敵が迫撃砲を撃ち出し、弾丸がしゅるしゅると歌いながら空を越えはじめると、奇妙に浮足立って、どうしてもその壕にいたくない、まだ砲弾の落ちつづいている砂山の前へ出たい、それで能戸准尉を誘って前へ出ようといったが、准尉はみすみす危険を犯す必要はない、といって出たがらなかった。それを無理にひきずり出すようにして、その壕を出ると、入り違いにMG（機関銃隊）の指揮班が、そこが空くなら譲ってくれ、といって、もぐり込んできた。それから五分もたたぬうちに、迫撃砲弾はその壕のまんまん中に落ちて、MGの指揮班は一人残らず戦死した。それ以来、能戸准尉は、木下曹長のうしろにぴったりくっついて行動している。たぶん、この二人は死なないだろう。おれもできれば、木下曹長にくっついていたいところだよ。まア、こんなこともある、という話だが、衛生兵だって、多くの者に守られている。おれは、小野寺伍長にも運がついていると信じる。そのつもりで、余分な心配はせずに、がんばってくれ。衛生兵が健在でいてくれるかどうかは、心理的に、ずいぶん違うからな。大隊長のいった通り、無理かもしれんが、なるべく弾丸をよけてもらいたい。なにか心配ごとがあったら、いつでも相談してくれ」

砲声をききながら、耳もとで、懇々《こんこん》とそういわれますと、その言葉は胸の底にしみ入りました。こうなったら、身体のつづく限り責任を果たそう、と、ひそかに誓いました。

曹長が、川又——といいましたのは、ハルハ河とホルステン河の合流点のことです。合流点付近に架けられている鉄橋を爆破したいために、七月二十三日から翌日にかけて、第二大隊の木村隊と第三大隊が夜襲をしかけ、鉄橋に五百メートルまで迫りましたが、遂に成功せず、この戦闘だけで将兵の死傷一三五を数えたほどだといいます。二十六日に、部隊命令で、現在地まで撤退して、築城しているのでした。持久の態勢に移っているのでした。

私が、大隊本部に所属しました時、私のいた本部幕舎には、大隊長のほかに副官の渡辺少尉、軍医の神田中尉、ほかに伝令兵として後藤、松田、宗方、沖野、柴の五人がおりました。八月の五日までは、ここで、比較的のんびりとした日を過ごしています。排便の時も、円匙《えんぴ》をもって壕外へ出て、適当な場所を選んで穴を掘って用を足し、あとを埋めておけばよかったのです。夕方からは蚊が出ますので、ヨモギをいぶして、そのけむりが尻のあたりにくるように仲間にあおいでもらい用を足す、という滑稽なことをやりました。この蚊は、日本の蚊と違って大きく強く、皮膚にとまったのを、指でつまんで離さぬと離れないのです。しかも無数にいます。蝿も同様で、食物があると、どこからか寄ってきて、まっ黒にたかります。休養間は、みな、シラミ退治にも多忙でした。

「ハルハ河で水浴ができたらなあ」

というのが、だれもの願いだったのです。ハルハ河は、水もきれいだし、魚も泳いでいます。日本のイワナによく似た魚が多いのです。

この休養間に、砂に埋もれていた不発弾につまずいて、重傷を負うた兵隊がいました。この手当が、私のいちばんはじめの仕事でした。鋏で服を切りひらきますと、胸にはいくつも穴があいてい、血が噴き出し、すでに手当のしようもない状態でしたが、三角巾をつめて、応急処置をしました。しかし、血は全身からあふれ出て、砂にしみ込み、負傷者はまもなく死亡しています。私の両手は、この手当のために血だらけになりましたが、手を洗おうにも水もありません。この手の汚れは、爪の中にも深く残って、ずっとのちに、私が負傷して遼陽へ送られるまで、記念のように消えることがありませんでした。

私たちの大隊が、転進命令をうけて、ホルステン河を越え、七三一高地から日の丸高地への線に出たのは、八月の五日でした。

大隊は、本隊である須見部隊の指揮下を離れて、第二十三師団の小松原師団長直轄になり、山県部隊（歩兵第六十四聯隊）の右翼に位置することになりました。これは師団の最右翼です。前面はるか（六キロほどはありますが）にハルハ河を望む地点です。ホルステン河の北側（右岸）の一帯です。須見部隊はこの時は予備隊として後方におりましたが、予備隊といっても兵力は知れたものだったのです。

生田大隊の兵力は、第一、第二、第三中隊に、歩兵第二十五聯隊の聯隊砲中隊（海辺隊）が配属されていました。転進命令の出ました時も、私は、ある不安な予感を覚えましたが、日の丸高地へ出て、はじめてハルハ河を遠望しました時も、さらに（これはよくない戦況になっていきそうだ）という悪い予感を、いっそう深めたのです。敵はむろん、ハルハ河を渡った地点に、われわれと対向して布陣し、戦車や重砲陣が、開戦の時機を待っていたということになります。

八月七日に、聯隊砲が前面へ出て、敵の陣地へ向けて、一発、試射をしました。すると、向こうからは、二百十発の重砲弾が飛んできました。これは、この日の丸高地での戦闘を予測できる、象徴的な、砲の撃ち合いであったといえるかもしれません。兵力も、装備も、戦闘力も、一対二百十の比率になっていたということです。そのために、戦闘がはじまりますと、言語に絶する苦戦を強いられることになりました。

私は、着任早々の一介の衛生兵でしたが、こちらが一発撃って、二百十発の返礼が来た時の、実に寒々とした驚愕《きょうがく》の思いを、いまもその時のままに忘れません。戦闘は八月中旬になって激烈になりますが、日の丸高地に展開したばかりのころは、朝夕の砲撃戦が主でした。といっても、彼我の火砲の差の大きさは、一対二百十でもわかります。戦機が刻々と熟してゆく不気味な緊張感が、砲撃戦のごとにたかまりました。敵がいつ本格的な総攻撃に移ってくるか、という緊張感です。敵の戦車群が、どこにどのように配置され、どのように増強されつつあるか、といったことは陣地にいてはわかりません。その様子をさぐりに、連日連夜、斥候が出されました。しかし、こちらはつねに、敵から見通されている不利な地勢に位置していますので、捜索行動も思うにまかせません。もともと遮蔽物がなさすぎます。

敵の重砲陣地からは、午前八時からと午後二時からの一時間を、猛烈に撃ち込んできますが、あとは、断続して、迫撃砲弾が飛んでくるだけです。迫撃砲弾は、砲弾に羽根がついていますので、空中をしゅるしゅると音をたてて飛んできます。それで、馴れると、よけることもできますが、一分間に何十発も撃ち込まれる重砲弾は、避けようもありません。

真夏の蒼明な天の下で、日ごとに殺傷をくり返す営みがつづきました。

八月十七日の朝、こちらの聯隊砲が、三十分間連続して敵陣に撃ち込みますと、それの終った直後にソ聯側の反撃がはじまり、陣地の周辺は爆風の激しさのために、息苦しさを覚えるほどの状態でした。こちらの砲撃間に、しっかり砲の位置を観測されていて、向こうが撃ち出した時、その砲弾は、たちまちこちらの砲を吹き飛ばし、まわりにいた者は砲手も弾薬手も吹き飛びます。砲煙で空は曇り、一時間ほどの反撃の砲撃だけで、かなりの死傷者を出しています。こうしたことは、連日くり返されてきたのですが、この日は格別でした。しかし、この程度のことは、まだ戦闘といわれるほどのものではなく、真に、戦闘と呼ばれる状態は、その二日後の八月十九日の、ソ聯軍の総攻撃によって展開されました。

八月十九日。この日も晴天でした。

日中は、交戦状態もさほど活潑ではなかったのですが、夜半になって砲撃がはじまり、しかも刻々に激しさが増してきました。いつもの砲撃とは、様子があきらかに違っています。いちだんと威圧的に撃ちつづけてきます。いよいよ来るぞ、という感じです。

夜空を犯して、敵機の編隊が、日本軍陣地を狙って、爆撃を続行している、その、爆発音が、重く地軸を揺るがしてきこえます。山県部隊の後方を狙っているように思えましたが、はっきりとはわかりません。

夜とはいっても、暗夜ではありません。天に遠く三日月が架かり、星もいちめんに出ております。ただ、夜になると、寒気だけは、増してきます。聯隊砲隊が砲体鏡をのぞいて、数台の戦車と数百の歩兵の影をとらえています。敵ハ攻撃態勢ヲ整エツツアリ、という示達も出ています。大隊長はつねに、後方の予備隊の位置にある須見聯隊長と電話連絡をとり、激励をうけたり、指示を仰いだりしておられたようです。他隊の配属ではあっても、そこは人情です。私は、神田軍医の指示をうけながら、壕から壕をたどって、負傷者の看護に飛び廻りました。充分には薬物もありません。負傷者には止血をして、三角巾で応急処置をしてゆくのが大部分ですが、数が多いのでたいへんです。時に状態の急変してゆく者がいると、軍医を呼んで指示を仰がねばなりません。

翌二十日は、朝霧がたちこめておりましたが、その霧のはれぬ間に、敵の砲撃がはじまっています。夜明けとともに、霧がうすらいで来ますと、約千メートルほどの前面に、白い旗がずらりと並びました。これは、敵が同士撃ちを防ぐための、後方の砲兵に対する位置標示です。その標示のうしろに、二陣、三陣と、歩兵の列がつづいています。夜が明けてみますと、敵の兵力の多さに、改めて驚かされます。視野に在る兵力だけでなく、ここからはみえない部分に、どれほどの兵力が用意されているのか、はかりしれないもののあるのが、身にしみてわかるのです。

敵の重砲弾は、位置標示の白旗の線を越えて、こちらの陣地に正確に届きます。その砲撃も、従来にはない徹底したすさまじさです。直径四、五キロほどの地域は、完全に弾幕に包まれていたと思います。幾重にも重なり合う砲弾の炸裂音と、敵機の上空に飛来して来ては爆撃してゆくその爆発音とで、地震の中にさらされているように地が動きます。ここらの砂は、粉のような微粒です。その砂けむりが、爆風によって舞いあがって、あたりの視界を暗くします。

こちらの聯隊砲も、力の限りは敵の重砲陣を狙い撃ちますが、もともと数の知れた砲では、いかに善戦しても結果は知れています。敵の歩兵も、散開して近接してきます。それに向けて前面の重機は、かれらをみごとに薙ぎ倒しますが、稜線上から、敵兵は、無限に湧き出してくるのです。もちろん戦車も出てきます。

「左前方に敵戦車ッ」

「戦車は続々と出てくるぞ」

といった鋭い叫びを、私は、壕中で、つぎつぎに運び込まれる負傷者の手当をしながら、耳にしています。敵の歩兵の先頭は、こちらの陣地の三百メートルの地点にまで近接し、壕の上を掠める超弾の穹を劃く音が、重砲弾の炸裂音の合間にきこえます。こちらの陣地は次第に、砲銃撃の重囲の中に陥ちてゆきます。

むろん私は、衛生兵の任務に追われていますし、めまぐるしい忙しさのために、戦況を逐一みているようないとまのあろうはずはありません。しかし、人々の叫びと、砲銃撃のあり方で、様子は、ひしひしと感じとれるのです。また、あとで、生き残った者たちから、あれこれと戦闘の模様も耳にしています。

稜線上へ出てきた戦車は七台でしたが、このうち四台は、こちらの速射砲によって擱坐《かくざ》しています。速射砲隊は実によく戦っていて、近づく戦車を一発必中に射とめますが、落ちつづく重砲弾のために、砲隊の兵員も死傷し、また砲自身も損傷します。それに、もともと限られた数の砲しか所有していないのです。

機関銃も、戦車に向けて果敢に応戦しますが、戦車は、不利になると窪地にもぐり込んで、砲塔だけをのぞかせて砲撃してきます。充分には弾薬の補給のない私たちの部隊は、向こうに合わせて応射することもできません。残弾を計算しながらの応戦です。

近づいてくる戦車には、兵隊が各個に、手榴弾をもって攻撃する、ということになります。戦闘があまりにきびしいと、頭が麻痺してしまうのか、恐怖感などは吹っ飛び、その場その場の状態に応じて、本能的に対処してゆく、というふうになります。

サイダー瓶を利用した火炎瓶は、この時期には、あまり用を為さなくなっています。敵はディーゼルエンジンを使用する戦車を動員して、さしむけてくることが多くなってきたからです。戦車の姿はみえぬのに、キャタピラの音だけが、草原の蔭からきこえてくるのは、壕の中で傷者の手当をしていても、不気味なものでした。

七三一高地から北へ、日の丸高地にかけての大隊の布陣は、山県部隊寄りに大隊本部、その前面に本部直属の第二中隊が出ています。陣地は、小隊がまとまってはいるには、幅四メートル、長さ二十メートルの壕は必要です。陣地の前面には、速射砲のための丸太組みのトーチカも用意します。各壕にはむろん、連絡用の通路もつけます。ただ、砲弾の震動でも崩れそうな、砂地の陣地であることに心細さがあります。

第二中隊の位置から北へ四キロほど隔てて第一中隊が位置し、そこからさらに四キロほど置いて、第三中隊が布陣しています。第三中隊は、陣地の最右翼ということになり、日の丸高地の一角を占めています。第三中隊の北方は、ハルハ河を渡河してくる敵の戦車や歩兵が、自由に行動できます。そのために第三中隊は、もっともきびしい状況にさらされることになりました。これは、早朝来の電話連絡によって、その苦境の様子が、刻々に大隊本部に伝えられてきています。刻々に重囲の深まっている模様が、電話を通じてわかるのです。

敵の重囲に陥ちているのは、むろん第三中隊だけではなく、山県部隊全体が、布陣の切れ目を縫って前進してくる戦車や歩兵に囲まれているのです。こちらには一台の戦車もなく、壕にとじこもって、迫ってくる戦車や歩兵と戦うだけなので、地の利の上では、きわめて不利な戦闘をしなければなりません。

第三中隊からの電話連絡は、夜が明けてからまもなくに杜絶しました。重囲のため、いよいよ戦況の逼迫していることがそれではっきりしました。"重囲ニ陥チツツモ敢闘中〟という報告はずっとつづいていたのですが、連絡が絶えると、支えきれず全滅したのではないか、という不安が兆《きざ》します。第三中隊は鶴見中尉の指揮の下に、聯隊砲の沢田小隊、機関銃の盛隆小隊が配属されていますが、ここはいっそう、弾薬の欠乏に悩みながらの応戦をつづけたに違いないのです。

第三中隊との連絡が絶えたあと、じきに、神田軍医が私に、こういいました。

「小野寺伍長。これは大隊長殿の許可も得たことだが、第三中隊へ行ってみてやってくれんか。ひどいことになっているのではないか。ここは、おれひとりでがんばる」

私は、大隊本部の位置にしても、戦況のよくなるはずはないので、神田軍医ひとりでは

手が廻るまい、と察しましたが、衛生兵のいない第三中隊は、もっとひどいに違いないのです。私は即坐に、

「参ります」

と答えて、出発準備をしました。

私は、地下足袋に巻脚絆、帯剣はすてて、六連発の拳銃と手榴弾三発だけを持ちました。ごく軽装です。負傷者の多いのを見越して、医療嚢には、つとめて多くの薬品類を詰めました。支度をして、直ちに壕を出ました。

第三中隊の位置まで、直線コースならさしたる距離でもないのですが、どの陣地も戦車に囲まれていますし、みつかったら狙われます。戦車の影がみえると身を伏せ、砲弾の落ちつづく地点では、避退しなければなりません。時間がかかっても迂回を重ねて、とにかく無事に、第三中隊の位置までたどり着きたかったのです。歩兵を載せた装甲車も走り廻っていますが、これにみつかったら逃げ切れません。

自分では、懸命に急いでいるつもりでしたが、気はあせっても、足は思うに任せず、私が第三中隊の陣地にたどりついたのは、出発後六時間もたってからでした。昼をだいぶ過ぎていました。第三中隊のいた日の丸高地の一角は、これを、敵の戦車と歩兵が馬蹄形《ばていけい》にとり囲んでいました。すさまじい弾雨を浴びて、陣地は、砂も沸き上がっているほどです。砲煙は天を焦がすといった状態です。

陣地――とはいっても、直径五十メートルあるかないかの凹地です。大隊の布陣している方向が空けられているので、包囲の形が馬蹄形になるのです。一方を空けているのは、ただでさえ白兵戦に敢闘する日本兵を、完全に包囲してしまうと、さらに死物狂いになります。一方を空け、そこから逸脱させて、それを狙撃しようとする戦法のようでした。

陣地のまわりは砂山です。第三中隊は、だれもが砂の壁にとりついてがんばっているのですが、水平にくる弾丸は避けられます。しかし砂山を越えてくる砲弾は避けようがなく、刻々に出血を重ねているのです。敵は、砲銃撃で、時間をかけて殲滅《せんめつ》しようとしているのです。一気に攻め込んで来ないのは、白兵戦における、第三中隊の戦闘力を恐れているからです。また、第三中隊も、それによって、辛うじて陣地を支えていた、ということになります。

その、馬蹄形包囲の、空けられている一角から、私は陣地内にもぐり込んだのです。

乱戦の中をくぐって、ともかくも私は陣地内に飛び込んだのですが、陣地内の様子をみたとき、正直にいって、死傷者があまりに多いのに驚きました。一個の衛生兵の力では、もはや手の尽くしようはありませんでした。それでも、来たからには、全力を尽くさねばなりません。

鶴見中隊長は、聯隊旗手を勤めていられたのが、中尉に進級して、第三中隊の中隊長になられたのです。聯隊旗手らしい、いかにも凛々《りり》しく力のあふれた人ですが、汗と砂にまみれたその表情には、ただ精悍な、戦闘意欲だけが燃えているようにみえました。

壕の片隅で、私は、鶴見中隊長に、本部から派遣されてきた旨を口早に報告し、あわせて、第三中隊への、大隊長の激励の言葉を伝えました。

「大隊長殿のご期待に添えず残念だが、全力を尽くして戦っている。いまも中野少尉の速射が、戦車四台を擱坐させたのをみてきたところだ。みんなこの上なくよくやっている。しかし、聯隊砲の沢田小隊も、半数以上は死傷した。重機も一梃だけが残っているが、弾薬がいくらもない。しかし、われわれも死力を尽くすから、小野寺伍長もよろしく頼む。では行く」

鶴見中隊長は、私に、それだけをいい残して、指揮をとりに壕を出られました。

私は、壕内に収容されている負傷者の手当に、一心不乱に尽くしました。疲れも空腹も忘れました。分秒を惜しんで、一人でも多くの傷者の手当をしたかったのです。負傷者はほとんどが重傷者です。

ソ聯の戦車は、濃い国防色をしていて、キャタピラの音をひびかせて、陣地の周辺に出没しつつ、漸次に包囲の環をちぢめてきます。このBT《ベーテー》戦車というのは、一日中、絶え間もなく日本軍陣地を砲撃すると、夕方引き揚げてゆく時、発射済みの薬莢《やっきょう》を、車外に捨て行きます。

「その薬莢が、小山をなすくらいにあるんだ。乗員のすわる場を除いたら、あとはぎっしり弾薬を積み込んでいるのだろう。遠慮なく撃てるわけだな」

生田大隊へ着任後に、戦車についてのこうした述懐を、私は、古い兵隊から耳にしたことがあります。その言葉がよみがえってきます。

戦車のほかに、装甲車が来ています。装甲車は、歩兵を満載して、包囲網の中へ送り込んでくるのです。装甲車はそれぞれ、赤旗を二本ずつ立てています。

死傷続出している一個中隊で、どう防いでみても、全滅は時間の問題であることが、私にもよくわかりました。全滅になる時、これらの負傷者はどうなるのか、という、そのことだけは、手当に追われている私の頭の中を去来した、いちばんの関心事でした。この孤立した陣地からは、負傷者を搬出する方法はないのです。

電話連絡が杜絶したあと、中隊からは、三名の伝令が出た、と、手当をしている時に、傷者の下士官からききました。私は、私の身にひきくらべて考え、無事に大隊本部に到着してくれればよいが、と案じました。（のちにわかったことですが、伝令は三名とも途中で戦死しています）

「昨日は、みんな壕の外で、のんびりとしていたんだ。日が暮れてからだ、にわかに敵の動きが活潑になったのは。それが、いまはもう全滅に瀕している」

壕の中で、胸の貫通銃創に耐えながら、兵隊のひとりが、こう語ってくれています。必死に看護をつづける間も、砲弾の炸裂音で、私の耳は鳴りつづけます。落下する榴霰弾《りゅうさんだん》の破片が、壕中にいる私の鉄兜にも降りそそぎ、しきりに音をたてるのです。

　思えば、私が、第三中隊の負傷者救護のために着任した時には、すでに中隊は、全滅の道へ向かって、大きく進みはじめていたのです。

　夕刻に近くなってからですが、私は中隊長に呼ばれました。壕の一角で、中隊長は、私を身近に呼ぶと、

「小野寺伍長。折角来てくれたが、これから本部へ引き返してくれんか。第三中隊は、ただいま総攻撃を敢行して玉砕した、と、大隊長殿に伝えてほしい。聯隊砲も速射砲も、すでに弾丸は尽きた。かえりみて悔いなく善戦した、と申しあげてくれ」

と、いいました。中隊長の精悍な眼に、一抹の悲壮ないろが流れるのをみました。私は、

「自分は、命令でこの中隊へ参りましたので、この中隊と運命をともにさせていただきます」

　と、即坐に返事をしました。

　断末魔の負傷者を、つぎつぎと手当をしてきましたので、いまさら、帰ってくれ、といわれても、帰れるはずはなかったのです。全滅するまでは、負傷者の手当をしてゆくのが、衛生兵の本分だと思いました。それに、帰れ、ということは、弾幕の中で死んでくれ、といわれるのと同じでした。私が、第三中隊の陣地へもぐり込めたのは、敵の馬蹄形

の包囲網の空き口から、潜入したからです。敵も、まさか日本兵が、外部から陣地内にもぐり込んでくるとは思わなかったはずです。しかし、陣地から脱出することは、見通しのよい草原と砂丘の連なりの中では、どう機敏に動いても、逃げ切ることはできそうにありません。

無数の銃口が、馬蹄形の空き口から逃げ出す日本兵を、狙っているのです。私は、第三中隊とともに、潔く死のう、と思いました。

「お言葉ですが、ここで死なせていただきたいと思います。お願いです」

と、私は、かさねていいました。

「これは命令だ。守ってもらわねばならぬ。中隊長は、それに、だれかが状況を伝えねば、大隊長殿への任務が果たせぬ。頼む。帰ってくれ。なんとかうまくきりぬけて行ってくれ。わかってくれ」

と、懇々と、さとすようにいわれます。

もはや、ことわるすべもありませんでした。

それに、だれかが状況報告をせねばならぬ、ということも、だいじな問題です。私は、やむなく、本部へ引き返すことを諒承しました。といっても、日の暮れるのを待って、などという、のんびりしたことのできるはずはありません。包囲網をくぐって出るしか方法はないのです。

蟻の匍い出る隙もない、という言葉がありますが、第三中隊の陣地は文字通り、敵の戦車と機関銃に、びっしりと囲まれている状態でした。馬蹄形の空き口から出るにしても、いかにして脱出すればよいか、敵の気配をさぐらねばなりません。動くものに対しては、すぐに集中射撃が来ます。戦車の一部は、南方に移動しはじめているかにみえました。第三中隊陣地の全滅が決定的とみて、戦力を南方へ廻している、心憎い行動のように思えました。

中隊長のたっての命令で、大隊本部へもどるにしても、第三中隊の運命に対し、つらく心が残ってなりませんでした。馬蹄形の包囲態勢は、そのままにつづいています。この陣地にもぐり込んだ時のようにして、また脱出するしかありません。砂の壁を掘った蛸壺陣地がいくつもあります。陣地の主が死傷して、蛸壺だけ残っている、そのひとつにもぐり込み、ともかく前方の様子をさぐり、脱出路をもとめました。

陣地周辺へ、無数の砲弾を撃ち込まれたので、砲弾穴が重なりあって、身を隠しながら前進するには、便利な地形ではありました。蟻の匍い出る隙間をどうみつけ出せるかが、私の使命が達成できるかどうかの境い目ですし、また、私自身の生き延びられる、ぎりぎりの残された道でした。どこに活路があるのかは、みていてもわかりません。死力を賭し、あとは運を天に任せるよりほかはない、と私は覚悟をきめ、味方の重機が、激しく撃ち出している瞬間をみて、陣地の一角から飛び出しました。少し駈けて、砲弾穴のひとつに飛び込み、あとはカンだけを頼りに、飛び出しては隠れ、隠れてはまた駈けます。銃弾は激しく身辺を濯《あら》ってきましたが、つとめて、先へ先へと急ぎました。一歩でも遠く逃げのびることがだいじでした。

二つ目か三つ目かの砲弾穴に飛び込んだ時に、すでに巻脚絆の紐が切れていました。駈けている足にすれすれにかすめた弾丸が紐を切ったのです。これで足をやられなかったということは、なんとかいける、という前兆かもしれない、と、とっさに思いました。私の任務に対する、第三中隊の将兵の祈りがあって、私を守ってくれているような気がしたのです。

弾幕を縫っては、自身のカンだけを頼りに、安全にみえる方向を求めては走ったのですが、砲弾穴にもぐり込むと、かえって不安感の増すのは、ふしぎな心理でした。むしろ、弾丸に追われて走っているほうが、安心感があるのです。走っていて、機銃弾が足もとを濯ってくるとき、走り切るか、遮蔽物をみつけて倒れ込んで隠れるかは、機敏な判断を要します。無我夢中で駈けに駈けているようで、意外に正確な対処をしております。短時日のうちに、防衛本能も鍛え上げられていたのかもしれません。

どれくらいの時間をかけて、敵からの射程距離をぬけ切れたか、正確な記憶はありませんが、狙撃弾が来なくなるにつれて、行動も捗《はかど》りました。戦車や装甲車に、不意に遭遇することをもっとも懸念しましたが、幸いに、こちらが追われて逃げまどうような目には遭わずにすみました。

大隊本部の位置へは、思ったよりも、かなり早く着きました。第三中隊の危急を、一刻も早く知らせたい、とする、その一念に駆られて、急ぎに急いだためと思われます。私自身、よくも駈けつづけられたものだと、自分のがんばりに驚いたくらいです。

生田大隊長は、健在でした。大隊長は、私の報告してゆく、第三中隊の苦戦の状況を、沈痛な表情で聞き入っていられましたが、鶴見中隊長の、総攻撃をして玉砕する、という決意を伝えますと、深くうなずかれながらも、その表情に、私がみても、異様にきびしい決意のいろの刻まれるのがわかりました。

「鶴見を、見すててはおけぬ。絶対に見すててはせぬ」

と、大隊長は叫ぶようにいわれ、そのあと、

「よく報告に来てくれた。骨を折らせたな。休ませてやりたいが、それもできぬ。これから全力で、第三中隊を救援しに行きたい。小野寺伍長には気の毒だが、つきあってくれ。これからが決戦なのだ。頼む」

と、いわれました。もちろん私には、異存のあろうはずもありません。第三中隊へ思いを馳せる、大隊長の反応が嬉しかったと申せます。神田軍医も、私へのいたわりの言葉をかけてくれましたし、同時に、第三中隊の事情にも、深く心を痛められています。

大隊長が、第三中隊救援についての指示を与えるため、幹部集合を命ぜられた時に、渡辺副官が被弾した、という連絡が、負傷者の手当をはじめている私のところにありました。百メートルほど離れた場所です。私が駈けつけた時には、副官は壕内で死んでおられました。即死だった、とまわりの者がいいます。心臓もとまり、脈搏も消えています。壕から、前方の敵状をのぞきみた時の直撃弾です。伝令の松田がついていて、鉄帽を脱がせてありましたが、頭に、こぶし大ほどの穴があいています。頭部貫通では、もはや手当のしようもありません。ところが、死んでしまっている副官の両手の指が、なぜか、なにかを握りしめたがっているように、しきりに動いていました。指が生き残っているのです。

「死んでも、指は動くのですか」

と、松田は驚いた顔でききましたが、私にも、なぜ指が動くのかわかりませんでした。それで、何度か、心臓も脈搏も調べましたが、たしかに死亡されているのです。

「機銃弾を正面にうけ、弾丸が鉄帽の中をまわり、お守り札を割り、頭の毛を削ってしまったのに、それだけで、軽傷ですんだ兵隊もおります。運不運といえばそれまでですが、副官殿が、弾丸を正面からうまくうけておられたら、助かったかもしれません。そのことばかりを考えます。残念です」

と、松田はいいました。私も同感でした。指は、なおしばらく、不気味に動きつづけて、とまりました。死にたくない気持が、最後に、指先に残ったのだろう、と、私は松田と、低く短く、話し合ったものでした。私にしても、死ねば、たぶん、指だけは最後まで生き残るだろう、と思いました。

大隊本部と第二中隊は、第三中隊救援のため、直ちに移動の準備をはじめ、大隊長自ら先に立って出発しています。大隊本部自身、他から救援されたい立場にありながら、なお、第三中隊救援に向かうというのは悲壮でした。大隊本部と第二中隊が、第一中隊の位置まで来た時には、すでに日没になっていました。

私は、大隊長が、第三中隊救援を意図されたのは、第三中隊を救援するとともに、生田大隊全員が一丸となって死地を求めたい、とする、死場所への見取図を描かれていたためではないか、と察しました。生田大隊は、山県部隊の配属ではありますが、このような混戦状態、それもまったくの敗勢に至ってしまっては、まともな命令系統のあるはずもありません。己れの死場所をみつけよう、と考えられても、無理はないのです。もともと、大隊の全兵力でさえ、八百五十名に過ぎないのです。生田大隊は、生田大隊でまとまり、旭川部隊の伝統と栄光の下に団結して戦い死んで行こう、とする理想を大隊長が描かれたとすれば、部下一同、だれも異存はなかったと思います。

私は、大隊長の苦衷の心情については、私なりにいろいろと推察もできましたが、しかしそれも、この、第三中隊救援に向かう時が限界でした。これ以後は、なにぶんにも疲労の累積のために、自分ではがんばっているつもりでも、まず、思考力が甚しく衰えてきました。こまかく考えることができず、衝動的に物事を行おうとします。激しく昂奮するかと思うと、逆に、悲嘆の思いだけが脳裏をかすめたりしました。私が着任した時、中坂曹長が、前任の大畠伍長のことについて語ってくれましたが、その言葉の意味が、実感としてわかりかけていました。弾丸に当たらずとも、働き死にに死んでゆける方法が、たしかにここにはあったのです。

第一中隊の位置へは、第三中隊の生残りの、歩行できる負傷者たちが、二人、三人とたどりついてきていました。第三中隊玉砕の模様は、かれらからきくことができました。鶴見中隊長も戦死された、といいます。防戦をつづけていた、こちらの機関銃陣地も遂に潰滅して、戦力は尽きる一方となったそうです。それでも、敵陣へ単身突入して、もっとも近い陣前にある迫撃砲を破壊してきた者もいますが、中隊全般としては、甚しい悲境に陥り、中隊長は遂に「最後の突撃をする、重傷者で歩行可能の者は、大隊本部の位置に撤退せよ」という命令を出されたのです。そうして、中隊長を先頭とする一団は敵陣に突入したといいます。

第一中隊の陣地にいて、第三中隊玉砕の模様を耳にされた大隊長は、私たち一同に、「大隊は、今夜半、夜襲を決行して、第三中隊の奪われた陣地を奪回する。われわれの闘魂は、鬼神《きしん》もこれを避くであろう。諸子の健闘を祈る」

と、訓示されました。立派な訓示でした。

ただ、私個人は、第三中隊潰滅直前の状態をこの眼でみてきておりますので、大隊長の訓示にも「死ぬために闘うのだ」という、言外の意味を掬《く》まざるを得ませんでした。そして、心の底から、大隊長に向けて呼びかけたい声が、しきりにこみあげてくるのを覚えました。

「大隊長殿。どうぞお好きになさってください。どのような命令にも、自分は喜んで従います。ただ、自分の衛生兵としての任務を、ただいまより解除してください。自分は一兵として、生き残った仲間たちとともに戦いたいと思います。負傷者の介抱係は、もうこれでご勘弁願います。医療嚢の中には、一片のガーゼすら残っていません。全部使いつくして、空の医療嚢を持っているだけです。しかし、一個の兵隊としての戦力なら、まだ充分に残しておりますので、あとは死ぬための戦いに挺身したく思います」

これは、その時の、私の、少々はやぶれかぶれの、本音の心情でした。いったいどこまで戦い、どこまで苦しめば終るのか、という虚《むな》しい問いを、天をゆるがしている砲声に向けて、発していたということになります。

行動不能の重傷者を陣地内に残し、大隊は、第三中隊の奪われた陣地を、夜襲によって奪い返すべく出発しました。

しかし、この時、第三中隊を屠《ほふ》った敵もまた、生田大隊の主力を葬るべく、続々と南下をつづけていたのです。このことは、第一中隊に向けて撤退してきた負傷者から得た情報からもわかります。

生田大隊は、この草原の、いずれかの地点で、南下してくるソ聯軍と、おそらくは最後の、遭遇戦の刻を迎えるはずでした。

第三中隊の陣地の方向へ向けて、前進をつづけていた大隊は、予測していた通り、まもなく、南下してくる敵の第一線と遭遇しました。

敵は、戦車群を先頭に立て、歩兵は、そのあとにつづいてきます。遭遇戦は、まず、砲銃撃戦からはじまりますが、火力は、ソ聯軍が圧倒的に優勢であることは、いうまでもありません。

かれらの撃ち出す機関銃の曳光弾は、無数の花火があがるように空を彩り、戦闘でさえなければ、これほど美しい光景はないでしょう。曳光弾が頭上を間近に過ぎる時は、ひゅ、ひゅ、ひゅと、鋭く空を裂く音がします。機銃は五十発に一発くらいの割で曳光弾がまじるのですが、これが花火のように乱れ飛ぶというのは、どれくらいの機銃が、どれくらいの弾丸を撃ち出しているのか、計算もできないくらいです。私たちは、その弾幕をくぐって前進し、しかも肉弾で戦車にとりつかねばならないのです。これは、どう考えても、きびしすぎる戦闘法でした。そこには、戦闘で勝ち得る可能性は、はじめから絶えていたのです。

前面に立ちはだかる、十数台の戦車に向けて、私たちは三度、突入攻撃をくり返しました。敵は、赤吊星《あかつりぼし》をあげて、草原を真昼のごとく明るく照らし出しますが、この間は私たちは草の間や凹地にかくれ、それが消えると跳ね出たのです。

戦車は、二十五メートル以内に近づければ、死角にはいれますから、射撃されることはありませんが、砲塔をぐるぐるまわして撃ってくる、その弾幕をくぐりながら近づくのは、むつかしいのです。何人かで組んで、呼びかわして戦車に向かいますと、だれかはとりつくのに成功しますが、敵戦車も数台が連携して撃ってきますので、他の戦車にも気を配らぬと撃たれます。

戦車攻撃をする場合は、砲や機関銃の砲身や銃身に、手榴弾を結びつけねばなりませんが、それをするとき、砲身や銃身にとりついていなければ振りおとされますし、砲身や銃身にとりついていると、手榴弾を結びつける動作がむつかしくなります。結びつけて発火させますと、七秒で炸裂しますので、その間に戦車から飛び下りて逃げねばなりません。手榴弾は、数のある時は、二、三個まとめて結びつけて使いますが、手榴弾の数も底を衝いていましたので、だいじに効果的に使わねばならなかったのです。手榴弾もない場合は、円匙で銃身を叩きました。蟷螂の斧に似ていますが、銃身は少しでも狂うと、操作できなくなるのです。こちらも必死にやるので、結構つぶせるのです。

初期のころは、戦車は、エンジンをかけて、駈け廻って日本兵を蹂躙《じゅうりん》しましたが、その代り自軍の犠牲も多かったのです。私たちのころは、敵も戦法を変え、不期に遭遇するのでなければ、三百メートルよりは近づきません。戦車をとめ、エンジンもとめ、射撃専門に撃ってくる戦法が多くなっています。戦車と戦うつもりなら、むしろ近接してくれたほうが、やりやすかったくらいです。私たちはこの時、戦車との近接戦を戦ったのです。

それに、戦車の視界というのは限られていますので、案外に近づきやすく、私たちは戦車にとりついてはよじのぼったのです。戦車に対する手榴弾の攻撃法ですが、戦車砲に結びつけた手榴弾が炸裂しますと、砲は照準が狂って役に立たなくなります。機銃の場合だと、円匙で叩くのと違って、銃身は曲がって使用不能になります。また、戦車自体が燃えあがってしまうこともあります。戦車と戦うには、もっとも素朴なこの方法しかなかったのです。しかし、戦車にのぼると、戦車の下の穴から、乗員が拳銃をのぞけて、上にいる日本兵を撃ちます。狙い撃ちに撃ち落とされます。さもなければ、ふいに砲塔を廻されて、振り落とされ、そのあと、キャタピラに轢かれるか、機銃弾に濯われます。

ソ聯兵は、戦車が擱坐させられても、戦車から逃げ出す者は、めったにいませんでした。擱坐した戦車の中で、銃を撃つ姿勢のまま死んでいる者が多いのです。草原に放置されている戦車をのぞきますと、銃を撃つ姿勢をしているその眼に、無数の蛆《うじ》をわかせ、なお前方をみつめているような恰好をしているのです。かれらもまた必死に、戦いを戦っている、ということでした。

私たちは、出血を重ねながらも、果敢な攻撃をつづけ、そのために、敵は支えかねて後退しますが、また、寄せてきます。後続の新しい戦車も出てきます。私たちはそれを迎えて突入してゆく、といった戦闘をくり返したのです。

夜間の戦闘でしたので、私たちにとっては有利でした。敵も、第三中隊を攻めあぐねた経験がありますので、私たちが三度目の突入を終えたあとは、かなり後退して、持久戦の模様になってきました。夜明けを待つつもりなのです。夜が明け、白日のもとに曝されたら、私たちの立場は、非常に不利になります。

大隊長は、夜の明ける前に、はじめにいた七三一高地まで撤退して、そこに大隊を集結させ、爾後《じご》の戦闘に備えることにしました。

大隊全員が、互いを支え合うようにして、戦闘地域から後退し、第一中隊の負傷者をも収容して、七三一高地へ引き揚げました。

敵は、夜明けを待って、七三一高地へ押し寄せてくるはずでした。第三中隊の陣地が重囲に陥ちたように、今度は生田大隊が包囲される運命になったということです。

敵が寄せてくるまでに、つとめて陣地の補修をしました。本部陣地を中心に、第二中隊、引き揚げてきた第一中隊も布陣します。新たに壕を掘ってもいます。砂地ですから壕を掘るのは楽なのですが、その代り崩れ易いのは、ここも同じです。

そのうちに、夜明けが近づいてきました。

夜明けとともに、あたりに微光が漂いはじめます。夜が明け切ってまもなく、七三一高地の陣地を遠巻きにするようにして、敵の部隊が追及してきている模様がみえてきました。観測がきまれば、砲撃がはじまるのです。いよいよ最後の決戦の場が展開します。

本部関係の壕はかなり広く、大隊長と幹部、下士官、伝令用とわかれていました。私は、生き残っている三名の伝令たちのいる壕にもぐり込み、いまにはじまるはずの、砲撃の時を待っていたのですが、すると渡辺曹長がやってきて、

「小野寺伍長も、われわれの壕へ来てくれないか。なるべく大隊長殿の近くにいるようにとのことだ」

といわれました。それで、少々離れた位置にある、渡辺曹長たちの壕に移ったのですが、私がその壕に、腰を下ろしたか下ろさぬかに、猛烈な砲撃がきました。陣地を囲む、戦車群からの砲撃です。砲撃は、二十分近くつづいて、いったんやみました。渡辺曹長は、

「ほかの壕をみてくる」

といって、出かけて行きましたが、まもなくもどってくると、私に、

「小野寺伍長、お前のいたあの壕は、直撃をくらって、伝令三名はみな死んだ」

と、沈痛な表情でいいました。

私が、あの壕にいたら、伝令たち三名とともに、吹き飛んでいたことになります。

私は、自分が、紙一重で、あやうく生きのびたことに、一抹の感慨は覚えましたが、別に、深く考えさせられたわけではありません。どっちみち、私もやられてしまうことの覚悟はしていますので、ある時間、いのちが延びた、ということでしかなかったのです。無雑作に、あまりに多くの人が死傷していったので、生死に対する感覚も麻痺してしまっています。どうしてなのか理由はわからないが、自分はいまはまだこうして生きのびている、という、その実感だけで生きているに過ぎないのです。

砲撃が終って少ししてからですが、夜のうちに、山県部隊の本部へ連絡に出ていた下士官がもどってきて、第七師団主力が将軍廟に到着し、救援に向かって来つつある、という報告をしてくれました。もっともこれは、部隊本部から正式の情報として入手したものではなく、将軍廟方面から、死傷者の搬送に出ていたトラック隊からきいた、というのです。

(主力が到着しているのだ)

という期待は、著しく戦力を削がれている私たちの大隊に、大きな力を与えてくれたということになります。もうひと息がんばっていれば、新鮮な活力をもった部隊が加わってくる、という思いで、私たちは喜び合ったものでした。しかし、救援の本隊は、その日の暮れるまでも来ませんでしたし、翌日も、翌々日も、姿をみせてくれませんでした。草原を吹き過ぎる、一場の風の噂でしかなかったのです。

第七師団主力到着の噂が、噂のままに日が流れても、その間、七三一高地では、敵の攻撃とこちらの応戦という戦闘の日課が、連日、くり返されていました。この時、大隊には、火器といえば、聯隊砲一門、重機関銃二梃が残されていただけです。

敵は、朝方に攻め寄せてきて撃ちまくりますが、夕方には引き揚げて行きます。むろん戦車が主力です。交戦のたびに、死傷者は続出します。死傷者は、こちらだけではなく、敵側からも出ます。かれらの中には、両手に手榴弾を持って、飛び出してくる勇敢な兵隊もいます。こちらの応射や、白兵戦で傷ついた敵兵は、草原上にとり残されますが、かれらはみな、なぜか、声をあげて泣きます。勇敢な兵隊と泣く兵隊とがまじっているのでしょうか。その泣き声が、異様に、あたりに満ちるのです。

夕方になって、戦車群が後退して行きますと、かわりに、衛生車が出て来て、私どもの眼前で、死傷者を収容して行きます。私たちは、それをただ黙ってみているのみです。衛生車は赤十字のマークをつけていますし、乗員は非戦闘員なので、これを撃つわけにはいきません。また、私たちも、戦闘間に収容しきれなかった死傷者を、収容せねばなりませんでした。つまり、一日ずつ戦っては、その日の戦場掃除をし、翌日はまた戦う、という、殺戮《さつりく》のし合いが重ねられて行くのでした。

ソ聯兵は、麻袋に用いる生地を草色に染めた、粗末な軍衣をまとうていました。髭を生やした兵隊が多いのです。ピカピカ光る鉄帽をかぶり、髭を生やした兵隊が、草の上や砂の中をころがりながら、傷の痛みを愬《うった》えて泣くのです。意気地がない、というよりも、習性が、そういうものなのかもしれないのでした。それに、少年のような兵隊も結構まじっていて、こういう兵隊はむろんよく泣きます。

私たちは、日が沈むと、その日にこわれた壕を補修し、翌日に備えて壕を掘り進め、通路をふやし、互いに連絡のしやすいようにしました。死者を収容し（できるだけ仮埋葬するのですが）、傷者を憩ませる場所も、つくらねばなりません。

私たちの大隊は、敵の包囲網の中に孤立してしまっていて、後方との連絡は絶えています。死んでも、傷ついても、後方へ運ばれることはないのです。山県部隊の本部陣地は、松丸太を使って、堅固に構築してある、と、連絡に行った下士官は話していましたが、私たちの大隊のは、急造陣地でしかありませんから、頼れるものは、ただ、砂の壁だけです。

糧食は、はじめに七三一高地にいたころから尽きています。山県部隊の本部陣地の後方数キロの地点には、松丸太を組んだ壕に、糧食の集積所があり、負傷者の一部はここに収容されて、後送される機を待っていました。大隊では、夜間、ここへ糧食を頒《わ》けてもらいに、数名の連絡兵を出したことがありますが、事情のきびしさはどこも同じで、どう頼んでみても問題にされませんでした。

戦闘のきびしさに加えて、食糧も尽き、水も満足に飲めぬ、という状態になりますと、人間の抵抗の限界を越えてしまうことになります。精神力の弱い者は、狂躁状態になって、戦うためではなく、単なる発作に駆られて、喚《わめ》きながら敵陣へ向けて駈け出し、たちまち機銃弾で薙ぎ倒されてしまうのでした。

敵陣へ向けて駈け出し、いっそ撃たれてしまったほうが、どれほど楽かしれない、ということは、私も何度か考えました。チチハルの師団軍医部の衛生隊から、歩兵第二十六聯隊へ転属命令をうけてノモンハンに向かってくる時の、あの時の不安な予感が、これほどもみごとに適中しようとまでは、私は思いませんでした。予想をはるかに越えて、適中しすぎています。そうか、戦闘というものは、これほども苛烈をきわめるものだったのか、と、骨身にしみて教えられたのです。

敵の包囲の中にあって、もはや衛生兵の役も果たせぬ日々を送りながら、私は、かつて騎兵第七聯隊の兵舎で、馬糞と尿にまぶれた泥を喰わされて、悲憤の涙をこぼした当時のことを思い出しました。あの時は、いじめられる度に、いじめられる立場を呪い、いじめる者を恨んだものでしたが、思えばあんなことは、この草原での戦闘の苦しさにくらべれば、蚊に刺されるほどのものでしかなかったのです。もっといじめぬかれて、少しでも強い耐久力を身につけておくべきだった、と、逆に、当時を懐しく思いみたことであります。

けれども、私が、第三中隊へ派遣されました時も、また第三中隊から引き返して来ました時も、任務のためとはいいながら、気持の底に、力の限りは生きぬこう、と呼びかけるものがありましたが、これは、大隊長の「生きのびてくれ」というひとことに支えられていたためです。惑乱して、やぶれかぶれになりそうになると、この言葉が、頭の奥によみがえってくるのです。私は、衛生兵の役目をすてました。衛生兵の身分を証明する携帯品は、すべて使いつくしてしまったからです。しかし、本能的な義務感というのでしょうか、身近に負傷者をみますと、どうしても、看護をしてやりたくなります。負傷者に三角巾を当ててやることだけでも、人よりも私がやってやるほうが、まだいくらかましではないか、と考えてしまうのです。傍らで、励ましてやるだけでもよかったのです。薬品類は使い果たしましたが、衛生兵の心はまだ残されていたのです。

ところどころに、ひょろひょろと生えている柳の木の根もとを深く掘りますと、白濁した臭い水が湧き出てきました。それを、掌ですくって飲みますと、一時の渇きは癒《い》やせます。しかし、必ず激しい下痢に見舞われて、水でのどを潤した、それより以上の、体力を消耗してゆくことになりました。なぜその水が下痢につながるのかは、私にもわかりませんでした。砂地といっても、このあたりのは、粘土と砂のまじったような地層なのです。でも、少くもそれが水である、という誘惑が、私たちの渇きを、甘美にゆすぶってくるのです。どうせ死ぬのだ、下痢をしながら死ねばよい、と、考えてしまうのです。

戦死者が出ると、かれの持っている乾パンをもらって食べるのが、私たちの、暗黙に諒解し合った習慣になっていましたが、あの、カサカサとして口あたりの悪い食物は、腔中が乾き切っているので、のどから奥へ通らぬのです。乾パンは、堅すぎるという食物ではありませんが、だれも、これを嚙みくだく力を失っていました。乾パンをひとつ口に入れたまま、それが、いつとなしに溶けてのどを通ってくれれば、それはそれだけの体力になる、という、食物への、わびしい接し方をしていたのです。できるだけ早く死んでしまったほうがよい——という考えは、頭の壁に、黒くべったりと貼りついていて、なかなか剝ぎとれるものではないのでした。

大隊の人員は、むろん、みるまに減少して行きました。ほんの数日の間に、知った顔が、つぎつぎと、砂地のどこかに埋め込まれていきます。

百人の中で、もし七十人残っていれば、死んだ三十人の骨は、一応拾ってもらえるのです。私たちは、七三一高地に布陣していたはじめのころは、死者が出ると、毛布にくるんでは、トラックに頼んで後送してもらいました。胸、腹、足と、荒縄でですが、ともかくしっかり縛り、将軍廟まで行くと、遺体はそこでガソリンで火葬にされました。そんな丁寧な扱いをしてもらえたのは、なんというしあわせなことだったのでしょうか。

死者の後送ができなくなってからは、遺体をいったん埋めておき、ひまのできた時に頭だけとり出して焼いたのです。人間のいちばんだいじな頭の部分を遺骨にしました。ガソリンのない時は、携帯燃料か、または弾薬箱を割った断材などで焼きました。二、三時間もかかります。その遺骨は、認識票とともに小さい荷にしてくるみ、幾日目かにくるトラックに託しました。

頭を焼いてもらえた人はしあわせだった、と、私は思いました。八月二十日以降、守備態勢が崩れてからは、私たちは確たる居所もない、草原の彷徨者となり果て、その日その日の運命で、野に屍をさらすことになっていたのです。生きのびたとしても、つぎの日、安心して死ねる陣地もないのです。そうした一寸先は闇の生き方だったのです。

第三中隊の救援行動のはじまりました時、私たち本部の下士官や兵隊は、だれかが死んだら、ひとりがその小指を切りとり、その者の認識票とともに、持ち歩こう、と申し合わせました。死者が出ると、その死者の小指を切りとり認識票を外すと同時に、その死者が預かっている、他の死者の小指と認識票をも、さらに別の者が預かって持ち歩く、という仕組にしたのです。こうしておきますと、かりに自分が死んでも、だれかが小指を切りとってくれ、認識票とともに持ち歩いてくれ、最後には、だれかがそれを、チチハルの原隊へ届けてくれるのです。だれが最後に残るにしても、その者が届けてくれるのです。つまり、最低限安心して死ねる——ということになります。

ところが、七三一高地にとじこめられ、戦況が、驚くべき状態で悪化し、同時に、死者が驚くべき速度でふえて行きますと、混戦の中で、死者の小指を切りとるのはむろん、その死者の所持している他の死者の小指や認識票を預かることさえ、不可能になる事態が生じてきました。この身ひとつをどう生きのびさせるかが精一杯で、他者の遺体の小指にまでは、関心の持ちようがなくなってきましたのです。そんなゆとりのある状態ではなくなったのです。

衛生兵である私は、任務に対する責任感も手伝って、小指と認識票を携行することを、他の仲間のだれよりもだいじに考えて、どんなことがあってもそれだけは実行して行こう、と、何度も仲間にいいましたが、その約束を守ってゆくことが、いかに困難であるかを、遂には認めざるを得なくなりました。

七三一高地へまとまって以後、死者が急速にふえてゆくにつれて、だれがいい出したともなく、この、小指を切り認識票とともにだれかが携行する、という約束を、とりやめにしようではないか、ということになりました。こちらの兵力が少くなるだけ、敵との交戦事情はよりきびしくなります。どう考えても、いちいち、死者の小指を切りとってゆく、ゆとりの持てるわけがないのでした。

だれもが、その約束から、解放されたかったのです。はっきりいえば、どっちみちみんな死んでしまうしかないこの戦場で、小指をわけ合って持っていて何になる、という、きわめて虚無的で絶望的な考え方に、だれもが支配されていったからだといえます。

「早いか遅いかの違いで、みんな死ぬ。この状態で、どうして生きられるんだ？　生きられるわけがない。小指や認識票を持ち歩く、というのは、死者を弔う者が残るからいえることだ。みんな死ぬとしたら、それをする意味はなくなってしまうだろう」

一人がそういい出しました時、その言葉は、だれもの心理をいい当てている言葉だったのです。だれもが自分で自分に問いを発し、自分で納得した言葉、といってよいかしれません。そうして、死者の小指を切ることも、認識票を外すことも、とりやめることにしたのです。

この、とりやめの申し合わせをしました時、私は、この世に対する物欲というものが、一切なくなってしまいました。生死についての、なんの感慨さえもなくなっていました。

神田軍医は、八月二十三日の朝に、左肩に貫通銃創を受けて、壕の底に横たわっています。軍医は、ずいぶん多くの人の手当に奔命してきましたが、自分が仆《たお》れた時は、なんの薬物もなく、傷口を縛って、ただ寝かされていただけです。傷が化膿したら、助からなくなってしまうのです。傷は化膿するにきまっていました。ここには増援も救援も、物資の補給も何もありません。遺骨引きとりのトラックさえも。

私は、何度も軍医を見舞いました。軍医は私の顔をみると、

「この傷も、意外に深いな。おれはどうなってもいいが、お前はなんとかがんばってく

れ。衛生兵が元気でいると、なによりの励みになるのだ」

と、いわれましたが、その言葉は、痛く胸にこたえました。

軍医が負傷してしまったことは、私には、精神的に、いっそう大きな痛手を受けることでした。薬物を使い果たしていたとしても、軍医が健在なら、なにかと相談もできたのです。すでに相談などしようもない段階になっていたとしても、衛生兵にとって軍医は心の支えでした。しかし、その支えも崩れてしまった、ということになります。

いままでは、ともかくも、生きて帰れるかもしれない、という、一縷《いちる》の望みだけはありました。それを不可能と思いつつも、生きようと努力してゆく気持というものが残存していました。大隊長の私への励ましの言葉もあります。しかし、死者の小指を切ることをやめよう、と、いいかわした時に、生きて帰れるかもしれない、という、一縷の望みも絶えたのです。

私は、この前線へ出てきて、私なりに、言語に絶する苦しみを味わいました。ですが、そのことを嘆いて、泣きごとをいったことはありません。戦いの苦しいのはわかっていたからですし、一個の兵隊として、それも下士官のはしくれとして、辛さを嘆くようなことはできなかったのです。泣いているひまがあれば、負傷者の手当をしてやらねばならなかったのです。

けれども、小指を切ることをやめよう、と、互いにいいかわした時には、自然ににじみ

出る涙が、頰を伝わって流れ出たのです。これは、私のそれまでの人生で、もっとも深い意味を持つ涙でした。なによりも、

(これでもう、互いに連帯してゆく立場を失ってしまった。ひとりひとりが真に孤独になった。そうして、ひとりひとりで死の道に向かうことになったのだ)

という、つらさを思うての涙です。ほんとうの意味の、無念の涙でした。

(死んでも、もう、だれも骨を拾ってはくれない。遺体を砂に埋めてもくれない。埋められたとしても、掘り出して頭を焼いて遺骨にしてもくれない。小指さえ、切ってもらえないのだから。おれはいま二十二歳だ。おれは軍隊では、だれからも模範兵といわれるような、まじめな生き方を貫いてきた。故郷の厚岸で、おれを見送ってくれた人々の、歓呼の声にそむくような生き方はしてこなかった。この草原でも、郷土の人々の励ましの声を背に負うているという意識だけは、忘れたことはなかった。けれども、もう、何もかも終ってしまったのだ。もう何もない)

という、どうしようもない、はかなさ——に対する涙でもありました。

私は、正直なところ、天皇のために死ぬ、といった、軍隊の教育通りのことでは、死にたいと思いませんでした。国のため、私を見送ってくれた人々のため、国民のみなさんのために、将来の平和を守るいしずえの一つとして、この身をすてることならできる、そういうつもりで死にたい、と、それを、壕の中で、ひとり、砂の壁にさしむかいながらの、

私の、最後の死生観としました。

では、それで、心がしずまったかといいますと、しずまるどころか、まわりのもの一切をぶちこわしてしまいたい、激しい憤りだけを覚えたのです。憤り、といっても、情けなさからくる憤りです。私は、なにものかに向けて叫びたかったのです。

「われわれは、チチハルからここへ、何のために来たのだ？　この、モグラしか住んでいない土地を、何のために、こんなにも苦しんで守らなければならないのだ？　しかも、軍からは放り出されて、たった一個大隊八百五十名の兵力で、いったい何百台の戦車を屠ればこの戦いが終るのだ？　いまは八百五十名の兵力が、たった百二十名になってしまっている。そうして一日ずつ、一刻ずつ、さらに消耗しつつある。しかも、だれも助けに来てはくれない。われわれはモグラになって地にもぐることもできない。鳥になって飛ぶこともできない。そうして、こんな思いでいることを、だれも知ってはくれない。こんな思いを抱いて死んでしまっても、それをみまもってくれるのは、ただこの草原ばかりだ。なんという、やりきれなさだろう、それでも、なお戦いつづけなければならないのか」

という、名状しがたい落胆からくる、憤りの叫びだったのです。

私は、壕の中で、こうしたことを自らに語りかけ語りかけしながら、刻を過ごしましたが、ひと通り考え尽きると、そのことにも、観念する気持が、自然にできてきました。もう、どうでもよいではないか。

何事も、なりゆきに任せてしまえば、それでよいではないか。

なにも考えなくともよい。弾丸に当たれば死ねばよい。それだけのことでしかないではないか。

それでも、やらねばならぬ。生きている限りは。だれのためでもない、死んで行った者たちのためにだ。

——自分に、教え教え、そうして、甚しい疲労が、いっとき、私を泥のような眠りに陥し入れます。

もう、死の状態と、さしてかわりもないような、混沌《こんとん》とした眠りでした。

蒙古人は、草原から草原へ、包《パオ》を建ててはそこで生活し、また、つぎの土地へ移動して行きますが、私たちの大隊は、少しでも有利に戦える場所があれば、そこに壕を掘って移動します。また、砲弾で陣地が埋まれば、直感で方向を判断して、戦い易く守り易い場を求めて移動し、砂の陣地を構築しました。もっとも、どこへどう移動してみても、七三一高地の、限られた域内を出るわけにもいかなかったのですが。ただ、兵員それぞれの、時には何人かの集団の知恵で、少しでもよい陣地に就《つ》こうとつとめたのです。七三一高地は、砂地の多い地質でしたが、丘陵一帯は起伏が多く変化に富み、その点では私たちにとって戦い易かったのです。

大隊本部は、本部に所属している将校、下士官を数えてみても、大隊長のほかには、ラッパ長の川内曹長、稲寄伍長、それに私くらいしか生き残っていません。あとはみな死傷者です。

七三一高地を死守している、各部署の悪戦苦闘の様子は、本部にいますと、連絡がはいりますので、よくわかります。私は、モグラしか住んでいない土地を、なぜこうも苦しんで守らねばならないのか、と考えはしましたが、急速に減少しつつある兵力でありながらも、なお敢闘をつづける各隊の働きぶりをみますと、戦わざるを得ない立場にあるとはいえ、やはり、報告のくる度に、胸に迫る感動を覚えました。もはや理屈ではなく、さわやかな本能で、だれもが、死生を超えて戦っているのだと思いました。

友軍機の機影を、まったくみなくなったのは、八月二十二日からです。それまでは、たとえ数機でも姿をみせ、陣地を孤守している私たちに励ましを与えてくれたものです。以前は、食糧弾薬の補給車も、夜間、来てくれたこともあるのですが、七三一高地では、包囲網がきびしくて、寄りつけません。

それでも、二十二日の夜半に、食糧弾薬の輸送トラックが一台、七三一高地へ来たことがあります。もっとも、それは山県部隊への輸送車だったのですが、山県部隊も深く包囲されていてたどりつけず、やむなく生田大隊へきた、というのです。このトラックに、何名かの重傷者を乗せて、後退させることができましたのは、苦戦中の大隊の、せめてもの喜びとすべきできごとでした。重傷者の村上、村田、吉川、田村、荒井といった人たちは、戦車を擱坐させながら自分たちも傷ついたのです。

翌二十三日には、三十台の戦車が攻めて来ましたが、大隊は実にこのうちの十五台を擱坐させています。敵歩兵の遺棄死体も数十に及んでいます。大隊は、防戦の仕方にも、甚だ熟練していたということになります。そういうことでもなければ、たちまちにみな死に絶え、陣地は雑草に蔽われてしまいます。

二十四日も、対戦車戦で明け暮れ、二十五日には敵は重砲による攻撃を集中し、そのあと、五十台の戦車と、約二千の歩兵で七三一高地の包囲の輪をちぢめ、敵歩兵との距離が五十メートルに近づいた地点もあります。これだけの兵力をそそぎ込みながら、敵はなお、生田大隊の陣地の一角をも攻め奪れないのです。

この時の戦闘間、機関銃隊の船木見習士官は、敵の銃火を犯して、遺棄されてある水冷式機関銃に駈け寄り、ラジエーターの水を水筒にぬきとってきて、これを負傷者に与え、自身はその後の対戦車戦で死んでおります。機関銃隊の隊長小林中尉が重傷を負うたので、片桐上等兵が背に負うて引き揚げてくるとき、一弾が両者を貫いて、両者とも戦死でした。片桐は機関銃隊でただひとりの衛生兵でした。

こうした人たちの戦いぶりを知れば知るほど、私自身も、やれるだけのことはやって、みんなと一緒に死んでゆこう、私たち仲間だけが、お互いに、この草原での戦いぶりを知り合い、認め合っていれば、もうそれでよいではないか、戦車の砲身に、数発の手榴弾を針金に連珠巻きに結びつけ、発火させて破壊する戦法で挙げた戦果のほども、私たちだけで知っていればよいのではないか——と、そう思い、すべてを天命に任せたあとの、静かな諦観を得ることもできたのです。

八月二十五日の早朝のことですが、土質の関係からか、円匙もなかなか使えないような固い地面がある、と教えてくれた仲間があり、そこに壕を掘るつもりで出かけますと、砂丘の向こうにキャタピラの音がきこえ、戦車が二十台ほど、こちらへ向かって前進してくるのがみえました。

私たちは、十人余りで出てきていたのですが、手近にはもぐれる壕がありませんので、その場で地形を選んで散開しました。例によって、戦車が近づいてくれば、それに飛びついて、手榴弾を砲身に結びつけて戦うしかありません。戦車に飛び乗る技術のようなものも、みんないつのまにか熟練してしまっていたのです。

私たちは、戦車の近づくのを待ち、それを迎えて戦いました。先頭に来た三台のうち、二台を擱坐させました。すると、あとの戦車は、横にひろがって、集中射撃をしてきました。私たちは退いて散開しましたが、その時、一門だけ残っていた聯隊砲が、陣地内から出てきて、戦車群に向けて応戦してくれました。これで戦車二台が擱坐炎上しましたが、なにぶんにも向こうの砲門のほうが多すぎます。聯隊砲の上に戦車砲の弾丸が落ち、聯隊砲も、砲についていた兵員も、みな死傷しました。これで、生田大隊は、こののち、一門の砲もない戦闘を強いられることになったのです。

敵戦車はこのとき、しきりに榴霰弾を使用しはじめました。この砲弾は地上より十メートルくらいの高さで炸裂し、直径一センチくらいのこまかい弾丸の雨を降らせます。弾丸は十メートル四方くらいに散ります。私は故郷の厚岸で、猟師が散弾銃で鴨を撃つのをよくみましたが、あれを大規模にしたものです。私たちは、鴨のように撃たれねばならなかったのですが、当たると、盲貫になります。早く剔出《てきしゅつ》しないと、弾丸は内部で炎症を起こさせ、敗血症のもとになります。

陣地全般に、百二十名弱しか残っていないのに、この日は、敵機も襲ってきました。ひと通り攻撃して戦車の退いたあと、稜線の向こうから、数機の編隊が、驚くべき低空で襲ってきました。それはちょうど、飛行機がみな手をつなぎあって、喚きながら砂丘の稜線を越えてくる、といった異様な眺めでした。撃ち込まれる機関砲弾が、砂地をいっせいに跳ね上げます。この戦闘機群の攻撃が数度くり返されましたが、日本の飛行機は、前線の死闘を忘れ去ったように、やはり、一機も姿をみせることはなかったのです。

そのあと、再び戦車群が出てきて、榴霰弾の雨を降らせますので、私たちは一方の、小高い稜線上に移動することにしました。移動する私たちを、戦車群は、今度は機関銃で狙い撃ってきます。彼我の装備があまりにも違うので、私たちはせめて、地の利だけでも選ぼうと考えるのです。しかし、機銃弾に追われながら駈けていると、敵戦車による狩猟の対象にでもされてしまっているような気が、ふとしてくるのです。そのために、自棄気味になった、というわけでもないのですが、走るのがいやになって、私は歩きながら移動をつづけたのです。すると、目標の動きは緩慢になりますし、かれらは力んで撃ってくるので、銃弾は集中してきます。私の歩き方がゆっくりなので、幹部にみえていたのかもしれません。弾丸は、私の眼前を掠め、鼻の頭が灼け、かすめてきた弾丸のために、鼻の先から出血してきました。私にはその時も（弾丸に当たれば死ねばよいのだ）という気だけがあったと思います。すれすれの弾丸が来つづけますが当たりません。よく当たらなかったものだと、あとで、ふしぎに思いました。

結局、私は、稜線近くでは小走りに急ぎましたが、これは、弾丸がこわかったためではなく、死ねずに、負傷することを恐れたのです。なまじ負傷することは、衛生兵として多くの負傷者に接してきましたので（負傷は困る）という意識が強烈に働いたからです。

二十八日の未明に、生田大隊長は、残兵を率いて、高地前面の敵陣へ肉弾で夜襲を決行しようとされています。しかし、飢渇の激しい状態での戦闘行動であり、かつ傷病者が多いため、手間どっているうちに夜が白んできて、夜襲のできぬうちに、この日の戦闘がはじまっています。私たち生き残りの者たちは、手分けして負傷者を見廻りますし、また、わずかに水の出る柳の木の根もとを掘りに出向きます。それも敵の眼をかすめながらにです。夜となし昼となしの、忙しく必死な陣地生活がつづいていたのです。

この日も、激しい対戦車戦となり、本部の鳴瀬、外山上等兵は、大隊長の身をかばって、戦車群の先頭車を擱坐させ、自身らも他戦車の機銃弾を浴びて戦死しました。この人たちは、さきに死んだ伝令たちの交代として、通信隊から配属になっていたのです。この日は、敵の一部が、遂に陣地内に攻め込んできて、いちだんと激戦になりました。敵は、私たちのとどめを刺すつもりであったようですが、辛くも支え切って撃退しています。この戦闘間に大隊長は、大腿部に負傷しております。

敵を撃退はしたものの、死傷者はさらにふえ、いよいよ最期の刻の近づいている実感が強まりました。私たちは、スリバチ状の凹地に、とじこめられるようにして、敵と対峙《たいじ》していました。兵員の減耗のため、陣地を狭めることを余儀なくされたのです。敵と対峙とはいっても、まわりを戦車に囲まれ切っておりますので、時がたてば飢渇のためだけでも、自滅してゆくのです。

一応、陣地といえるものを構築し、それに拠って戦っていられた間は、砲撃にも爆撃にも、それをよける何らかの知恵は生み出せたのです。たとえば敵の砲兵は、左右の着弾修正は行わず、まず、目標の前後の距離だけを修正しながら撃ってきます。しばらくしますと、右か左へずらし、また前後に撃ちつづけます。従って、一発来ますと、その縦の線上から身を避ければ、少くも直撃を蒙らないということになります。砲弾から逃げる目安がついたのです。けれども、狭苦しい地域にとじこめられてしまっては、敵機の襲撃はむろん、集中砲撃をうけても、大きな痛手をうけます。こうなっては、最後の死闘を行うことだけが、残された手段でした。暮れるを待っての夜襲です。

大隊長は負傷の身でしたが、聯隊砲の海辺中尉と近藤曹長に介添されて、最後の死闘のための指揮をとることになりました。大隊長の傷はかなり重いのです。大隊には、大隊長を除くと、将校と名のつく者はわずか二名だけしか残っていませんでした。大隊全員一丸となっての決死隊を編んだ、ということになります。

この時も、敵の先頭とは、五十メートルほどの距離しか置いていません。こちらには、重火器は重機が二梃、擲弾筒が一筒残っているきりでした。重機は、一梃は破損がひどくて使えず、残る一梃にしても、弾薬はほとんど尽きていました。十分間撃ちつづければ終ります。

夜襲突撃を行う準備が整ったのは、午後の十一時です。

私も、本部の一個の戦闘員として、戦友の遺品の小銃を持って、夜襲に参加しています。月のよい晩で、銃に着剣しますと、剣尖が月の光をうけてかがやきました。その光が、眼にしみました。これで、いよいよだな、という一抹の感慨だけはあって、剣尖の月光が眼に残ったものと思います。

壕を出て、集合が終りますと、夜の底で、大隊長が、

「わが師団の誇りを守って、悔いなく戦おう。諸子の健闘を祈る」

と、短く、低い声ですが、よく徹る声でいわれ、そのあと、大隊長を支えながらに、海辺中尉が、五ヵ条の勅諭を奉誦されております。
一、軍人は忠節を尽くすを本分とすべし
一、軍人は礼儀を正しくすべし
一、軍人は武勇を尚ぶべし
一、軍人は信義を重んずべし
一、軍人は質素を旨とすべし
だれもが、あとにつづき、つづいて大隊長の発声で「天皇陛下万歳」を三唱しました。

私の近くにいたひとりが、

「おれたちは、軍人勅諭をよく守ったな」

と、感慨をこめて、しかし、気さくな口調でいいました。それで、息のつまる緊張が、わずかにほぐれたと思います。

「大隊長殿は、足がお悪いので、おれが先に立つ。行くぞっ」

海辺中尉が、そういって凹地の斜面を、先に立ってのぼります。側面から重機が援護射撃をはじめ、擲弾筒も残弾を撃ちつくすつもりで、榴弾と手榴弾を撃ち込みます。夜襲を

恐れる敵への威嚇《いかく》です。

銃声は敵側からも激しく沸きます。

その彼我の銃声を衝いて、海辺中尉の、

「突っ込めえ」

という、鋭い声が闇を貫きます。

私たちは、喚声をあげて敵の陣地に突っ込みましたが、敵の前線は、私たちの突撃を恐れて逃げ出しています。逃げぎわに、手榴弾を発火させて、放置して逃げます。日本兵が突っ込んできた時に炸裂するように仕組んでいるのです。こうしたソ聯兵の戦法にも、私たちは馴らされていますが、この夜は、敵の手榴弾が、どこで炸裂しようとかまわぬ、という気魂をもって攻め込んだのです。

こうした、大隊一丸となっての突撃には、正面の敵はたちまちに突き崩されます。むろん白兵で応戦してくる敵もいます。激しい混戦のあと、敵は崩れ去って遠く退きましたが、私どもにしても、どこまでもは追いきれません。戦える限りを戦った生き残りの者は、また、元の陣地へ引き返してくることになりましたが、帰りぎわに、敵の遺棄死体から、水筒や食糧を手早くかすめとり、これを次の戦闘のための資としたのです。

元の陣地へ引き揚げてから、奪ってきた水や食糧で口腹を満たし、それによって戦力を回復した私たちは、再度、敵陣への突入を行いました。私たちの陣地も、第三中隊の時同様馬蹄形に囲まれていて、突入を行いますと、三方から重機の掃射を浴びます。それに応戦するための火器は、もう私たちにはないのです。

私たちは、三度目の突撃を敢行したあと、敵の包囲網もずっと遠のき、そのため戦闘にならず、その夜はいったん、陣地内に引きこもることにしたのです。

しかし、この夜襲で、百名ほどに減っていた残兵は、一挙に六十名ほどに減りました。戦闘要員が、八百五十名から六十名に減ってしまった、というのは、数の上では、もはや全滅に等しい状態でした。それでも私たちは、疲労を休めて、なお戦いつづけることを申し合わせました。

この夜の戦闘で、先頭に立った海辺中尉も戦死しました。大隊長は、幸いにして、まだ生きのびていられました。

山県部隊から、引揚命令を持った伝令の来たのは、二十九日になっての午前一時ごろのことでした。つまり、その夜のうちです。

生田大隊は、山県部隊の位置に集結し、負傷者を野戦病院へ後送する。後方の将軍廟には、増援部隊が待機しているので、これと連絡して戦闘任務を交代する、ということでした。山県部隊は、生田大隊の位置より、四キロほど南にいます。この蟻地獄のような凹地から出られるのか――と、私たちは、いささかの安堵は覚えました。この時私たちは、ここを出れば、少くも将軍廟までは無事に着けるのではないか、と思い込んでいたのです。

山県部隊に合流するために、七三一高地を出発する時、戦闘の直後ではあり、死者を、充分に手をかけて埋めてゆくゆとりもありませんでした。浅く砂をかぶせてゆくにとどめたのです。

山県部隊へ引揚げのため合流する、という命令が伝達されますと、よほどの重傷の者までが、よろめきながらも壕を出てきました。夜陰にまぎれて、という言葉がありますが、この引揚げの時は、幸いにも、敵の妨害は受けませんでした。大隊の夜襲が効を奏し、この夜は、敵は、かなり後方へ退いたままだったからです。いったい敵が、どこにどのように布陣しているのかは、さっぱりわかりません。斥候を出しては、安全をたしかめ、歩行不能の重傷者を交代で背に負うて先行させ、まだ体力を残している者が、しんがりをつとめます。といっても知れた人数です。人数の少さのために、敵の眼につかなかったのかしれません。敵は、ほっておいても生田大隊はいずれ全滅するとみて、そのための油断があったのかもしれません。

山県部隊の陣地へは、無事に到着しました。ここには千人ほどの兵員が集結しておりましたが、そのうちの半数は負傷者です。山県部隊もまた、砲撃と、対戦車戦で消耗しつくしていました。負傷者のうちの五十人ほどは、特に重傷の者で、まったくの歩行不能、担架で運ぶより仕方はありません。山県部隊には材料がありましたので、私たちも、担架を急造して、数名の重傷者を搬送することにしました。大隊長は、重傷であるにもかかわらず、軍刀を杖にして歩かれました。交代で、だれかが肩を貸します。

山県部隊の壕の一部には、生田大隊の負傷者がかなり残っていました。八月二十日ごろの負傷者です。戦況悪化し、後方との連絡もないままに、残されていたのです。

この、山県部隊に残っていた負傷者の中に、本部の伝令班の後藤上等兵がいました。後藤は八月二十日に負傷していますが、この時、他の負傷者とともに、私が山県部隊の壕へ送りとどけたのです。後送してもらうためです。その後藤が、そのまま壕に残っていたのです。

私は、山県部隊の壕に負傷者を送り込んだ時、本部にいて気ごころもわかっていた後藤に、手帖に記した家族への手紙を託しました。その時私は、後藤に、

「お前が後送されたら、出せる時でいいから、この手紙を出してくれ。むろん、余分なことは書いてない。両親を安心させるためだ」

といって、頼みました。しかし、手帖の切れはしに、走り書きで近況が認めてあれば、文辞はともかく穏やかでも、なにかしらの危機感は伝わるはずです。私は（これでお別れです）といった思いだけはこめて、文章を認めたのです。

後藤は、私の渡した手帖の切れはしを受けとりはしましたが、

「班長。これは遺書のつもりでしょう。それならやめといてください。自分も預かりたく

ないです。こういうことをするのは、縁起がよくないです。自分がもし病院で落ちつけたら、お宅へうまく手紙を書きます。班長が自分で遺書を書くのはよくないですよ」

と、いって、忠告をしてくれました。むしろ、私に懇願しているような口ぶりでした。私は、後藤のその気持を嬉しく思いましたが、気持の底に深く決するものがあり、無理に押しつけるようにして頼んだのです。

その後藤は、私と顔が合いますと、なによりも私の無事をよろこんでくれましたが、そのあとで、託した手紙のことに触れて、

「あれ以来、後送される機会もなかったので、手紙もそのままです。まだ、預かっておくのですか」

と、ききます。

「預かっておいてもらえないか。邪魔でなかったら」

といって、私は、手紙を頼んだままにしました。私たちは、山県部隊の位置へ移動してきただけで、戦況に変化があったわけではありません。敵は、山県部隊に対しても、それなりの包囲網を構成しているはずです。私には、自分が生きぬいて助かる、などという見込みは、とうてい立ちませんでした。多くの負傷者を抱えて、後方へ撤退する隊伍には、充分な戦闘力などあるはずもありません。途中で、敵の哨戒機が出てくれば、雑作《ぞうさ》もなく発見されてしまうに違いないのです。

部隊では、撤退を急ぎましたので、集結を終えるとまもなく、出発しました。

ソ聯軍にくらべれば、はるかに乏しい戦力を、損耗に任せて戦わせ、その戦力の限界がとうに過ぎていることを、後方の司令部はようやく知って、兵員を交代させることになったものと思われます。私には、作戦面のことはなにもわかりませんでしたが、夜闇の底を黙々とたどっていますと、これは、ふと、葬列のようにも思えてきたのです。

隊伍は、負傷者を中心にして、これを無傷の兵員が囲みました。右側に、永井中尉の指揮する第一、第三中隊及び第一機関銃隊と、海辺、中野、平島各砲隊の生き残り、左側の先頭を菅原曹長の率いる独立小隊が進みます。これは第二中隊の生き残りで、歩行できるものわずか十四名です。そのあとに、中森中尉が予備隊を引率しましたが、これは大隊の傷病者百二十余名の救護隊です。そのあとに大隊本部、最後尾に山県部隊がつきます。

隊伍は、ホルステン河へ向けて、東進をつづけていました。ホルステン河へぶつかり、これに沿って北上しますと、ノモンハン地点にいたり、さらに北上して将軍廟に達します。山県部隊の陣地からみて、将軍廟は、ほぼ北東の方向になります。

千人余りとはいえ、半身不随の集団でしかない隊伍は、歩みものろく、二時間も歩まぬうちに、しらじらと夜が明けはじめてきました。夜のうちに、可能の限り、前線を遠のかねばならなかったのですが。

夜が明けてからまもなく、ホルステン河に近づいている地点へ来てからですが、進行方向からこちらへ、数台のトラックが、草原を斜めに横切って、近づいて来るのがみえました。見通しがよいので、よくみえます。輸送用のトラックです。トラック群は、前方百メートルくらいのところを横切ってゆくのですが、砂地のため、速度はゆるいのです。私たちは、はじめそれを、将軍廟から連絡に来てくれる友軍のトラック隊と思い込んでいたのですが、斜めに行き過ぎてゆくのをみて、それが、ソ聯軍のトラックだということがわかりました。

かれらも、私たちの隊伍をみているはずですが、そのままに進みます。輸送トラックなので、これという装備も兵力もなく、そのために、戦わずに行き過ぎようとしたのかもしれません。向こうの意図はわかりません。トラックは正確には七台いました。黙ってやり過ごせばそれですんだかもしれませんし（あるいはやり過ごしても結果は同じだったかもしれませんが）、敵のトラックと知って、み過ごすことはできません。だれが命令したということもなく、戦闘能力のある者は、いっせいに七台のトラックに向けて、襲いかかったのです。

トラックは、むろん、スピードをあげて逃げかけましたが、砂上であり、思うに任せず、そのうちに、戦車攻撃に馴れている兵隊たちは、たちまちトラックにとりついてよじのぼり、または、タイヤを撃ってよろめかせたりして、みるまに六台を擱坐させました。

ただ、先頭を走っていた一台だけは、必死に逃げのびています。私たちにしても、充分な体力はありませんし、徒歩では、少し離れると、追い切れないのです。しかし、この、一台のトラックをとり逃がしたために、まもなく私たちは、徹底的な報復をされることになります。

トラックには、弾薬、糧食、酒類などが、かなり積まれてあり、これを入手したことで、私たちは、傷病者を含めて、どれほど英気を養えたかしれません。しかし、ゆっくりと休止しているゆとりはなく、さらに前進をつづけて、六時ごろに、ホルステン河に架けられた工兵橋の付近に達しました。ホルステン河に沿って道をたどりますと、水の補給ができますので助かるのです。その代り敵もまた、ホルステン河沿いに、捜索の網をひろげてくるということになります。

この、工兵橋の地点を過ぎてまもなく、私たちは、ハルハ河方面から、約五十台のソ聯軍戦車が、こちらに向けて直進してくるのを発見しました。逃げのびた先ほどの先頭にいたトラックからの通報によって、急遽《きゆうきよ》、戦車による追撃が開始されたものと思われます。なにぶん行動力の鈍い部隊の、それも撤退中の隊伍であり、敵が、私たちを捕捉するのは易々たるものだったのです。

私たちの撤退部隊は、多くの傷病者を抱え、かつ戦力の消耗している兵員ばかりであり、満足には武器もありません。戦車群が、濛々と砂塵をまきあげて迫ってくるのをみた

とき、私は、

（これで、いよいよ終った）

と、思いました。今までは、少くも、敵と戦うための曲りなりの陣地は構築したのですが、いまはなんの用意もないのです。吹きさらしの野の中で、五十台の戦車とどう戦えばよいのか。陣地にいて交代の時を待てばよかったのに――と考えたのが、その時の私の、胸をかすめた感慨です。

私たち生田大隊の生き残りは、わずか六十名弱で後衛《こうえい》をつとめていたのですが、部隊としてのまとまった行動のとれなくなった時は、各個に北東に向かって行動せよ、という指示は、撤退の出発時に示達されていました。もともと将軍廟までの引揚げは、敵の包囲網（少くも勢力範囲）を、くぐりぬけて行くことにはなるのです。

トラックでもあれば、夜のうちに敵の勢力圏をぬけ切ることもできるのですが、地を匍うようにしてしか進めない一団が、無事故で、目的地に到達できるなどということは、たしかにむつかしいことだったのです。

ノモンハン東方一帯には、第七師団主力が布陣している、という情報だけは得ていました。従って、私たちの隊伍は、途中で、敵の七台のトラックにさえぶつからなかったら、たぶん、友軍陣地の一角には、たどりつけたのではないかと思います。

敵の戦車群は、近づきつつ、戦車砲を撃ち込み、機関銃の掃射を浴びせてきました。当然のことですが、たちまちに隊伍は混乱し、担架にのせられていた重傷者も、砂上に投げ出されます。戦車群は、包囲網を形成しながら迫ってくるので、私たちは、きわめて不利な態勢で戦わねばなりませんでした。この時ほど、戦車が、傍若無人に、憎々しくみえたことはありません。

敵戦車は、火力のある限りをそそぎながら、私たちの散開しているあたりを、縦横無尽に走りまわり、砂上に置き去りにされている重傷者などは、容赦もなくキャタピラで轢きつぶされて行きます。砲銃声と、その隙間を埋めつくす阿鼻叫喚の巷、となったわけです。まだ、手榴弾を持っていた者は、戦車にとびかかります。しかし、立ち向かおうにも、小銃だけしかないのでは、いかにしても戦闘になりません。

私たちを襲ってきたのは、約五十台の戦車群だけで、装甲車が歩兵を積んでくる、ということはありませんでした。戦車群は、私たちの部隊の抵抗が尽きると、あたりを走りまわって、少しでも動く影をみつけると、機銃弾を浴びせてきました。はじめのうちは、対戦車戦を闘っていた者も、刻々に死に絶え、あとは、隠れ込んで、戦車群の立ち去るのを待つしか方法はなくなりました。ノモンハンの戦場に出動して来て以来、私は、これほど無惨な犠牲を生んだ戦闘をみたことはありません。いわば、すでに非戦闘員の集団のような隊列が、大量の戦車群に襲われたということになります。

私は、蛸壺をみつけて、その中にもぐっていました。一週間ほどは、ろくに物も食べていませんので、体力もありません。そうするしか方法がなかったのです。少しでも頭を出せば、執拗な銃撃が来ます。虱つぶしに掃討されてゆく時間の、なんという長さであったか。耳には、あたりを駈け廻る戦車のキャタピラの音だけが、不気味に、遠のいたり、近づいたりします。断続してきこえる砲銃声。だれがどこにどうしているか、ほかの人のことはわかりません。ただ身ひとつを隠して、夜になるのを待つしか、どうしようもなかったのです。

戦車群は、目的を達したのに、引揚げる様子はなく、この周辺に新たに布陣をするつもりか、午後になっても、時々、キャタピラの動きまわる音が、地表を伝わってきました。

夜になってから、私たちは、それぞれが身をひそめていた、凹地や壕や蛸壺から匍い出し、再び、将軍廟への引揚げを開始することになりました。

この、引揚げに加わり得た人員は、歩行可能の負傷者を含めて、わずか三百名ほどに激減していました。重傷者は戦車に轢き殺され、さらに暑熱にいためられ、死亡して行ったのです。だれを恨みようもない、突発的なできごとでした。生田大隊は、全員で、これもわずか三十六名を数えるのみでした。

生田大隊長の姿は、どこにもみあたりませんでした。手わけをして、あたりをさがし廻りもしましたが、なんの応答もなく、また、それらしい姿を発見することも不可能でした。やむなく、私たちも、隊伍に従って出発し、ホルステン河のほとりへ出て、河沿いに溯って行ったのです。

生田大隊八百五十名が、わずか三十六名になった、その人数の中に、自分がまじり得ている、というふしぎを、私は信じがたく思いながら、河沿いの道を、よろめき進んだのです。

私とともにチチハルを出発した井上がどうなったか、その所在もわかりません。負傷してもし後送されていれば、また会えるかもしれない、ということを、ふと、疲れ切った頭の隅で考えました。そうして、私が遺書ともいうべき手紙を託した、後藤のことをも考えました。かれは、私の手紙を預かりながら、私は辛うじて生きのびているのに、かれの姿は隊伍の中にみえなかったのです。かれがどういう戦い方をし、どういう死に方をしていったかもわかりません。まわりから、あまりにも多くの人たちが死んで行ったので、こうしてホルステン河に沿って歩いている自分自身をさえ、亡霊ではないのか、と、思ってしまうほどでした。

将軍廟へ着いたのは、すっかり夜が明けてからでした。将軍廟へ着いた、といっても、それはただ、そこへ着いた、というだけのことでした。連絡や給養を担当する、一個小隊ほどの兵員がいただけです。

ここで、一椀の麦飯が、各自に与えられました。飢渇と疲労があまりにひどく、一椀の麦飯を与えられてみても、それをただ手に持っているだけで、口に入れても、のどには通りません。腹中には何もなく、しかも、慢性の下痢がつづいています。将軍廟には、休む場所さえもなく、それどころか、

「引揚げ部隊は、速かに後方の野戦病院へ移動せよ」

という示達を受けただけです。

ソ聯軍が、次第に、将軍廟方面へ侵入を深めはじめていて、この将軍廟もすでに前線の区域に入りつつある、という状態になっているらしいのです。将軍廟の基地そのものが、後方への移動を迫られていて、引揚げ部隊の世話など、していられない模様なのでした。

後方の、どこに野戦病院があるのか、だれにきいても、はっきりした返事はしてくれません。ハイラルへ向けて退がって行けばよいのだ、と、いわれるだけです。将軍廟が、敵の重砲陣の射程距離にはいるのは、もう時間の問題なのでしょう。それまでに、私たちも、できるだけ早く、撤退していかなければなりません。

私たちは、将軍廟を発して、だらだらとした隊伍を組みながら、北へ向けての進路をとりました。いまにも倒れ込みそうな、衰え切った状態ではありましたが、ともかくも、

（生きていたのだ）

という、実感だけはあります。

もらった麦飯だけは、雑嚢《ざつのう》の中にしまい込んで、歩きながらに、

（だれの小指でもよかった。できるだけたくさん、もってきてやるのがほんとうだった）

と、その時、身にしみてそう思いました。

私たちは、あの時、小指だけを持ちあっても――と、絶望感の中でいい合ったのですが、小指だけが、私たちを絶望の中から救済してくれる役目を、果たしてくれたはずなのです。

そのことのほんとうの意味を、ようやくに理解しながら、私は隊伍の隅にまじって、野戦病院への道をたどって行ったのです。

三の章・背嚢が呼ぶ　鳥居少尉の場合

歩兵第二十八聯隊（芦塚部隊）第二大隊には、速射砲中隊（久保田隊）が配属されていましたが、私はこの中隊の一小隊長でした。

六月の十日に、ノモンハンへの動員が行われました時、私たちは安岡支隊に編入されて、チチハル北大営の兵営を発ち、前線へ向かいました。

安岡支隊は、安岡中将の率いる第一戦車団（戦車第三、第四聯隊）を主力に、第七師団からは私たちのほかに、師団衛生隊が配属されました。師団以外では、関東軍砲兵隊の諸部隊及び工兵隊、自動車隊などの軍直轄部隊が加わりました。

速射砲隊は、一個中隊に四門の速射砲があります。

六月二十八日に、私たちの大隊（梶川大隊）は、チチハルからは直線距離で西方三百キロの地点にあるハロンアルシャンに着き、翌二十九日に、さらに四十キロ西進して、ハンダガイで戦車隊に合流しました。途中、降雨のため、悪路で苦しんだ記憶があります。道は泥濘《でいねい》化していて、自動車も通行不能の状態でした。

ハンダガイまでは、草原のゆるい起伏の地形がつづきます。ところどころに遊牧民の包《パオ》をみるだけの、寂しい眺めです。ハンダガイは、ハルハ河の一支流ハンダガイ河のほとりにある小集落で、ハルハ河の本流からは、北東へ五キロ離れております。ハンダガイから西北三十キロの地点には将軍廟があり、ここは事件の発生とともに、繃帯所の置かれたところです。

私たちの大隊は、ハンダガイで幕舎生活に入りました。兵員の宿舎になるような建物はありませんので、草原に幕舎を構築したのです。ここには日本人の経営する農場があり、建物の庭に羊肉がたくさん乾してありました。私たちは、この農場の近くに幕舎を建てたのですが、農場主は私たちに好意をもってくれて、羊肉をわけてくれたりしたものでした。前線へ向かう兵隊たちへのもてなしです。

戦車隊は、二十九日の朝、ハンダガイを出発して前線に向かいました。戦車百輛が、堂々たる行進をつづけて草原の彼方へ遠のいてゆく光景は、なかなかに勇壮なものがありました。戦車隊は、私たちをハンダガイに置き去りにして出発してしまいましたので、私たちは、トラックによって追及することになり、トラック隊の到着するまで、幕舎生活をつづけていたのです。

私たちが、戦車隊の目的地であるバルシャガル高地の北方へ到着したのは、七月一日の午後です。ハンダガイから北西へ進み、ハルハ河の支流ホルステン河を渡ります。ホルステン河は、河幅は狭いので、場所を選べば、自動車も渡河できました。ここは将軍廟からは十二キロ、ノモンハンからは四キロほど西方の地点です。草原と砂丘の入りまじった地形ですが、西に近くハルハ河を控えています。ハルハ河は、このあたりではほぼ南北に流れていて、ハルハ河の東側一帯が、主戦場になったところです。

私たちの部隊が、バルシャガル高地の北方の合流地点に到着しました時は、そこに待っているはずの戦車隊はいませんでした。戦車の姿が一つもみえないのです。ただ、戦車の残骸だけは、ところどころにありました。戦車はみな赤茶けた色に焼けていました。よくみると、戦車は、砂中に埋めたピアノ線にキャタピラを引っかけて、そのまま擱坐《かくざ》した形になっています。つまり、ピアノ線の隠された罠に引っかかって、動けなくなったところを撃たれた、ということになります。

私たちの大隊は、ハンダガイで本隊から置き去りになりましたが、さらにこの、バルシャガル高地の北方でも、置き去りになったのです。本隊の戦車隊は、私たちが追及してくるごくわずかな時間に、すでに消滅してしまったようなのです。これは信じ難いできごとでしたが、実際にあちこちに戦車の残骸ばかりを眼にしてみますと、信じないわけにはいきませんでした。トラックを下ろされた私たちの大隊は、トラック隊が引揚げてしまいますと、草原の中に、本隊を失った孤児部隊として存在することになったのです。各自三日分の乾パンを携行していました。この先どうなるのか、後方から連絡があるのかないのか、何もわかりません。

草原はヨモギが多く、そのヨモギの原を千五百メートル西へ進みますと、ハルハ河畔へ出ます。とりあえず水汲み部隊が出ました。残りは付近の捜索と、陣地や幕舎の構築です。魔法にかけられたように本隊が消滅してしまっているということは、侮りがたい敵の戦力がそこにあるはずです。その戦力は当然、こちらにも向けられてくるはずです。

水汲みには、兵隊は一人で八人分の水筒を持って、河へ出かけております。小銃を携行しますので、それ以上には水筒を持てないのです。

私は部下三名を連れて、付近を見廻ってみましたが、すると、三百メートルほど離れた凹地に、敵のトラックが二台、顛覆しているのをみつけました。兵隊の遺棄死体のようなものはみえません。あたりに、チェッコ機銃、蓄音器にレコード、ビスケットの梱包などが散らばっていました。ビスケットは、包装をほぐしてみますと、矩形のビスケットが詰まっていて、食べてみると塩味がついています。われわれの乾パンよりも、やわらかくて味のよいものでした。トラックは、顛覆はしていますが、大きな破損はしていないようにみえましたので、私は帰ってから大隊長に報告し、うまくすれば修理して動かせるかもしれない、と申しました。

「ためしにやってみてくれ。一台でもトラックがあると、何かにつけて助かる」

と、大隊長にあてにされ、それで私は兵器係の片岡少尉と、自動車修理にくわしい兵隊二名をさがして、顛覆しているトラックの場所へ引きもどしました。調べてもらうと、二台で一台分をつくれば、なんとか動くようになるかもしれない、ということでした。

　軍隊には、なにかにつけ、器用な連中がいるもので、かれらは、三日の早朝には、そのトラックを、ともかく動けるように修理してしまいました。従って大隊は、一台のトラックを保有したことになります。少くとも、この三日までは、敵は、私たちの所在に気付いていませんでした。この地域での戦闘は、かれらにとっては一応終っているのですし、後を追うようにして一個大隊が追及してくるとは思わなかったのでしょう。

　しかし、あてどもなく、草原の一角で休養しているわけにもいきません。どこかへ、出かけなければならなかったのです。といって、どこへ行ったらよいのか、命令系統が絶えているので、方途はたちません。

　三日の早朝に、本隊を求めて西へ移動することになりましたが、戦況不明の状態の中を、ただ行動して行くというのも心細いものでした。ハルハ河畔へ出ました時に、ハルハ河を渡った白銀査干《バインチャガン》オボの高地で、敵と戦っている友軍の姿を望見できました。これが第二十三師団に配属の須見大佐の歩兵第二十六聯隊の戦闘ぶりであったことはあとで知りました。須見聯隊はハルハ河を渡河した直後に、交戦状態に入ったものとみえます。河には、工兵隊が、船をつないだ上に板を渡した橋を架けます。白銀査干オボ高地といっても、遠望したのでは、ただの草原としかみえません。オボというのは、里程標で、石を円錐形に積み上げ、中に経文を刻んだ碑石が納めてあります。ラマ教の信仰につながる道祖神のようなもので、この地方には多いのです。

対岸の戦闘の模様は、まず、空中戦が眼につきました。高度二千メートルほどの上空で、彼我二十機ほどが入りみだれて戦闘をつづけていましたが、火を噴いて落ちてゆくのは、すべてソ聯機です。つぎつぎと、みるまに撃墜されていきます。みていると、非常に愉快な気分にさせられました。遠く離れてみておりますので、空中戦を見物している、という気分になれるのです。

しかし、眼を移して地上の、須見部隊が対戦車戦を戦っている様子をみますと、これは容易でない、すさまじい状態でした。河を隔てて二キロ以上も離れておりますので、砲銃声も、遠い物音としかきこえませんが、戦闘のきびしさはわかります。いずれはわれわれも、どこかで、あのような対戦車戦を戦うことになるのだ、というさし迫った思いで、みまもったものでした。火炎瓶をもった兵隊が、迫ってくる戦車につぎつぎに攻め寄りますと、戦車はつぎつぎに火災を起こして燃えてゆきます。燃えさかる戦車の中から、人影が小さく飛び出します。手を挙げたまま砂地にすわり込む、ソ聯兵の姿がみえます。対戦車戦も、みまもっている限りでは、どこまでも、日本軍が優勢にみえました。須見部隊には、一台の戦車もなく、わずかな火砲と、あとはサイダー瓶を代用した火炎瓶とで戦っているのでした。このサイダー瓶代用の火炎瓶のことは、ここへ来る途中、ハンダガイでサイダーを支給された時に、火炎瓶として使用すれば効果のあることをきかされたものです。

戦車は、右側に鎧窓《よろいまど》があります。ソ聯のBT《ベーテー》戦車というのは空冷式です。鎧窓は一尺四方の大きさがありますが、ここを狙って火炎瓶をぶっつけますと、瓶が割れるときに、エンジンが焼けているので車体に火がつき、空冷のため戦車は内部へ焔を吸い込みます。そうして一瞬に内部で火を噴き、その焔は、二十時間くらいは燃えつづけます。戦車は時速十キロほどですので、これを追うことはたやすいのです。この戦車のことは、のちに骨身にしみて学ばせられるのですが、須見部隊の将兵は、その戦車と、まことに果敢に戦い、燃えて擱坐したまま、煙をたちのぼらせている戦車が、ざっと数えても百台は超えていました。その光景が、パノラマのように見渡せたのです。

「やっている。無敵の状態だな。すばらしい眺めだ」

と、私たちは、緊張しながらも、明るい調子で、感嘆を口にしました。どうみても、勝ちいくさの風景でした。空中でも、敵機はさらにつぎつぎに撃ち墜とされて、残存機は逃走してしまっているのです。

つまり、私たちは、この七月三日の朝までは、この草原での対戦車戦が、のちに、あれほど苦しい戦いになろうとは、少しも予想することができなかったのです。われわれもまた、対岸で勇戦している部隊に負けない、戦闘力と精神力をもっている、との自信に燃えていた、ということができます。

私たちの大隊は、鹵獲物《ろかくぶつ》を修理したトラック一台をもっていますので、これを将軍廟の師団司令部までさし向けました。情報入手のためと、物資をもらうためです。トラックは夕刻に、弾薬のほか、携行食、パイ缶などをもらって帰ってきました。しかし、安岡支隊についての情報は得られませんでした。それで、この日はそのまま、ハルハ河を望む右岸地帯に布陣して、待機したのです。

本隊を求めて、大隊が、ハルハ河沿いに南下をはじめたのは、五日の早朝でした。ハルハ河には、北渡、川又（ホルステン河との合流点）、西渡などと名づけられた渡河点があるのですが、私たちの大隊が南下してゆく前方には、ハルハ河を渡河してきた敵の部隊が、相当数布陣していたのです。大隊が北渡付近まで来た時に、突如、河のこちら側からも、対岸からも、双方から砲撃をうけはじめました。日本軍と確認して、砲撃に移ったものとみえます。

白銀査干《バインチャガン》オボ高地付近で戦っていた第二十三師団は、その後、増強をつづけるソ聯軍相手に次第に苦戦に陥り、ハルハ河を渡って、満洲国領側へ撤退してきています。須見聯隊は、四日の夜半に、師団の後衛として撤退していますが、敵は、撤退部隊を追って、ハルハ河右岸へ続々と進入してきています。つまり、私たちの大隊もまた、はじめての砲撃を浴びたその刹那に、激戦場裡に巻き込まれていた、ということになります。対岸の対戦車戦をみていましたので、だれもが覚悟はしていたことですが、いよいよ戦車を間近にみますと、さすがに緊張しました。

砲撃がやんだ直後に、ハルハ河の方向から、戦車が十輛、近接してきたのです。

「右前方に敵戦車群！」

という叫びがあがった時には、速射砲隊はすでに、射撃に有利な稜線上に砲身を並べていました。これは緒戦です。戦車が射程距離内に入るまで待って、中隊長の命令一下、応戦を開始しています。

先頭に並んで進んできた六輛を、つぎつぎに撃破して、擱坐させました。すると、うしろについてきた四輛は、方向転換をしてもどって行きます。緒戦の勝利、ということだったのですが、戦車が遠のくのを待って、今度は、前に倍した砲撃がきました。とくに対岸の重砲陣地からの、充分に照準をさだめた砲撃は、陣地内にとじこもっているわけでもない、移動中の大隊を痛撃しました。約一時間の間に、かなりの死傷者が出ています。死者は毛布にくるみ、重傷者とともに、大隊所属の例のトラックに乗せて、後送しました。そうした余裕が、まだ、この時にはあったのです。

速射砲ですが、歩兵操典に「速射砲ノ任務ハ敵ノ戦車ヲ撲滅スルニ在リ」とありますが、対戦車攻撃については、ほかの火砲のように試射は行わずに、最初から効力射を行います。私どもの用いていたのは九四式三七ミリ砲で、最大射距離は徹甲弾で六八〇〇メートル、榴弾で五七〇〇メートルです。弾丸は一箱に十六発はいっていますが、これを一分間で撃ってしまいます。薬莢は大きいです。射手は、掌に入るぐらいの小さいハンドルを操作して、砲身を上下左右に動かし、眼鏡の十字目盛の中心に目標をとらえて、右手を引くと発射します。撃つと同時に薬莢がはね出て、すぐ装塡《そうてん》できるように口がひらき、弾丸を入れると、自動的にしまります。一〇〇〇メートル以内なら、確実に命中します。命中しますと、弾丸は戦車の壁を破って入り、破片は戦車の内部をキリキリと廻り、乗員を殺傷します。

　この日、大隊は、戦闘地点から少々東へ退がった小丘陵を利用して、陣地を急造しました。敵は、夜間でも、自由にハルハ河を渡って来ますし、敵と膚接《ふせつ》しているわけですから、陣地は急造とはいえ、可能の限り念入りに造りました。

　このころは、日没は九時ごろですが、そのあと一時間ほどは薄明が残り、やがて星明りになります。星だけは満天にかがやきますので、夜闇の中でも、かなり見通しはよいのです。戦場とはいえ、美しい星空です。

　戦車は、音をたててくるのでわかりますが、歩兵は、跫音《あしおと》が砂地に呑まれるので、近づいて来てもわかりません。陣地の前面には、哨戒のための壕を掘り、警戒兵を充分に配置しました。砂丘つづきなので、警戒兵にとっては、見通しのよいのが何よりです。

　かなり更けてからですが、警戒兵が匍うようにしてもどってきて、

「敵の部隊が、近づいてきます。渡河してきたものと思います」

と、報告しました。報告は、私が受けました。なぜなら、私は、速射砲陣地を、大隊陣地のいちばん前に築かせたからです。これは、夜間にしろ、戦車攻撃をかけて来ないとも限らない、と考えたからです。

前方の様子は、速射のいる壕からもうかがえます。私は、直ちに大隊長に連絡兵を出し、双眼鏡で様子をさぐりましたが、一団の黒い隊列だけはみえますが、まだ、はっきり敵と断定はできません。

大隊長は、二、三の幹部将校とともに、すぐに速射の位置に来ました。その時に、ようやく私は、前面の隊列を、ソ聯兵だと確認しました。

「敵か？　戦線が錯綜しておるから、味方が紛《まぎ》れ込んできたのではないのか？」

と、大隊長はいいます。

「ごらんください」

といって、私は、大隊長に双眼鏡を渡し、

「裾の長い外套を着た兵隊が多いのでわかります。あれはあきらかにソ聯兵です。攻撃してくるのではなく、この位置にわれわれがいるとは知らずに、近づいてくるのだと思います。夜間に前進して、陣地構築をするつもりかもしれません」

と、申しました。

このあたりは、日中は気温四十度にものぼりますが、夜半は甚しく冷え込みます。寒暑の差が激しいのです。昼間の薄着では、夜は過ごせないのです。

大隊長は、双眼鏡を私に返し、

「ソ聯兵だな。まっすぐ近づいてくる」

といって、傍らの幹部たちをみました。その人たちも、携行していた双眼鏡をのぞき、ソ聯兵であることは認めました。

「ここでは、陣地も不備だ。撤退しよう」

と、大隊長はいい、まわりの幹部将校も同意しています。

「敵は、せいぜい一個中隊かと思います。近づけておいて、急襲すればよいと思います」

と、私はいいましたが、大隊長は、

「直ちに、撤退を命じよ」

と、幹部将校にいいました。

一個中隊の、油断している敵と、戦って勝てないはずはありません。ただ、敵側は、昼のうち、こちらに標定照準をしておりますので、夜間でも、状況報告をうければ、いつでも砲撃ができるのです。大隊長が、なぜ「退がれ」と命令したのか、私には、これ以外には、理由がつかめませんでした。

それに、撤退に際して困りましたのは、速射砲は、一般散兵のように、簡単には行動できないのです。しかも、中隊長が、昼間の戦闘で負傷して、後送されてしまいましたので、私のほかには、指揮のとれるのは上杉少尉がいるのみです。速射砲中隊は、一個中隊で砲四門を持ちますが、二個小隊編成ですので、一個小隊で二門です。一個小隊は二個分隊編成ですので、一個分隊に一門あります。一個分隊の編成要員は原則として十二名です。

速射砲は、通常の作戦では、速射専用のトラックに積んで行動し、緊急の際はトラックの上から射撃することもありますが、本来は地上を人力で曳きます。しかし、砂上では、車輪が砂にめり込みますので、急速な行動ができなくなります。

私たちは、とにかく、大隊について撤退せねばなりませんでしたが、夜で、見当がつかず、砲を曳きはじめてじきに、一門が砂中に車輪をめり込ませ、動かなくなりました。砲を砂中から引き上げようとして手間どっているうちに、敵の隊列は刻々に近づいて来ます。どこまでも、まっすぐにこちらに向かってくるのです。

私は、前へ行く砲を遅らせ、やっと砂中から引き上げた砲を追随させ、なんとかして大隊を追及しようと思いましたが、どうにも無理なことがわかってきました。と同時に、身軽には動けぬ速射砲隊のことを知っていながら、急遽、撤退命令を出した大隊長に対して憤りを覚えました。思いやりがない、これでは遅れる者は置き去りにしてゆく、ということになるのではないか、これから先いつでもこのような目に遭わされるのではないか、という不安と不満を覚えたのです。

そのうちに、うまく、壕の掘ってあるのをみつけました。かなり深い壕で、胸くらいまでの深さがあります。幅もかなりあります。大隊の、どこかの中隊が使っていたものかもしれません。私は、砲を、先に急がせ、私は、身近にいた七名の部下とともに、その壕の中に身を潜めました。敵の隊列が、どこまで進んでくるのかは、わかりませんが、砲を逃がすためには、こちらへ向かってくる敵を、この地点で食いとめねばならぬと思ったのです。物音はたてずに、白兵で、敵と戦うつもりでした。部下たちにも、その旨をいふくめました。

速射砲隊は、一般散兵と違って、小銃を携行している者は、いくらもいません。各自帯剣をもっているだけです。私にしても軍刀一本で戦うつもりです。

壕の中から様子をうかがっていますと、先に近づいてきた数名のソ聯兵は、立ちどまって、携行してきたシャベルを使って、壕を掘りはじめています。ここに陣地構築をするつもりかもしれません。

その時、私たちが、黙って身を潜めていれば、敵との交戦は避けられたかもしれません。しかし、後続してくる隊伍が、さらにそのまま前進をつづけてきて、撤退してゆく速射砲をみつけないとも限らない、ともかく、一戦して、敵の行動を阻止してやろう、と、私は決意しました。これは、大隊に置き去りにされたことへの、鬱屈《うっくつ》した気持があったからかもしれません。総じて砲隊の気質というのは、非常に負けず嫌いなところがあります。砲という重荷を曳いて行動するので、頑強な精神力がないと戦闘行動の時困るのです。

私は、前面にいるソ聯兵の動きをさぐりながら、まわりにいる部下たちに、

「斬り込むぞ」

と、いいふくめました。部下からは、低いですが、力強い返事がかえってきます。

私は、壕をはね出ると、ソ聯兵たちのいる場所に向けて突入しました。彼我の距離は十メートルほどしかないのです。私は、振りかぶった軍刀で、手近にいた一人を、いきなり肩から斬り下げましたが、ドタン、という物音がしただけで、斬れません。それで、咄嗟に構え直して、まっすぐに相手の腹を突きました。これはみごとにきまって、刀身の半分ほどを貫きました。引きぬきますと、相手は、砂上をのたうちまわっています。

そのつぎには、近くで、こちらを振り向いたソ聯兵の顔半分を殴り斬りに斬り、つづいて、下からうごめきながら起き上がって来ようとするのを、さらに突きました。

すると、もう一方の、非常に背の高いソ聯兵が、シャベルを振りかざして、こちらへ向けて振り下ろしてくるのがみえました。しかし、その時には、私は、刀を、まっすぐに突き出していたのです。その刹那、鉄帽がガンと鳴って、一瞬、眼がみえなくなりました。

(やられた)

と、思いました。鉄帽の上からですが、脳天を、シャベルで一撃されたと思い込んだのです。ほんの一瞬でした。つぎの瞬間には、もう気がついていて、私の軍刀は、相手の胸を深か深かと刺し貫いていて、胸からは血が噴き出しているのが、夜目にもわかりました。鉄帽がガンと鳴ったのは、相手の、胸にさげていた双眼鏡が、はずみで、ぶち当たっただけでした。

これらのことは、すべて、あっと思うまの、ほんの一刹那に行われたのです。

傍で「やっ、やっ」と、激しい叫びをあげる声に、その時気付いてみますと、土手上等兵が、格闘して倒したソ聯兵の腹を、帯剣で、刺し通したところでした。

ソ聯兵は、七名いました。これが、先発してきた一隊でした。私たちは、こちらは一兵も損耗せずに、奇襲で、この七名をすべて倒したわけでした。

敵の先発隊が、七名だけで出てきてくれたことは、私たちにとっては、たしかに幸運でした。中隊全員がまとまって出てきたら、こううまくは白兵戦で戦えなかったはずです。別な手段を講ぜねばならなかったでしょう。

私が、

「大丈夫か？」

といって、部下たちの安否を問い、だれもが元気な返事をしてくれました時に、赤吊星《あかつりぼし》（照明弾）が上がりました。三分間は昼間のように明るくなります。敵は、先発隊に異常のあったことを気配で知り、日本軍のかなりの兵力が潜伏しているとみて、捜索のために照明弾を打ち上げたのです。

私たちは、砂地の斜面に身を伏せて、照明弾の消えるのを待ち、ともかく後退をはじめました。速射砲がどうなっているかが心配です。しばらく進みますと、直径十メートルほどの、蟻地獄のような、深い凹地がありました。私たちが、その凹地のふちに出ますと、

「小隊長殿、ここに隠れております」

という声が、凹地の底からしました。凹地の底にはヨモギが密生しています。星明りでわかります。もともと草といえばヨモギばかりです。そのヨモギの中に、四門の砲が引き込まれていました。敵の照明弾に照らし出されるのを避けるために、穴の底にもぐり込んでいたのです。

私は、穴の底に下り立った時に、ここで敵を迎え撃つべきだ、と考えました。先発隊を全滅させられた敵が、そのまま引き退がるはずはないのです。今度は、戦闘態勢を整えながら進んでくるはずです。

敵と戦う、とすると、砲は邪魔になります。それで、直ちに砲を解体して埋めるよう、部下たちに命じました。草の多いのは、砲を埋めて隠すには便宜です。戦うためには、砲のあることは有利ではありますが、戦車と戦うのではありませんし、かえって行動力が拘束されます。また、私たちが死傷を重ねた場合は、砲を鹵獲《ろかく》されます。埋めてさえおけ

ば、生き残った者が、掘り出しにくることもできるのです。

そのうちに、また、照明弾があがりました。その明るみを頼りに、私たちは砲の解体を急ぎ、これを砂中に埋めたのです。

私は、第一分隊全員に手榴弾を持たせ、敵が近接してきたら投げよ、と命じました。それを合図に、残りが全員で突っ込みます。今度は、先発隊をやっつけたようには、うまくいくはずもありません。しかし、夜間であり、かなり善戦できる自信がありました。

私は、空腹ではろくな戦闘もできまい、と考え、部下たちに、

「携行している食糧は、ここでみな食ってしまえ。あとで食おうなどと思うな。缶詰も何も全部食え。それで心おきなく戦おう」と、いいました。

部下たちは、喜んで、それぞれに携行している食糧を食いました。敵は、照明弾をあげたものの、警戒しながら迫ってくるので、食事をするだけの時間は大丈夫だ、と私はみました。ソ聯兵は、あまり夜襲を得意としていないことは、私も知っていたのです。

食事中に、米沢上等兵が近づいて来まして、

「小隊長殿、ここに恩賜のタバコが三本あります。頒《わ》けあってのみますから、一本さしあげます」

といって、一本をぬき、火をつけてくれました。

このタバコの、ひと口ふた口のうまさというものは、なんともいえないものがありまし

た。私は、自分がのみ終えると上杉少尉に廻し、ほかの連中も、三本のタバコをだいじにのみあったのです。

飯も食い、タバコものみ、それで、いつ死んでもよい覚悟をきめ、いっそさわやかな気分で、近接してくる敵を待ちました。だれもが、激しい闘志を胸にして、勇気凛々《りんりん》として待機しているのが、私にはよくわかりました。

私は、思い思いの場所に散らばっている、部下たちを励ましながら、先頭に出て、敵影の近づくのを待ちわびていました。刻一刻と、さすがに緊張に身のふるえる時が過ぎてゆくのでしたが、どうしたものか、いくら待っても、敵は近づいてくる気配がないのです。

おかしい、まわりを包囲されたのではないか、と思いました。それで、しばらく待機したあとで、前方と後方へ、斥候を出しました。三百メートルほどをさぐってくるようにいいふくめたのですが、その斥候はもどって来ますと、まったく敵らしい者のいる気配はない、と報告します。前方にも後方にもです。

そのうちに、夜が明けました。

私は、明けるに従って、あたりを見廻したのですが、人影というものが、たしかにみえません。察するに、敵は、撤退して行ったものとみえます。それに、友軍の影もみえません。私たちの速射砲隊だけが、草原にひとり残されているのでした。

私たちに残されている方法は、とにかく大隊をみつけ出して合流することでした。それにしても、速射砲隊を置き去りにしたまま、後退移動してしまうというのはひどい、と改めて思いました。私は、昨夜埋めさせた砲を掘り出させ、組み上げさせました。砲のない砲隊では、なんのために存在しているのかわかりません。四門の砲を曳きながら、この日は一日、本隊をさがし歩くことになったのですが、なにぶんにも、どこをみても草原と砂地なので、いったいどこをさがしてよいのか見当もつかないのです。

大隊は、ほぼ東へ向けて撤退しているはずでしたが、東へ進むというのは、ハルハ河の線から、退却するという形になります。東へ退がってゆく、という方法を、私はとりたくなかったのです。私たちは、ハルハ河から大きくは外れぬようにして、時々、数名の斥候を東方に出しては、様子をさぐりました。かりに大隊がどこかの地点にいても、壕を掘ってもぐり込んでしまっていますと、向こうが発見してくれない限り、みつけ出すのはなかなかむつかしいのです。対戦車戦を戦うための、最強の火器である速射砲隊を放置し、しかも連絡者をさえ派遣してくれない大隊の無情を、私は恨まずにはおれなかったのです。

この日は一日、敵の動静を警戒しながら大隊をさがし歩きましたが、結局、その消息はつかめませんでした。草原の迷い子になってしまった、ということになります。昨夜、玉砕するつもりで食糧をみな食べてしまったので、食べるものもありません。それに日中はすさまじい暑熱です。しかも砲を曳いているのです。兵員を無益に消耗させても、と思い、日中のもっとも酷暑の時は、壕を深く掘らせて休憩させました。夕刻の、気温の落ちたころから夜にかけて、大隊をさがし歩くことにしたのです。敵機も、時々、飛来してきますし、みつかると銃爆撃されます。どこで、どの部隊が、どのように撃ち合っているのか、壕の中にいても、砲声は断続して、地鳴りのようにきこえていました。

夜になって、ハルハ河まで、水の補給に行かせました。水だけが頼りです。第一分隊長の毛利軍曹が、数名を引率して行きましたが、もどってきますと、

「河で、ソ聯兵に会いました」

と、いいます。対岸で、装甲車二台で来ているソ聯軍の水の補給員が、やはり水を汲んでいたそうです。距離にすれば、五十メートルも離れているかいないところで、互いに水を汲みあったのだ、といいます。

「お互いに、相手を認めていても、撃ち合いはしません。水が汲めなくなりますから」

と、毛利は笑っていったものです。

草原の中を、いく日彷徨《ほうこう》すれば大隊に合流できるのか、と心配しましたが、つぎの日の早朝に、斥候が、大隊の斥候とうまく出合い、大隊の所在地をたしかめてきました。私たちのいた地点から、東北方へ七百メートルほどの地点でした。それで、毛利軍曹他二名を連絡に出し、その帰隊を待ってから出発し、ようやく大隊に合流することができたのです。

大隊長は、毛利軍曹から、およその事情はきいていたと思いますが、私が、帰着の報告

をしますと、すぐに、

「携帯口糧をみな食ってしまったそうだな」

と、ほかのことはなにもきかずに、まず、そのことをいわれました。

「食わせました」

と、答えますと、

「無断で携帯口糧を食った場合は処罰だ。補給がいつくるかもわからぬ状態だ。お前たちに支給してやる余分な食糧はない」

と、いわれました。

毛利軍曹が、兵員が何も口にせず、飢えている旨を、訴えていたからです。

本来ならば、大隊長は、はじめに「よくもどった、大変だったろう」くらいのことはいってくれてもよいのではないか、と、私は思っていたのです。速射の者は、みな、戦車が出てきたら、歩兵より前に出て、戦車の息の根をとめてやる、と、意気込んでいるのです。撤退など考えたことはないのです。従って、急に撤退されれば、当然、とり残されてしまいます。

私は、大隊長に、

「速射四門を置き去りにされて、しかもなんの連絡もいただけなかったのは、少しひどいのではないでしょうか。連絡さえいただいていれば、私どもも、みだりに携帯口糧を食したりはしません」

といい、どっちみち玉砕するつもりだったから、食糧をとっておいても仕方がなかったのだ、と、その時の事情を話しました。私も空腹が手伝って、気が立っていました。だれもが誠意をつくして戦い、行動してきましたので、大隊長に対しても、ひるむ気持はなかったのです。

「独立隊長の許可なくして携帯口糧を食ってはならぬ、という規定がある。わかっておるのか？」

と、なお、大隊長はいわれます。

「わかっております。しかし、あの場合、自分は速射の独立隊長だったと思います」

私も、この場は、引きさがりたくない気持でした。

これでなんとか、携帯口糧を食ってしまったことはみのがしてもらいましたし、食糧もわけてもらっています。

大隊は、バルシャガル高地の北方、日の丸高地の一角に、しばらく滞留しました。

ここは、第一次の折に、東捜索隊が占領した地点ですが、その後全滅、陣地跡には、日の丸の旗が一本だけ、記念碑のように残っていたといいます。それでつけられた地名です。ここでは、敵の定期的な砲撃にさらされていただけですが、やがて、時々出没する戦車群と、小規模な戦闘をくり返すことになりました。そのうちに、命を得て、大隊は南下をはじめ、七月十四日には、ホルステン河を渡った南の、ノロ高地の一角に布陣しました。ここはホルステン河からは四キロ弱、西のハルハ河からは六キロほど離れた地点です。

このノロ高地へ来てからは、戦況は、眼にみえてきびしさを増してきました。ノロ高地では、ことさらに、最前線に身を置いている、という実感が犇《ひし》と来ます。連日、空襲のあと、ソ聯軍の重砲陣地からの猛烈な砲撃にさらされます。ハルハ河は西から南へ、ノロ高地を遠くとりまいて流れています。対岸には重砲陣地が並びます。戦車は、河を越えた一帯に出没しては、こちらの陣地へ攻め寄せてきます。わずか二、三名で連絡に出ても、その人影に向けて、重砲弾の集中してくることもあります。

一日たてば一日ずつの、兵員の損耗が重ねられてゆくのです。

大隊は、七月の十日に、安岡支隊の編成を解かれましたので、独立行動に移っています。この大隊は、はじめから、草原を彷徨して歩く運命を背負わされていたようでした。私たちが安岡支隊を追って目的地へ到着した時、支隊が消滅しているかにみえたのは、敵戦車の大群との乱戦があって、支隊は、自隊の犠牲の三倍もの打撃を敵に与えながらも、敵戦車の台数が圧倒的に多いため、非常な痛手を蒙ることになったのです。こうした情報も、日の丸高地の一角にいた折に、ようやく耳にしております。

ノロ高地では、戦闘のきびしさに加えて、長期の滞陣が予想され、そのためつとめて堅固な陣地構築が要請されました。といっても、砂地を掘るのですから、どうやってみても多寡《たか》は知れております。

日中は、三十度をはるかに越える暑熱の中での作業がつづきました。夜は、ガクンと冷え込みます。壕の上にかぶせた天幕の下には、私たちがノモンハン蝿と呼んでいた蝿が、無数に、びっしりと貼りついております。蚊もひどいものですが、蝿もひどいものでした。赤い縞のある、蝿というより、虻といったほうがいいほど大きな蝿です。死者が出ますと、この蝿は、死者の口と眼の隅にたちまち卵を産みつけます。ふつうの銀蝿ですと、卵から蛆になるには三日かかるのですが、ここのノモンハン蝿の蛆は、十分もたたぬうちに蛆になります。奇術としか思えぬほどの速さです。蛆は、みるまに死体の上を匍いまわって、やわらかな部分から蝕みはじめます。これは死者のみでなく、負傷者に対しても同じです。

午前と午後の、定期的な砲撃を浴びるほかは、砂上のあちこちに姿をみせる戦車が、こちらへ近接してくるかどうかをみまもるだけです。空中戦も、日に何度かみられます。空中戦は、やはり日本軍の戦闘機が優秀で、敵機は、つぎつぎに撃ち墜とされますが、なかには、落下傘をつけずに機体からはね出る者もおり、それは四肢を上に向けた恰好で、ぐるぐるまわり、ふわふわと漂うように落ちてきます。それは、私たちにとっては、ほかには何の眼を慰めるものもないので、一種の「たのしい見もの」であったのです。

敵の部隊の夜襲をうけることもありましたが、日本軍の夜襲と違って、まず照明弾をあげておき「ウラー、ウラー」叫びながら攻め寄せて来ますが、決して陣地内に飛び込んでは来ません。壕の三十メートル前方でとまり、手榴弾を投げつけておいてから逃げるのです。攻めて来る時、両手に手榴弾を提げているのです。ソ聯軍の手榴弾は、発火後三秒で炸裂します。日本軍の七秒にくらべますと、炸裂までの時間が短く、投げ込まれてくるなり炸裂するのですが、柄付の手榴弾の性能はよくなく、破片は主として上方へはねますので、身近に落ちても姿勢を低めれば大丈夫です。敵の夜襲に際しては、こちらも調子を合わせて応戦します。負傷して、逃げられなくなった敵兵は、ひと晩じゅう、大きな泣声をあげつづけます。

戦車を擱坐させますと、戦車にいた兵隊は、白旗を掲げて出て来ます。その場合は、陣前二十メートルほどのところまで近づけて、撃って倒します。かりに捕虜にしても、後送するゆとりはないのです。弾薬や糧秣《りょうまつ》さえ満足に運べぬ部隊が、それぞれに孤立しているような事情にありますので、気が咎めながらも、そうするより仕方はないのです。ひとつには、こちらには一台も戦車がないのに、奴らは戦車を撃たれて、おめおめと生き残ろうとして手を挙げてくる、そのことに隠せぬ憤りを覚えるからかもしれません。よくはわかりません。戦場では、なぜそうするのかわからないのにそれを行っている、という場合が多いのです。

日々、死傷を重ねていますと、死傷してゆく、ということにも、一種の感覚の麻痺を生じて来ます。捨鉢《すてばち》になっているつもりはないのですが、どこかにその心理があるようでした。腹をやられると、必ず死にます。それに、狂気のように水を欲しがります。腹だけはやられたくない、腹をやられて、のたうちまわりながら、ひとりで死にたくない、と、これは、将校をも兵隊をも問わず、だれもに共通の心情であったと思います。

夜は、斥候を出して、周辺の敵情を調べておかねばなりませんが、陣地の端に蠟燭を立て、この火がみえなくなりかけたら帰って来い、と、必ずいって、それを守らせました。さもないと、道に迷います。吹雪の時行動しますと、方向感覚を失って、同じところをぐるぐる廻ってのちに凍死しますが、この草原も同じで、いったん方向を見失うと、もう元にはもどれません。この草原で方向をまちがえてしまうと、暑熱と飢渇のために倒れ、倒れたまま、ノモンハン蠅の餌になってしまいます。そういう遺体を、ノロ高地へ移動してくる時も、いくつもみかけて来たのです。

ハルハ河から私たちのいる陣地までは、河に近い二千メートルほどは砂地ですが、あとは草原になります。雑草の中に、モグラの穴を無数にみつけることができます。ここらはもともと、モグラだけが棲息していた土地なのです。人間の生活の場に向くはずはありません。

戦車は時に、火焔放射器を使いながら攻めてくることもありますが、火焔放射器は戦車の右側についています。焔は二十五メートル届きますが、焔を避けていれば危険はないのです。対戦車戦も、馴れてきますと、さして戦車を恐れることもなくなってきます。どっちみち戦わねばならないのなら、落ちついて戦え、と、部下にはよくいいきかせたのです。

砲弾は、時に、草原を焼き、焔が、野火のようにひろがってゆくことがあります。燃えるに任せ、消えるに任せるだけです。ただ、草原に、瀕死の重傷者が転がっていたりしますと、野火の中でかれは焼けてゆくので、すさまじく声をあげて叫びますが、戦闘間だと、救出しているひまもないのです。戦車がいつまでも燃えつづけていて夜になり、それを目印にして、捜索の便宜にしたこともあります。

私たちは、こうした日常をくり返しながら、壕中生活をつづけていました。壕は、はじめ、一個分隊全員のはいれるくらいの、細長いものをつくりました。壕を掘った直後に(その時が最初で最後でしたが)本部の片岡曹長が、将軍廟から補給のきた蜜柑の缶詰や羊羹を分配してくれています。蜜柑缶は各自に一個、羊羹は各自に三本宛も渡るという、信じられないほどのすばらしい給養でした。

どの壕も、久しぶりの給養を喜んで歓声をあげたのですが、この配給の終った直後に、猛烈な砲撃が来て、一弾は、一つの壕のまん中に落ちました。砲弾が身近に落ちますと、破片でも死にますが、爆風でも死にます。風圧で眼球がとび出してしまうのです。砲弾の落下した壕は、十数人の兵隊が即死しましたが、缶詰を握ったまま死んでいる者があり、なかには、手首が切れて散らばり、その手首の手が、羊羹をしっかりと握りしめているのもありました。

死者は、鄭重《ていちょう》に埋めましたが、缶詰や羊羹は、死者を埋葬した者らがもらって食べたのです。缶詰や羊羹は、死者とともに葬るべきでしたが、それのできなかったところに、飢えて戦わねばならなかった私たちの悲しみがあります。そうした慚愧《ざんき》の情が心理的に働いていたのかどうか、死者の缶詰や羊羹を入手して食べた者たちは、多く、アメーバ赤痢になって、当分、非常な苦しみを味わうことになったのです。

敵の重砲弾は、文字通り雨あられと降りそそぎますので、壕の中に落ちることも、決して珍らしいことではなかったのです。それで、互いに申し合わせて、もっとも被害を少くするために、各自一人ずつの壕を掘ることにしました。速射砲隊は、まっ先に、一人壕に掘りかえたのです。

この、一人壕に掘りかえてまだ二日目のことでしたが、私が陣地内を見廻っていますと、

「隊長殿、お願いがあります」

と、呼びかけてくる者があります。足をとめると、その部下の兵隊は、

「一人壕でなく、二人壕にしていただけませんか」

と、申します。「なぜか」と、問い返しますと、

「寂しいのです」

と、正直に答えてきました。

「一人壕は、死ぬと、一人で靖国神社へ行かねばなりません。しかし二人壕だと、二人一緒に死にますので、二人で揃って行けます。死ぬとき、連れがあるのとないのとでは、まるで寂しさが違うのです」

いわれて私は気付きましたが、一人壕にした時から、ことに夜は「おい、山本いるか」とか「おい、中田元気か」とか、壕から壕へ、呼びかわしている声をきいたものでした。一人だと、寂しくて、考え込んでしまって夜も眠れない、というのです。だれもが、死ぬ覚悟はしていて、その順番を待っている、といいます。それでも、ひとりでは寂しい、と述懐する、その言葉には、いい難い深い意味があります。胸をうたれました。

「そうか、わかった、二人壕にしよう」

私は、すぐにそう答えて、一人壕を二人壕に掘りかえさせました。私はしかし上杉少尉とは、同じ壕に、はいりませんでした。二人一緒に死んでは困ります。せめてひとりずつ死んで、残った者が指揮をとらねばなりません。速射砲中隊は、正規の編成でも六十名しかいません。もちろん激戦裡の中では、人員はたちまちに減耗して行きます。指揮官は、

残された人員を、一人でも多く、一人でも長く生きのびさせねばなりません。しかも、果敢に戦い、最後の一発まで有効に撃ちつづけねばならないのです。

二人壕にすると、隊員たちは、やっと落ちついたようでした。二人だと、夜半、寒気のきびしい時は、抱きあってあたため合えます。壕の中では、あぐらをかいてすわります。頭より少し高く天幕を斜めに張り、雨が降っても流れるようにします。たまにですが驟雨《しゅうう》がくるのです。すさまじい驟雨で、地表が激しい水音をたてます。広い草原なので、こちらが晴れていても、はるか向こうが驟雨になっている光景もよくみかけます。

壕の生活にもいろいろと工夫があって、たとえば一人が、足をのばせるように足先を掘りますと、これが流行して、だれもが、足をのばせるように壕を改良します。そうすると、壕の中で、身を横たえて眠れるのです。つぎにはヨモギを集めてきて、これで紐を編み、壕壁が崩れぬように工夫したりしました。壁の穴をたんねんにかためて、棚をつくっている兵隊もいました。

一日に水筒一杯、飯盒一杯の水が補給されていました。水は、水筒や飯盒でなく、乾パンの空缶にもらいますと、分量がずっと多いことがわかりました。それで、だれもが乾パンの空缶をだいじがって、これで水をもらいに行ったのです。

砲撃もなく、敵機も姿をみせぬ時は、戦線にも、駘蕩《たいとう》とした気分が漂います。のどかな気分か、さもなければ凄壮な緊張か、そのどちらかしかないのです。

日本軍の戦闘機は、複葉の九五式か単葉の九七式で、これはソ聯軍の、私たちが「アブ」と呼んでいた複葉のイ―15、単葉のイ―16と戦って、みていてつねに気持のすっきりする好戦ぶりを発揮していました。友軍機の健闘ぶりが、私たちの士気を、どれほど励ましていてくれたかわかりません。もっとも、八月になってからは、ソ聯軍の新鋭機をみかけることも多くなりましたし、空中からの攻撃にも、眼にみえぬ圧力を感じてきたことは事実です。

敵の砲撃は、遠くで「チャーン」といった発射音がきこえますが、連続して撃ち込まれる時は、炸裂音にかき消されて、なにもきこえません。まわりの炸裂音で、頬のあたりがヒリヒリしてきます。

私の壕から、三百メートルほど離れたところに、私と同期の、歩兵中隊の田原少尉の壕がありました。砲撃のない、いわゆるのどかな時間には、私は、この田原の壕を訪ねて、ふたりで雑談をかわしあってたのしんだものです。

「朝夕、秋風らしいものが吹いてくると、ナメコ汁の味を思い出すな」

と、二人で、よくその話をしましたのは、旭川の聯隊でも、周辺の山々にナメコはたくさんとれますので、それがナメコ汁にして出されると、軍隊の食事とは思えない、美味な味わいがしたからです。壕生活をしていても、たまに軍事郵便は届きましたので、お互いに、来た手紙を見せ合ったりもしました。

その日、田原と別れて、散歩をしている気分で草を踏んでもどってきますと、向こうの稜線上から、敵機が六機、機首を下げて、地へ突っ込んでくるような恰好で飛んで来ました。

田原との話をたのしんだので、うっかりしていたためもありましたが、私は、その場に伏せ込むだけのゆとりしか持てませんでした。敵機は爆撃機だったのです。その直後に、まわりが轟きわたるすさまじい爆撃がきて、全身が何度かはね上がるようでした。あたりに濛々と砂塵がたちこめ、その砂塵の中で一瞬、身体の動かなくなる意識がありました。

(やられたな)

と思い、私は、首を右に向けて、右手の指を動かしてみました。これは負傷度をたしかめてみる一つの方法でした。指が動けば大体大丈夫なのです。指は動きました。敵機はそれだけで去って行き、あたりの壕にいた者たちが、出てきました。

被害状態の調査がすぐ行われましたが、このときの数名の死傷者の中に、田原少尉がまじっていたのです。即死です。敵機の爆弾は田原少尉の壕に落ち、田原は四散して、どこに遺体があるかもわかりませんでした。かりに、あと数分、私がその壕にいたら、私もまた、田原とともに吹き飛んでしまったのです。

千切れ飛んだ遺体をかきあつめて、埋めてやり、野の花を供えてやるのが、田原への、せめてもの、私のしてやれる心づくしでした。野の花は、私の気持を察して、部下のひとりがみつけてきてくれた淡桃色の野バラの花の一枝です。たまに、この花をみかけます。遺体の処理法は、その場所、その時によって違いましたが、毛布で包んで縄をかけ、トラックの荷台に横積みにして、将軍廟に送り込めば、そこで集団火葬にしてもらえたのです。遺骨はチチハルの留守部隊に送られます。しかし、戦況がきびしくなると、そうした余裕はなくなり、砂を掘って仮埋葬をしました。そうして、もしその余裕があれば、頭部だけを掘り起こして、焼いて遺骨をつくったのです。燃料は、付近に灌木があればこれを使い、また弾薬箱をこわして薪にしたりしました。ただ、遺体処理をする時の煙を目標にして、砲撃をうけることが多くなってからは、遺体は埋めたままになっています。私は、田原の場合は、小指を切りとりました。のちに焼いて遺骨にして、だいじに持っていました。

田原少尉のほかに、もうひとり、これは身近な部下の、毛利軍曹を死なせた時のことが、いつまでも忘れ難く胸に残りました。毛利は第一分隊長で、もっとも頼りになる男でした。毛利は、留萌《るもい》に近い増毛《ましけ》の出身です。

八月二十日過ぎの、ある日の午後一時に、前面の丘陵を越えて、八台の戦車が突っ込んで来ました。距離八百メートルでこれを撃ち、三台を擱坐させ、三台は逃げ、二台はとどまって、これとの交戦がしばらくつづきました。

毛利は、分隊長の責任で、敵情を双眼鏡でみているうち、機関銃弾が咽喉から背へ抜けました。毛利はいったんよろめきましたが、しかし退こうとせず、なお先頭に立って、砲の指示をしていますが、すでに声は出ず、そのうちに砲弾が身近に落下して、さらに負傷し、もはや立てなくなりました。

毛利を、後方へ運んで来た時には、すでに駄目な状態になっていることは、私にもわかりました。私は、毛利を抱きかかえて、

「毛利、なにか、いいたいことはないか」

と、ききますと、毛利は、かすれた声で、

「隊長殿、立たせてください」

と、いいます。私は、

「いまは無理だ。休んでいればよい。よくやってくれた」

といたわりましたが、毛利はなお「立たせてくれ、立たせてくれ」と、せがむようにいいます。立てるはずもないのですが、それでも私は、彼の半身を起き上がらせるようにしてやりました。すると毛利は、さらにかすれた声をふりしぼるようにして、しかし、はっきりと、

「天皇陛下万歳」

と、いいました。私が、

「毛利」

と、声をかけた時には死んでいました。それが最後の気力だったのです。私は毛利を、膝の上に抱いてやりながら、毛利の顔の上に、涙をしたたらせました。

私は、しばらくの間、毛利と壕を共にしていたことがありました。毛利は増毛の漁師なので、漁の話などを面白く語ってくれたものでしたが、その時に、どちらからいい出したともなく、死ぬ時は「天皇陛下万歳」といって死のうではないか、と、申し合わせたのです。これは、私としては壕の中の話題、単なるその場での口約束としての言葉でしたが、毛利は素朴にその約束を覚え込んでいたのです。毛利は、重傷で、死期の近づいた時、私に「なにか、いいたいことはないか」といわれたのを、私から「お前、いい忘れたことがあるのではないか」と催促された、と思い、必死に起き上がって、私との約束を果たすため「天皇陛下万歳」と叫ぼうとしたのです。

（なんという、まっ正直な奴なのだ）

と、私は思い、そのことが私を泣かせたのです。

毛利は、縁辺《えんぺん》からもらったお守りを、みんなだいじに布に包んで、腹に当てていました。

「これだけお守りがありますから、自分は大丈夫です」

と、壕の中で、私に、そういっていたのです。毛利は、身近な、もっとも頼りになる部下でしたので、死なれたことはこたえました。中隊長後送のあと、私は中隊長代理として中隊をまとめていかねばなりませんので、だれにも弱味はみせられないのですが、それだけに部下の死は身にこたえます。

夜、月が出ますと、その光は寒くしらじらと、草原に照りわたります。そんなとき、きまって、ハルハ河の方向で、日本語の謀略放送がきこえてきました。拡声器で増幅されたよく透る声です。

『第七師団ノ諸君、将官ハ胸ヲ勲章デ飾ツテユクノニ、君ラハイツマデ出血ヲツヅケテユクノデスカ。日本国民ノ拷問者デアル将官ト士官ヲ殺シ、武器ヲ持ツテワレワレニ降伏シテクダサイ。君ラニハヨイ生活ヲ保証シマス』

放送の内容は、いつも、きまりきったものでした。

(案ずることはない。いずれみな死んでゆくのだ。問題は、どう死ぬかだ)

と、私は自分にいいきかせては励まし、生きている限りは善戦し、先に死んだ者の骨を拾いつづけてゆこう、と心をきめたのです。

大隊が、ノロ高地に移ってからの戦況は、日を経るにつれて、その様相はきびしさを増してゆくばかりです。陣地をとりまいている敵からの、重い風圧のようなものを感じます。断続的な戦闘は、連日つづいてきているのですが、その間、さらに装備を増強しているソ聯軍は、近いうちに、決定的な攻撃を仕掛けてくるのではないか、と私たちは、ひそかに覚悟をかためていたのです。しかし、私たちには増援といったものはまったくなく、補給さえ次第に途絶え勝ちになっていきましたが、いまある兵力でいまを戦うことに、だれもなんの不満も抱いてはいませんでした。

八月二十二日の未明からは、大隊の陣地に、敵機の戦爆連合二十機が飛来してきて、その攻撃が終ると、一時間は砲撃にさらされ、そのあと、歩兵が攻撃してきました。もっとも、近接して手榴弾を投げつけてくるだけですが、ソ聯兵は腕力は強く、手榴弾も柄付で投げ易いので、驚くほどの距離を飛びます。

歩兵を迎え撃っていると、一方から、必ず戦車群が姿を現わします。これを擱坐させると、いったんは戦況もおさまりますが、つぎの日もまた、敵機群の襲来に目を覚まさせられ、つづいて砲撃、そのあとで対戦車戦が行われる、という日課がくり返されていきます。そうした日課の、敵から感じとれる重圧感が、一日ごとに、強さを加えてのしかかってくる気がするのです。敵の兵力はあきらかにふえ、大隊の占めている高地は、まわりを囲まれ、夜半は、話し声のきこえるほどの近くを、敵の大部隊が通過して行くこともありました。それを奇襲攻撃してゆくほどの戦力は、残念ながら、私たちにはありませんでした。敵の包囲、攻撃を支えて、陣地守備の現状を確保する、という任務を遂行していることで、精一杯だったのです。

斥候の報告によりますと、二十二日、二十三日の未明に、続々と、敵の大部隊が渡河してきています。日本軍各陣地とも同様だったと思いますが、梶川大隊でも、弾薬補充も絶えていて、擲弾筒用の榴弾さえ、残弾がきわめて心細くなっていました。速射砲隊においても同様です。

こうした弾薬不足の状態の中へ、二十四日には、砲撃のあと、陣地内に戦車及び歩兵が侵入してきて、陣地の一部は敵の手に陥ちるという、きびしい状態に立ちいたっています。「各隊トモヨク全力ヲ尽クシテ陣地ヲ死守セヨ」という大隊長命令も、つねになく真に迫るものがあったのです。最終玉砕の場合に備えて、重要書類等の焼却の手筈も整えた、という情報を私も耳にしています。

圧倒的な装備と兵力を以て、決戦を挑んでくる敵との、ほんとうの意味での死闘の機がやって来つつある、という実感をひしひしと身に覚えたものでした。

八月二十五日の午後三時ごろでしたが、二台の戦車が、旅団司令部の位置している凹地へ向けて、侵入してきたことがあります。

陣地は、戦況の推移によって、しばしば変更されましたし、また砲撃によって崩れると、新たに築壕して移転したり、作戦上、有利な地形を選んでは、司令部が移動したりもしました。

敵戦車二台が侵入してきた時ですが、第十四旅団の司令部（旅団長森田少将）と歩兵第二十八聯隊本部と同聯隊の第三大隊本部とが、スリバチ状の地形の中に壕を掘って、もぐり込んでいました。直径百メートルくらいの凹地です。

　このスリバチ陣地の左方千二百メートルの位置に、歩兵第二十六聯隊が布陣しており、スリバチ陣地のすぐ左側には第三大隊が、また右側には第一大隊が布陣して、スリバチ陣地を防衛しております。この地点も、前日来、激烈をきわめる戦闘がつづいていて、スリバチ陣地正面前方の稜線上には、収容不能な遺棄死体が一つ、置き去りにされていました。それが、機関銃隊の、銃隊長の遺体でした。敵の銃火の激しさのために、収容することができなかったのです。

　私たちの梶川大隊（第二大隊）は、安岡支隊の解隊したあと、草原を単独で行動してきましたが、ノロ高地では長谷部支隊（支隊長長谷部大佐）の指揮下に入り、八月二十四日以降に、歩兵第二十八聯隊（芦塚部隊）が、ノロ高地後方に到着してからは、その指揮下に入っていたのです。梶川大隊は、八月二十五日もノロ高地の守備についていましたが、私の指揮する速射砲隊だけは、大隊を離れて、後方の、スリバチ陣地護衛の任務を帯びて、配属替えになっていたのです。もっとも、この時点では、いたるところが敵の包囲下にありますので、後方も前方もありません。どこもが死地というべきでした。

　戦況がきびしくなってからは、損耗の甚しい部隊は、他隊の指揮下に移されることもあり、また私たちのような砲隊は、その時々の状況次第で、あちこちに便宜的に、配属を替えさせられることが多かったのです。なんといっても対戦車戦には、速射はもっとも頼りになる戦力だったからです。

侵入してきた二台の戦車は、第二十六聯隊の陣地の左方から、スリバチ陣地の方向へ向けて進んできました。第二十六聯隊からは、第二十八聯隊本部へ、左方の戦車を射撃してほしい、という電話連絡がはいりました。有線で連絡できたのです。聯隊本部にいた芦塚部隊長からは、スリバチ陣地の一角にいた私に、

「左前方から来つつある戦車を攻撃せよ」

という、命令がきました。

この時、私の隊は、二門の速射砲と、八名の生き残りの人員を持っていました。あとはみな戦死傷してしまっていたのです。速射砲はよく戦車を倒しますが、その代り戦車にも、重砲にも狙われます。身をさらして迎え撃つからですし、そうしないと戦果もあがりません。中隊所有の速射砲のうち、一門はまともに重砲弾を浴びて吹き飛びましたし、あとの一門も、弾雨に切り刻まれるようにして、砲も毀れ、兵員も死傷しました。いかに善戦しても、決定的な兵力差と、それに伴う錯綜した戦況の中では、犠牲の出るのはやむを得ません。ことに、ここ連日の、敵の攻勢を迎えてからは損耗も大きく、残弾もわずか十六発を数えるのみでした。砲身を抱きながら死傷して行った部下たちのためにも、この残弾は大切にしなければなりません。十六発で十六台の戦車を倒し、そのあとは、手榴弾を

もらって、対戦車戦を戦い抜こう、と部下たちと申し合わせをしていました。従って、弾丸は一発も無駄にできず、ということは、戦車が、完全な射程距離内に入ってきてから撃つ、ということになります。

侵入してくる二台の戦車を確実に仕止めるには、二つの条件を必要としました。一つは、機関銃隊長の遺棄死体のある稜線上へ砲を曳き上げること、もう一つは射程距離を八百以内で撃つことです。電話のあった時、戦車は、まだ、千二百メートルの遠方に姿をみせていただけです。しかし、遺棄死体のある稜線上に出ますと、前面には敵の強力な陣地があり、姿をみせるなり無数の銃弾が見舞ってきて、その弾幕下で砲を操作して戦車を撃つことは、とうてい不可能でした。少くも全滅の覚悟は必要です。

私の隊には、一番砲手、二番砲手とも、幸い四名が生き残っていました。一番砲手は、片膝を立てた高い姿勢で、両手を使って照準をきめます。砲は前後の修正は早いのですが、左右の修正はむつかしいのです。二番砲手は一番砲手の左にいて、弾丸を砲身に入れる役目をします。弾丸を撃つと、薬莢ははね出ます。

戦車を狙い撃つ場合、直角に当たれば鉄板をぶち抜けますが、少しでも曲るとだめです。確実に倒すには、焦らず、戦車が射程距離に入るのを待たねばなりません。

第二十六聯隊からは、早く撃ってくれ、という聯隊長からの電話が、かさねて来ました。芦塚部隊長は私を呼び、

「何をしている、早く撃て」

と、これもかさねて命令されましたが、私は、

「目標が遠すぎます。近づくまで待たせてください」

と、頼みました。

「待てぬ。直ちに撃て」

と、部隊長は命令をかさねます。それで私は、

「機関銃隊長の遺体を、なぜ収容してあげぬのですか。遺体を退《さ》げようにも、稜線に出ると、みなやられてしまうことがわかっているからでしょう。速射は、あの稜線に出なければ戦車を撃てませんし、出ればこちらが先にやられます。死ぬことはかまいませんが、戦車を倒せないのが残念です」

と、いいました。

私が、これをいい終えた時に、十五榴が、スリバチ陣地の一角に落ちて炸裂しました。壕が崩れんばかりに地軸が揺れます。この時私は、部隊長にさし向かい、部隊長のうしろに旅団長が立って、私たちの問答をきいていられたのですが、砲弾の炸裂と同時に、部隊長は咄嗟《とっさ》に地面に伏せられました。私は、昂奮しているので立ったままでした。旅団長も平然として立ったままです。部隊長は、揺れがしずまると立たれましたが、砂地に伏せ込まれたので、額から顔のあたりは砂まぶれです。

私は、部隊長をみて、あまり感情的に対立してもまずいと思いましたので、少し顔をやわらげました。部隊長には、それが、笑ったようにみえたのかもしれません。

「何がおかしいのだ」

と、部隊長はいきり立って、その場で、

「鳥居隊は、直ちに第三大隊付を命じる」

と、いわれました。

つまり、本部付を更迭されたわけですが、私は、黙って敬礼して引きさがり、二門の砲を、各四人ずつで、砂地を曳き上げて稜線上に出る準備をしている部下たちに、

「砲を曳きもどせ。第三大隊付を命ぜられたのだ。直ちに出発」

と、いいました。

重くて、動きかねる砲を、もて余しながら曳き上げていた部下たちは、私の命令をきくや否や、たちまちに砲を曳きもどして、方向転換をしました。稜線上に出れば、確実に死にましたし、命令に従うためには稜線上に出ざるを得なかったのです。

砲煙に包まれながら、敵対味方という立場が確然としていても、味方の内部には、こうした微妙な葛藤《かっとう》が、つねに連続して発生していたのです。速射は、いつでも前面に出て戦車と対します。それだけに、無益に兵員の欠けることを、私はなによりも惜しんだのです。速射は戦車を倒すことが使命です。自分が倒れては戦車を倒せないのです。危い一瞬

を生きのびられた部下たちの、砲を曳きもどす時の力のこもった掛け声が、私の耳にいつまでも残りました。

第三大隊付にされたつぎの日に、私は、第一大隊の陣地へ出向きました。午前の、砲撃の合間を縫ってです。

第一大隊には、堀田大隊長をはじめ、何人かの友人がおり、どうやら死別れの時期も近づいてきていますので、ひと目会っておきたい、と思ったのでした。私の場合は配属砲隊ですから、気ままに歩けますし、それに残弾を撃ちつくせば終りですから、気楽な点もありました。第一大隊では、とくに堀田大隊長に、挨拶をしておきたいと思いました。堀田大隊長には、教育隊にいたころ、なにかと目をかけていただいております。他隊の壕へ遊びに行く、といっても、戦火の隙を縫っての訪問ですし、狭苦しい陣地内での語り合いです。

第一大隊本部の位置へ赴きました時、そこでは幹部が集まっていて、ちょうど堀田大隊長の訓示が終ったところでした。

堀田大隊長は、私をみつけますと、

「おお、鳥居少尉か。元気でいてくれたか。お前のことだ、がんばっていてくれると思ったが、そうか、よくきてくれた。この輪の中にはいってくれ」

と申されました。

壕と壕の間の窪地の、砂の上に、円陣を描いて七、八人の将校や下士官が集うており、堀田大隊長の眼には、涙らしいものが光っておりました。大隊長は、

「このところ、あまりに死者が多いのでな、とめどもなく涙が出る。ここ数日で、十年も老いを重ねた気がする。みんなに励まされていたところだ」

といって、周囲の人たちに、私を紹介してくれました。大隊長が、

「いまは、本部付か？」

と、きかれますので、昨日の事情を話しますと、

「速射の気質というのは、どこも変らんな。うちの小甲中隊も、百発百中で戦車を倒すが、小甲もお前と似たところがある。うちの速射は昨日だけでも六人戦死した。いま遺族に手紙を書いているところだ。死者が多くて手紙が間に合わぬ。それに、早く書いておかぬと、午後には自分が死ぬかもしれぬ。弱音を吐くつもりはないが、こう死なれると、どうにも辛うてならぬ」

堀田大隊長は、静かな口ぶりで淡々と話されるのですが、それだけに、かえって、身にしみましたのです。

私はその場で、まわりにいる人たちから、第一大隊の事情をききましたが、第一中隊は将校は全員戦死傷して、浜上軍曹以下下士官三、兵三十余人だけが残っている、というこ

とでした。第一中隊の陣地は、三十台の戦車と敵の歩兵部隊に囲まれたのですが、すでに小銃弾さえ撃ちつくしてしまって応戦の方途がないのを、肉迫攻撃をかさねながら、支え切ったといいます。

第二中隊は、後藤中隊長以下八十三名で力戦していますが、この日だけで戦死二十四名です。ほかの中隊も、機関銃隊も、みな同様に、力戦しつつも兵力を削りとられてゆく、という戦いのくり返しです。消耗率があまりに激しく、話をききながら、こういう状態だと、みんな砂の中に消滅してしまうな、という実感がきて、自分がその立場にあることは忘れて、この大隊のことが思いやられたのです。もちろん他の大隊にしても、運命は相似たものです。それでいて私は、自分はなんとかしのいで生きつないでゆくだろう、と、胸のどこかで、ほんのわずかにですが、そう思い込んでいるところがありました。もっともこれも、だれもに共通の心理ですが。

円陣の中には、私の知る顔も二、三あり、久闊《きゅうかつ》(といいたいほどの思いです)を叙《じょ》したのですが、長い時間を寛《くつろ》いでいられるわけもありませんので、堀田大隊長はじめ諸兄の健闘を祈って、別れて帰りました。

その、帰りがけにですが、兵隊がひとり、壕から飛び出すようにして、私を追いかけてきて、

「鳥居少尉殿、平本です」

といって、呼びかけてきました。

振り向いてみると、平本義家でした。

「平本か。元気でいたか。なによりだ」

といって、私は寄って行って、平本の肩に手を置きました。(生きていてくれたのか、ここにいたのか)といった懐しさが湧いてきました。平本も同じ思いであるらしく、じっと私を見ます。

平本は、軍隊では私の後輩で、私が見習士官の時に、初年兵で入隊してきたのです。平本の家は、私の家の小作をしていました。私の家は、古くから渡道していましたので、道東ではかなりの土地を持っていました。平本の家は、むろん私の家とも近く、小学校も同じです。平本は小学校のころから、私のことを「本家の兄《あに》さん」と呼んでいましたが、小学校を出、ずっとおとなになっても、この呼び方はかわりません。平本は、なにかにつけて、私を頼りにしていて、農作業のことはもちろんですが、私事にわたることまで、よく相談にきました。

私は平本を、実の弟のように思ってつきあってきましたが、一度、平本に、たいそう世話をかけたことがあります。それは、近所の人に誘われて、山に猟に行ったのですが、崖から足を踏み外して落ち、足首をひどく捻挫して、まったく歩けなくなってしまったことがあります。この時、平本も一緒について来ていて、彼は、私を背負うと、私の家まで、二里ほどもある道のりを、ずっと背負いつづけてくれたのです。私は、どちらかといえば小柄ですが、平本はがっしりとしていて、その背に負われていると、こういう時は頼りになりました。

私は、平本が入隊してきた時、入隊のことは連絡されてわかっておりましたので、彼のいる中隊へ様子をみに行き、平本に、

「軍隊では、ひいきのしようもないな、中隊も違うし。自分の力でがんばって、上等兵候補者になってくれ。なにか困ったことでもあったら、遠慮なく相談に来いよ。班長にだけはよく頼んでおこう」

といって、力づけました。

平本は、朴訥《ぼくとつ》そのもののような男ですから、まず、ほうっておいても、上の者から眼をかけられる兵隊にはなってゆくはずでした。右翼分隊長（班長）も、私と同郷でしたので、私は、会って、それとなく平本のことを頼んでおきました。軍隊は、案外に情実の利くところがありますが、平本は、自身の素質のまじめさも手伝って、一選抜で、進級してきているのです。

私は、平本が、予定通り、一選抜で上等兵候補者になったときいてからは、あとは平本なりにやってゆくだろう、と安心はしていました。その平本は、私をみかけて、思わず壕を飛び出してきたのです。なにぶん戦火が激しすぎて、だれがどこにいるのか、皆目わか

らない状態だったのです。

「少尉殿も、お元気で結構です」

と、平本がいいますので、私は、

「本家の兄さん、と呼んでくれないか。このごろ妙に、いなかの夢をみるよ。どうも、長くはないような気がする。お前に、本家の兄さんと呼んでもらえると、昔に還ったようで嬉しいんだ。なあ、よっちゃん」

と、いいました。よっちゃん、というのは子供のころからの呼び方ですが、それも「義公」になったり「おい、平本」であったりもしました。どう呼んでもいい、気のおけない後輩だったのです。

平本は、餅つきの時などでも、必ず手伝いに来てくれたものでした。なにかにつけ、手助けに来てくれたのです。その平本に呼びとめられて、身近に話していると、どうしようもなく懐しく故郷のことが思い出されてきたのですが（こう里ごころがついてしまってはあぶない）と、自分を戒《いまし》めたほどでした。もっとも、どっちみち死ぬ運命ですから、それを、ことさら気にとめたわけでもありません。

「この間、国から手紙をもらいました。今年は農作物は、とくに出来がいいそうです。兄さんとこも、人手が足りなくてたいへんでしょう。自分がいれば、みんなやりますが」

平本は、やっと、兄さん、と呼びかけてくれています。

「無事に帰って、また一緒にやろうじゃないか。無理をするなよ。やられるとわかっていたら、出るな。むつかしい、いい方だが、わかってくれるな」

国にいる両親のことを考えろ、という言葉は、控えました。平本は次男ですが、長男は、ひどく身体が弱いのです。平本は、私にとって、いわば身内同様の人間ですので、なんとかしのいで、生きのびてもらいたかったのです。そうすれば、私が死んでも、そこがどのような戦場であったかを、伝えてもらえると思いました。

南の方向で、砲声が轟きはじめ、長い立話もできませんでしたので、互いの健康を祈り合いながら、私は平本と別れたのですが、私はその時、遺書を書いて平本に預け、平本の遺書を私が預かっておこうか、と思いました。たぶん私のほうが死ぬことになるだろう、とは思いましたが。

しかし、人の運命はわからぬもので、平本のほうが先に、それも信じられぬような不運な状態で、死んだのです。

八月の三十日になって、あまりに兵員の損耗が多くなり過ぎ、当然、戦力も尽き、それで部隊は、約二千メートルほど後退することになりました。夜の十二時を期して、いっせいに撤退することになっていたのです。

私は、配属の気易さで、部下と砲二門とともに、集合地点になっている高地へいちばん先に行って、草地の斜面で休憩していました。撤退方向に敵影のないことはたしかめられていました。敵は、後方の包囲網を解いていたのです。私は、仰向きに寝ころんで、星をみていました。寝ている形のまっすぐ上に、ちょうど北斗七星がみえます。

八月も終りになりますと、夜間はずっと気温が落ち、二日前は、少しばかり霙《みぞれ》が降ったものでした。寒暑の差の狂っているようなところがあります。海抜の高い大草原のためかもしれません。

第一大隊が、四列縦隊で、物音もたてずにやってくるのを、私は、斜面の高みからみていました。隊伍の歩いてくる方向から察して、第一大隊と判断できるのです。夜半は、砲撃もやんでいることが多く、この夜も、安全に撤退できるだろう、と、私も予想していたのです。

ところが、第一大隊の四列縦隊が、私の視野の中で立ちどまりました時に、空の一方から、しゅるしゅる、という、迫撃砲弾独得の、羽根の旋回音がきこえ、その音が、斜め上方で、ヒタ、と、とまりました。

「伏せろ」

と、私は鋭く部下たちにいいました。

砲弾が、まっすぐ、私たちのいる位置を直撃してくる、と思ったのですが、砲弾は私たちの頭上を越えて、あたかも、闇を透かして狙いさだめたように、四列縦隊のまん中へ落ちて、炸裂したのです。しかも、砲撃は、たったこの一発だけだったのです。

そうして、そのたった一発だけの迫撃砲弾は、四列縦隊の隊伍の中にいた平本の身体にぶつかって炸裂し、平本自身も炸裂してしまったのです。まわりにいる者も被弾しましたが、案外に軽傷で、平本だけが、つまり、砲弾を抱きとめるような形で死んだのです。

「やられた、平本がやられた」

平本、平本、と呼び合う声は、私の耳にも、はっきりきこえました。私は、斜面を駆け下りて、隊伍の群の中にわけ入って、戦死者が平本であることを確認しました。

私は、まわりにいる兵隊たちにいいました。

「平本は、おれの家と、親戚同様につきあっていたんだ。この間、会って、国の話をしたばかりだ。平本の骨はおれが拾わねばならない。仮埋葬もおれがする。どうか、おれにやらせてくれ」

そういって、私は、平本の遺体（散らばったものを集めたりしたものですが）をもらいうけまして、私の休んでいた小丘の裾に、それを埋めることにしました。事情を知って、部下たちも手伝ってくれます。星明りの下で、忙しく穴を掘り、平本を埋め、埋め終えると、彼の背嚢を、その上に置きました。目印とも、墓標ともつかずに、それを置いたのです。

平本の遺体の胴体の部分は、抱くと、まだぬくみの残っているような気がしたものです。子供をでも眠らせるようにして、砂の中に埋めたのです。

「義家よ。本家の兄さんがお前を埋めてやる。生きて帰れたら、お前のことは、おれが報告する。立派な働きをしてくれたとな。お前の家のことは、おれが面倒をみる。安心して眠ってくれ」

私は、夜闇の中を幸い、泣き泣き平本を埋めたのですが、そのあと、部隊が集結して、後方へ撤退し切るまで、砲弾は一発も落ちてきませんでした。敵が、こちらを狙ったのでもない、たった一発の迫撃砲弾が、なぜ飛んで来て、隊伍の、しかも平本に命中したのか。むろん、戦場には、思いもよらぬ流弾で死傷する者もしばしばいました。しかし、私には、私と語り合ったばかりの平本の死は、強い衝撃となって、私の胸の奥に深く残ったのです。

ノロ高地を、二千メートル後退したあとも、なお砲爆撃はつづきましたが、九月四日になると、敵側からの砲爆撃は、まったくやみました。戦線には、不気味な静かさが漂いはじめ、私たちは、敵の、よほど大がかりな攻勢がはじまる予兆ではないか、と察したのです。

私の隊の速射砲も、弾薬は尽き、決戦となれば、今度こそ砲を埋めて、最後の白兵戦を戦わなければならない、と、部下たちとも、話し合っていたのです。敵側からの砲撃がないので、味方も応戦はいたしません。

そうして、九月十五日の午前零時に〝一切の敵対行動をやめよ〟という司令部からの指示があり、つづいて、十七日の朝に〝全面停戦〟の示達が届いています。停戦命令は十六日に発せられています。

停戦——の命令を受けた時、私は、個人的な気持では、平本がもうひと息生きていてくれたら、と、改めてその死を惜しんだのです。それと、一個の速射砲の隊長としては、全弾の尽きるまで、なぜ弾薬の補充がなかったのか、と、これをも改めてあやしみました。無念の思いを以て、です。弾薬のみでなく、動員された兵力の大半を失い、弾薬食糧の尽きたあとは、帯剣のみで戦車と戦わねばならぬような事態に立ち到りながらも、なぜ、兵員の補充はおろか、弾薬や食糧の補充さえなかったのか、なんの理由で、一兵残らず砂に屍を埋めさせようとしたのか——を、鬱勃《うつぼつ》として沸きあがる、憤りをまじえた疑問として、いつまでも考えざるを得なかったのです。どこへも持って行き場のない感情です。

停戦の日。ノモンハン南方の草原には、初秋の陽ざしが、やわらかに降りそそいでいました。ただ、草原のどことしもないあたりから、死臭の漂ってくる想いはしました。最後に、戦場掃除という仕事が残されているはずでした。

私は、歩兵第二十八聯隊の、遺体収容班長を命ぜられて、そのまま陣地に残りました。各中隊から出された使役兵を一個小隊ほど預かりました。遺棄されたままの死体、仮埋葬した遺体、行方不明になったままの兵員（遺体となっているはずです）の捜索などに、最善をつくさねばなりません。本隊は、私たちを残して、ハロンアルシャンへ引き揚げて行きました。

戦場掃除は、約一週間の予定でした。

遺体収容の業務を開始したのは、九月二十一日です。各中隊ごとにトラック一台が支給され、遺体や遺品を、確認しては積み込みます。どこをみても、死屍累々の眺めでした。狭い地域に、これほど多くの死屍の散らばっている戦場も、めったにはないかしれません。

ソ聯側も、もちろん、戦場掃除に出て来ています。ソ聯側は、全域にわたって、自軍の陣地跡とみなされるところには、青い三角の旗を並べて立てました。領域の標示です。停戦にはなりましたが、ソ聯側の領域には、無断で入ることを許されていないのです。

私は、はじめ、助手の曹長を一人連れて、トラックで、私たちの部隊の転戦したあたりを、ひと通り廻ってみましたが、ソ聯側は、実に手廻しよく、自分らの領域の標示をしていました。停戦のことを、私たちよりも、ずっと早く知って、整理のための準備をしていたように思われたのです。

旧戦場を見廻りながらの、私の、ただひとつの感懐は、

（ああ、みんな死んでしまったなあ）

と、いうことでした。この一語に尽きます。

（実に、みんな死んでしまった。みんな死んでしまったから、ここはいまこのように静かなのだ）

という、しみじみとした思いです。

遺体の収容は、なかなかに骨が折れました。

遺体は、ソ聯兵のものも、むろんあります。ソ聯兵のものも、毛布で包むか、後方から運ばれてきた空缶に収めるかして、包みの上には、野の花を、ほんの一本だけでも添えて、弔意を表して、向こう側に引き渡すことにしたのです。そうすれば、向こう側も、相似た形にして、こちらの遺体を引き渡してくれます。遺体収容班は、腕章をつけていました。武器も持ちません。

私たちは、ただ黙々と、遺体の収容に励みました。兵器を掻き抱いている死者、重なり合って互いをいたわるようにして死んでいる者同士、手をのべあっている者、血に染んだ千人針が砂の上に出ている者、半ばは骨と化している者——どの遺体も、みるに忍びません。それらは、私たちがいかに悪戦したかの証明でもあります。やむを得ぬ事態であったとはいえ、遺体を放置せざるを得なかったことを詫びながら、ひとりひとりをだいじに収容し、仮埋葬してある者は掘り起こし、遺品も整理してゆきます。砂の中に埋めた遺体は、古いものは溶けていました。浸透する暑熱のためだったかもしれません。

遺体は、松丸太が運ばれて来ましたので、縦に四本、横に四本を重ねて並べ、その上に三、四人ずつのせて、重油をかけて焼きました。一日これをくり返し、遺骨として処理し、遺骨は原隊に送られて、白木の遺骨箱に鄭重にしまわれます。

なかには、その場では、遺体の氏名の確認できないものもいくつもありましたが、これは遺品とともに、死んだ場所をしっかり書き添えておきます。生存者の話を綜合すれば、それがだれかはわかってきます。

二十二日の正午に近いころでしたが、ノロ高地付近の一角で、休憩をとっていました。そこは、ソ聯側の領域に接していて、ソ聯側も遺体収容の作業をしていましたが、そのうち、ソ聯側の将校が兵隊一人を連れて、私のほうへ歩み寄ってきました。こちらは、私と、助手の曹長とのふたりです。

ソ聯側の将校は、私の近くへ来ますと、挙手の礼をして、何か、話しかけてきました。言葉はむろんわかりません。向こうが敬礼するので、こちらも立ち上がって答礼をしましたが、私は、相手に返事をする恰好で、

「貴様ら、なれなれしく口を利くな。勝ったつもりでいるのか？　笑わせるな。もう一度、戦車をつぶされたいのか」

などと、意味がわかったら相手が憤激するような言葉を並べました。どうしても、そう

した罵詈雑言《ばりぞうごん》が口をついて出てしまったのです。しかし、相手には、むろん言葉は通じません。相手は、私が、好意的に話しかけたとうけとったのでしょう、さらに近づいてくると、ポケットからタバコをとり出して、箱ごとくれようとします。表情は笑いかけていま す。

こうなると仕方がないので、私は、礼をいってタバコをもらい、一本をつけ、曹長にもすすめました。ソ聯製のタバコは、味のよいものではありませんでしたが、その時、この戦いは、別に、この将校や兵隊のせいで起きたわけではない、かれらだって苦しい戦いを忍んで耐えてきたのだろう、と思い、発作のような憤りの気持の溶けてゆくのを覚えました。

私が、笑顔をみせて、うまいタバコだ、という動作を示しますと、相手は喜び、さらにポケットから手帖をとり出しましたが、その手帖の間に、二人の男の子のうつっている写真がありました。彼の子供です。それと、スターリンの写真が、はさまっていました。彼が、男の子の写真を、みてくれ、と渡しますので、私はそれをほめてやりながら、

(そうか、この戦場での戦いは終ったのだ)

と、ようやく、気持の落ちついてくるのを覚えましたのです。それまでは、遺体収容をしながら、まだ戦いつづけている意識が、どうしても脳裏から離れなかったのです。

ソ聯側の将校たちが離れて行ったあと、少し先で、遺体の整理をしている兵隊が呼びま

すので、曹長が出かけて行き、私は、その場へ腰を下ろして、ソ聯将校のくれたタバコをのみながら、なにか茫然とした思いの中に浸っていました。

すると、その時、私の耳に、パタ、パタ、と、物のひるがえるような音がきこえてきました。まわりは、しんとしていますので、その音は耳につきます。

何だろう？　——と思って、音のするほうをみますと、砂の上に腰を下ろしている私の左の足から、ほんの一メートルほどの先に、背嚢が一つ置かれていましたが、その背嚢の蓋《ふた》が、みていると、パタ、パタ、と音をたてて、めくれるのです。あたりには、まったく風はありません。風があっても、少々の風では、革の背嚢の蓋はめくれないのです。しかも、私の眼の前で、背嚢の蓋は、パタ、パタと、恰《あたか》も私に呼びかけるようにして、めくれつづけます。

とつぜん、私は、電気にうたれたような、衝撃を覚えました。

(平本だ、そうだ平本だ、平本の背嚢だ)

と、はじめて気付いたのです。私は、この場所が、平本を仮埋葬した場所であることを、つい、忘れてしまっていたのです。あまりに考えることが多かったためです。それに、つかみどころのない草原と砂丘の地形ですから、はっきりした記憶もなかったのですが、気付いてみると、ここはたしかに、後方へ撤退する時の集結地点でした。

私は、立ち上がって、背嚢に歩み寄って調べてみましたが「平本」の註記がみえます。

背嚢に手を置いたまま、私は、

「そうか、平本、おれが気がつかんので、呼んだのか」

と、呼びかけていました。声に出したのです。

「よしよし、おれが掘り出して、おれの手で焼いてやる。安心せよ。ほったらかしにして、すまなんだなあ。ゆるしてくれよ」

曹長が、ちょうどもどってきましたので、私は、円匙をかりにやらせ、自分の手で、仮埋葬した平本の遺体を掘り起こしてやったのです。

いまも、私は、ノモンハンの戦場のことを考えますと、頭の奥に、あの日の情景が浮かんできます。背嚢の蓋が、風もないのに、パタ、パタとめくれた、あの物音がきこえ、背嚢の蓋のめくれるさまがみえてきます。

平本の、私へ呼びかけたい一念が、ほかに手段がないので、背嚢の蓋をめくって合図としたのです。

そうして、平本に限らない、あの戦場でいのちを終えた多くの将兵たちは、みなたれもが、私たちに向けて、呼びかけていたのです。その呼びごえに答えてやらなければならない――と、そのことだけを、いまも私は、片時も忘れたことはありません。

【参考資料】

対談　ノモンハン　一兵卒と将校・下士官

司馬遼太郎／伊藤桂一

無告の兵士の呼び合い

司馬　伊藤さんがお書きになった兵士たちは、無告の、自分自身では世間に訴える言葉を持っていない人々ですね。それは、どういう心づもりではじめられたのですか。

伊藤　ぼくの場合、たまたま自分が生き残ったものですから。責任とか使命感とかいったものに、どうしても律しられますね。

司馬　この作品の中の厚岸《あっけし》生まれの下士官が、同村の兵士の死について思いひそめておられるように？

伊藤　いろいろな人の立場を描きますが、広い意味で、その世代の人々の代弁者として語っていこうと思っているのです。それと、生き残った人々もかなりいらっしゃるので、その方々へは、いい意味では娯楽、別な意味では鞭撻、また、呼応し合う役目を、物書きの立場として受持ってみようと思ったのです。戦記は、作戦面についてのことなら調べればそれなりに書けますが、下級の兵士の実状については、戦場体験のある者が書くことによって、より資料的な価値も出ると思いまして。そうしないと、わからなくなってしまいますからね。

司馬　いろいろな人に会って、話を聞かれたりして、一番のご苦心はなんでした。

伊藤　この作品では、対戦車戦の経験が私にないので戦闘の臨場感を出すのがむつかしかったです。私は中国の戦場を中心に満七年軍務につきましたが、味方の軽戦車をさえ、めったにはみたことがありません。もっとも山の中か、揚子江岸にいたためもありますが。

司馬　司馬さんは戦車に乗っておられたから実感をお持ちでいらっしゃる。が、私にはない。ですから、いくら話を聞いてもシンからわからない。ま、ここまで書き込めればというところまではやったつもりですが、本当に体験した方には、不満の点も多いと思います。

司馬　いや、その点でも、よく出てます。伊藤さんのおっしゃる密度の濃さ、極限状態に置かれた兵士らの臨場感は、読んでいてよくわかってきます。

伊藤　戦場描写には、表現の限界がありましてね、銃砲弾がいっせいに飛んできたといくら書いても実感は出ない。そこをなんとか工夫しなければなりません。話してくれた人の気持を、つとめて活かすようにと努力はしていますが……。

対談中の伊藤桂一（左）と司馬遼太郎（右）

司馬　いや、よく出ています。ソ連というのは、ピヨトール以来、大砲を持つことが好きな国で、執着と愛着とを持ってるから当てるのも上手《うまい》。

伊藤　日本は、山砲が花形だったくらいですからね。

司馬　だから、砲兵が砲兵陣地を攻撃するというのは、普通はあまりないんです。が、ノモンハンでは、日本の砲兵陣地を壊滅させている。その砲弾がむれをなして落ちて来る感じが非常によく出ていましてね、読んでいて、生き残ることじたいが不思議だという感じが迫る思いでした。

伊藤　いまの世代の人は、全く戦争体験がないわけで、口で説明してもなかなかわかってもらえない。戦場場面にしても、劇画みたいに書いてしまってはいけない。だから、実際にはこうであったという臨場感を、つとめて親切に書いて行けば、なんとはなしにわかってもらえるんじゃないかと思ったんです。

司馬　経験してない世代だと、普通わかり切っていることがわからないですね。たしかに一から丁寧に説明しなければならないしんどさがありますね。

伊藤　軍隊経験でも年月がたつと、こまかいことは忘れてしまっていますからね。自分の部隊の名を忘れている人がいるくらいです。むろん、きびしい戦後を生きてこなきゃならないといったこともありましたから。それからノモンハンの戦闘記録もいろいろ読んでみましたが、昔のものは、軍に遠慮があって、とかく恰好よく書いてあり、参考になりません。最近の資料はまた、軍事的な比較とか、軍部への批判が中心になっている。ですから直接執筆の参考になるわけではありませんが、執筆する上での身構えというか、心構えの上で役立つことがありますので、ひと通り目を通しました。結局は、話をして下さった人の気持の伝達にしぼったのです。その気持の向うにもさらに多くの人々がいるわけで、それらの人々の心情を同時に伝えたいという点が大事でした。

司馬　その一兵士のレベルでお書きになったから、非常に後世のために、資料性の高い作品になったと思うんです。これを読んでると、ノモンハンの生き残りは、のちのちまでなるべく死亡の公算の高い戦場へ送られたということと、ノモンハンについてあまり口外するなといわれていたと書かれていますね。

伊藤　ええ、目障りになったのでしょうね。

司馬　大阪大学の総長になった方で釜洞醇太郎という微生物学者がおられた。きわめて秀れたガン学者でもありましたが、なかなかの豪傑でした。ぼくは、ノモンハンのことは結局書かないんですが、十二、三年くらい調べているんです。

伊藤　はい……。でも、惜しいですね。

司馬　くたびれてやめちゃったんですが（笑）、釜洞さんはそのことを知っておられたし、永いつきあいでもあったのですが、晩年になって、お酒の席で、俺もノモンハンにいたとぽつんといわれたんです。応召軍医でした。で、それなら聞かせてくれと頼んだんですが、ついにいわなかった。

伊藤　しかし、ノモンハンに限らず、南方のニューギニアとか、名もない小島や孤島で戦って生き残った人も、当時の戦闘状況については、口が重いですね。長い時間つき合ったあるときに、ひょっと、実はそこで生き残っておったんだということを話したりする。これは、ノモンハンの場合の箝口令とはまた違った戦場の激しさ、記憶の中に染みついているものが、それを口に出すと、自分がその時点に戻らにゃならんものですから、それが非常に辛いんでしょうね。何月何日の話をすると、誰と誰がその日に死んだ、というその場面が甦えるのです。

司馬　私の小学校以来の親友で、フィリピンの生き残りがいましたが、ついに戦場について一言も喋らずに、二十七歳でガンになって死にました。山中放浪組でした。若い細胞がガンになったというのは、あるいは体の原質のようなものが飢餓によって、変えられたせいかもしれません。

伊藤　あまり厳しい戦闘をやると、体の機能をダメにしてしまうんですね。ことに飢餓状態で山中をさ迷ったりしていると、消耗し切ってしまう。終戦後の日常生活の中でも、元気そうにみえていた人が、あるときふいに体力が尽きるといったことがあります。

お国のためは兵隊ばかり

司馬　ぼくは、ノモンハンについて考えてゆくと敗戦までの日本国家そのものまで否定したくなります。ただ全否定しては、思考停止になります。それで、ここでも演説をひとわたりしないとすまなくなるんですが(笑)。

伊藤　司馬さんは、いろいろとノモンハンを調べておられて、胸に鬱屈したものがあるんでしょう……。

司馬　怨恨があるから(笑)。ノモンハンの関東軍の作戦課長というのは、ぼくが所属した戦車第一連隊の連隊長でした。もっとも私が赴任したときは別のところにおられましたが。その方、福井県に隠棲《いんせい》しておられます。あるいはもう亡くなられたかもしれませんが、この方は、戦後、誰にも会っていない。自分の同期生にも会っていない良心的な人なんです。つまり、彼が語れば他の人、他の参謀らの悪口になるからでしょうが、ついに語っていない。

伊藤　で、隠棲し切ってしまったんですね。

司馬　語ればたとえば同じ作戦課の辻政信を悪くいわなきゃならなかったと思うんです。ところが、辻政信は、自分でノモンハンを調子よく書きましたでしょう。自分がやったくせに『ノモンハン』という小説まがいの読み物まで書いた。しかも、読んでみると、驚くことに、あれだけノモンハンでは戦車にやられたのに戦車の知識がじつにとぼしい。近代国家の高級軍人で、しかも統帥権《とうすいけん》という魔法の杖をもっている人間が、戦車の知識が全くないんですよ。伊藤さんの書かれた中でも、ある大隊長、少佐ですね、その少佐が速射砲の知識がなくて無茶いいますね。日本の高級軍人というのは、軍事そのものがわからなかったですな。彼らにあるのは、官僚としての出世だけだったのでしょうか。だから国際政治がどうであるかもわからない。そんな連中に国家を委ねていたのかということで、もしぼくがノモンハンを書くとしたら、血管が破裂すると思う（笑）。

伊藤　ぼくも当時の参謀関係の人の反省している資料も見せてもらったりしましたが、この作品では、戦争体験者自身の戦う信条と、それに基づく行動、下級将校の立場と言動ということを中心にしました。それを通して何かを考えてもらうことにしたんです。これ以上に視野を広げるとキリがなくなりますので。

司馬　よく我慢されたというか、自分自身を限定されたと思って、感じ入りました。

伊藤　ただ書きにくいこともありましてね。書きこむと理屈が出てくるようなところもありましたし……。司馬さんとは少々年代的に、あの戦争に対する考え方のニュアンスも違うし、ぼくのほうが、ちょっと広いかな、視野は。

司馬　その通りだと思う。戦前の自由主義を知っておられるから。ぼくのほうが腹が立ってしまうところがある。

で、全否定みたいな話になってしまうんです。日露戦争が終ってから敗戦までの国家、かりにこれを昭和前期国家と名づけたら、なんか魔法の杖で打たれた魔法の森という感じで、ぼく自身もその中の住人で、その魔法の森から、敗戦によって出て来た。そこでやっと本来自然の山河を見ることができたという気がするんです。それで魔法の森の時代は何であったかを突き詰めて行くと、全否定になってしまうんです。

伊藤　魔法の作用の原点は、国民皆兵のころにあったのかもしれません。

司馬　全否定は非常に簡単ですから、なんとか目をこらして見たいと思うんですが、すこしわかるのは、明治末期に整頓された官僚制度に一つの問題があるのではないかということです。文官は高等文官試験を通れば農林次官まで大丈夫行くとか、武官ならば、海軍大学校、陸軍大学校を出れば、少将まで大丈夫とか、少し成績がよければ大将までなれるかですね。

伊藤　そうですね。

司馬　おまけに、大正末期に成立した統帥権というものが、本来、明治憲法が三権分立のきちっとした憲法であったにもかかわらず、第四権目どころか、三権を超越する権能を持ちはじめたわけでしょう。

伊藤　ええ、その通りです。

司馬　これによって、国家と国民の運命を左右する外交問題と、戦争を含む外交問題を、東京の参謀本部の課長、つまり大佐以下の人間が決める感じ、関東軍であれば、少佐程度が決める感じだったですね。

伊藤　つねに中堅どころが上層部を突き上げた。今次大戦そのものがそうです。

司馬　彼らは、統帥権という魔法の杖をもっていた。陸軍大臣も及ばない権能をほしいままにして、また振りまわした。具体的にいうと、先にもいった辻政信あたりで決めるわけでしょう。

伊藤　それに参謀というのは、自分自身はあぶない前線には出ません。

司馬　三十代そこそこ、しかも幼年学校からずっと軍人教育ばかり受けていて、世間というものを全く知らない。だから国際社会なんてむろん知らないです。まして、人間の尊厳ということなど考えたこともない、そういう教育だけ受けてきた人間が魔法の杖を持つことを許された。これはとんでもない制度でしたね。だからノモンハン事件が起こったのでもありますが。

本当の意味での愛国心をこのひとたちはもっていたでしょうか。高文とか陸大とか、高級官僚養成コースを出た人は、自分の階級が上がること以外考えていなかったのではないかと思われるフシがあるんですが。

伊藤 いわば、勲章の問題なんですよ。軍人は戦争がない限り、よい勲章はもらえないのです。

司馬 だから、ソ連軍は往年のソ連軍にあらず、日露戦争のころのソ連軍と思っていると大変なことになる。迂闊には、衝突してはいけないというようなことをもし発言すると、絶対出世できなかった。うっかりいえば少将どまりになってしまう。だから口をつぐんだんですね。ぼくは、なぜ日本軍がそんなになってしまったのかということを知るために、当時要路にいた人を何人も訪ねあるいたことがあります。会うたびに不愉快になりました。

伊藤 一人も全体も、考えは同じに貫かれていましたし。

司馬 失礼だが、なんでこんなヤツがと思った人もいました。軍隊にこんな歌がありましたね、「将校商売、下士官道楽、お国のためは兵隊ばかり」

伊藤 今次大戦は、下級将校と下士官、兵隊がよく戦ったのです。

司馬 これはどこの国の軍隊も持っている軍隊ニヒリズムから出たものであって、決して昭和前期国家の本質をあらわすものでないし、いい当てるものでもないんですが、だけど、将校商売でありすぎたんじゃありませんか。将校といっても、中隊長の大尉とか、大隊長の少佐なんてクラスでなくて、参謀肩章のことですが。

伊藤　よくシビリアン・コントロールといいますが、幻想ですね。権力を握るのは簡単なのです。ただ握り方に問題があります。

司馬　要するに、ながい日本歴史の中で出てきたことのない人間たちですね。たとえば織田信長だったら決してノモンハンはやりませんでしょう。自分の軍隊だし、損するから……。

伊藤　やりませんねえ。いかに殺してしまえホトトギス的精神の持ち主であってもね（笑）。

司馬　信長の家来どもも、親方に損をさせてはいかんと、やりませんね。ところがノモンハンをやった参謀どもは平気なんです。国が潰れようと、なにしようとね。

伊藤　それやこれや考えると、司馬さんは、ノモンハンが書けない、血管が破裂してしまう。

司馬　破裂するでしょうね。

日本人の脇腹に擬せられた短刀

伊藤　司馬さんは、戦車隊の小隊長やっておられたんでしたね。

司馬　そう、末期の学徒兵で、体験というほどのものじゃないんです。

伊藤　小隊長には、分隊長（下士官）にはない小隊長の意識があるようですね。下に対する思いやり、上に対する抵抗の意識というものがある。この作品でいうと鳥居少尉の場合がそうですが、この人に会って思ったことは、やっぱり小隊長だなというものがありました。小隊長というのは、一番先に死ぬようになっているんですね。

司馬　一番死亡率は高いですね。

伊藤　小隊長と軽機の射手と右翼分隊長が早く死ぬわけですね。中隊長はちょっと後方にいられる。そのつもりなら。

司馬　そうですね。それで、作品にもあるが、小隊長は、中隊長のスタッフであって、独立の隊長ではない。その小隊長が、独断で携帯口糧を食べさせた。これがけしからんと大隊長が怒る場面がありましたね。読みながらほんとに鬼畜のようなヤツがいるものだと思って、腹が立って仕方がなかった。鳥居少尉が兵隊に携帯口糧をたべてしまえといったのは、その時点で、彼の小隊は孤立していたから、自分は、独立の団隊長（中隊長以上）として判断を下したということでしょう。

伊藤　そうですね。その時点で全員玉砕の覚悟があるのですから。

司馬　ぼくは、あの人の判断は、実に正しかったと思いますね。孤立した場合、そして中隊長は負傷後送という場合は彼は先任の少尉ですから、中隊長職を代行していたつもりですからね。ところで伊藤さんは、小隊長が嫌いではなかったかなと思うんですがね。小隊長になる資格があったのに、兵隊でおられた(笑)。

伊藤　兵隊や下士官は仲間が多くていいのです。小隊長になると、孤独ですね。ぼくには小隊長の哀しみみたいなものがよくわかって……。司馬さんも身にしみてご存知とは思いますが……。

司馬　ええ。それに対して、大隊長ら職業軍人といったら。職業軍人だから自分の隊の速射砲の能力など全部熟知しているはずなのに、そんなものを知っても陸軍での出世にはならないんですね。

伊藤　厳しいだけで人情がない。命令だけですよ。結局、図上戦術と兵棋演習だけで築き上げられたもので、そこに人間は存在しなかったんですね。この作品に描かれている人間の意味は、現在にもそのまま通じましょう。暖衣飽食している現代の人たちに、考えてほしい問題提起もあるかもしれません。

司馬　本当の知識もなかった。こんな無知な軍人というのは、ヨーロッパにもアメリカにも、中国にもいなかったと思いますよ。

伊藤　辻政信などは、部隊が山上の敵を攻めているのをうしろで見ていて、もっと早く攻めさせろなどと言っている。攻めてる兵隊たちは、非常な苦労をしているというのに、ただやれやれ、でしょう。兵隊は山を登りながら死ぬ。そうした命令を無雑作に出せるんですからねえ。ぼくは仕事柄、いろいろな人から戦場体験をききましたが、辻政信を恨んでいる人と何人も会いました。中、大尉クラスの人です。

司馬　まったくねえ。思えば思うほど参謀肩章の将校商売の連中は、日本の歴史に出たことのない人たちだな。話は違いますが、この作品の中で、ノモンハンの草原で、モグラの穴がいっぱいあったといってますね。あれはモグラとは違うんです。タルバガンというんです。

伊藤　ほう。兵隊は、みんなモグラだったと思っているらしいですね。

司馬　あれ、ましな毛皮が採れます。

伊藤　そうですか。ノモンハンに関する資料でも、みんなモグラになっています。ま、そういう専門的なことは、知らんでしょうからね（笑）。

司馬　やたらとそこここに穴を掘って棲んでいる。イタチより小振りで、体の色は、土地によって違いますが、黄色っぽい灰色で、それがピョンピョン飛び出すものですから異様な感じがするんです。

伊藤　捕まえて見なかったのでモグラといったんでしょうが……。ただモグラと書いたほうが実感は出る。

司馬　そう。これ、おかしいことに、ハルハ河の内部の、つまり旧満洲側にはすくないんです。ハルハ河を渡るといるんです。外蒙側には、伊藤さんの書かれたニラ科の短い丈の草が、十センチから十五センチの間隔でずっと生えているんです。全く生えてない砂地もある。

伊藤　ほとんど大した起伏もなく続いているんですね。

司馬　そのニラ科の草を兵隊さんがシャブリながら行ったというのは、非常に面白いと思いましたが、羊があれを食べると元気になるんです。ですからモンゴル人が清朝のときからここを遊牧地にしはじめたんですが、遊牧を目的としているより、ハルハ河に水を飲ませに来る途中に、そこの草を食べさせるという場所であったわけですね。

伊藤　なるほどね。

司馬　伊藤さん。最後の鳥居さんの章で、背嚢の蓋がパタパタというのは、本当の話ですか。

伊藤　ここに出てくることは、フィクションはないんです。あの部分は、心霊学になってしまうんですが、戦場のああいう極限状態になりますと、そういうものがいくらも入り混ってしまうところがありましてね。神秘的なできごとも多いです。鳥居さんが、非常に深刻なそういう体験をなさった。はっきりいうと、あの部分の効果を出すために、この作品全部を書いたといってもいいくらいなんです。

司馬　そうですねえ。

伊藤　戦争のかなしさは、こういうものですよ、ということをわかってもらおうと思った。ただ最後に、休戦になって、鳥居少尉がソ連軍将校と接触するんですが、司馬さんの

『菜の花の沖』で嘉兵衛がリコルドと接触した時の感慨に似たものがあるのかな、と思います。一種の友情、ですか。鳥居少尉の場合、非常に特殊の世界で戦って、はじめて向うの軍人に会った、そうかこの連中も……といった感慨があるんですね。そこにいくらか戦争の中での救済みたいなものがあるのかしれません。軍隊の下層の人間は、みな権力とか組織とかいうようなものによって働かされ、戦わされて死んだり傷ついたりしている。しかし、その犠牲の上に、上層部の人たちには、出世の道があるわけです。そこのところを考えてもらわなくてはということです。昔の戦闘を書いていても、そこに現代につながる意味があるのではないかと思います。

司馬　ノモンハンは、日本人の集団を考える上で永遠に新しいというわけですね。

伊藤　これは、たまたまぼくが書いてこういうものになりましたが、司馬さんがお書きになれば、司馬さんの独自のノモンハン観というものが出て、それは、読む人にとって大変参考になるものだと思います。

司馬　しかし、死ぬまで書くことがないかもしれません。統帥部のあまりの愚行と現実のあまりの凄惨さについて、どういう鍵を用意していいのか。いつか石油ショックで、トイレット・ペーパーまで姿を消したことがありましたね。あれは、一商社の一課長あたりが買い占めて、流通をストップさせたことで起ったのですが、そのときに、ノモンハンの生き残りの須見さんという連隊長がカンカンになって怒った。伊藤さんの作品でも、戦車に火焔瓶を投げつけて撃破する戦法を編み出した人として紹介されていますが、その須見さんが「参謀本部の参謀と同じですよ。いまでもノモンハンは続いているんです」とおっしゃっていた。日本人のやっていることは、大なり小なりノモンハンなのかな。

伊藤　続いていますね。

司馬　この方は、余生を温泉地の宿屋の亭主として安穏にすごされました。自分は幼年学校から軍隊の飯を食ってきて、これだけ軍隊を呪って、八十歳まで生きるとは思わなかった、などとおっしゃっていました。

いずれにしても、ノモンハンというのは、いまだに日本人の脇腹に擬せられておる短刀という問題ですね。

伊藤　まったくですね。

司馬　この短刀は、なんだと、自分自身で問わなければならない問題だと思いますね。

伊藤　そうですね。まさにそうです。

単行本あとがき

私は、戦記関係の取材等で、よく旭川を訪ねたが、ある時宗村貞夫氏が「ノモンハンの体験者がちょうど三人いられるので話をききませんか」といわれた。宗村氏は旧軍人でもあり、自衛隊にも居られ「旭川第七師団」という兵団史その他をまとめられた、軍事研究家でもある。宗村氏に紹介された三人の方というのは左記である。

鈴木輝男氏（旭川市在住）

小野寺哲也氏（旭川市在住）

鳥居虎次氏（上川郡比布町在住）

右のうち鳥居氏は、道内のホテルの支配人をしていられたのが、たまたま旭川に来ていられたのだと記憶する。数年前のことである。その後、二度、折をみては旭川を訪ね、小野寺氏から補足的に話をきいたが、筆を執るにはむつかしいところもあって、時日のみが経過した。

ノモンハン事件は、戦闘の期間は短いが、戦闘行動も戦場生活もきわめて密度が濃く、かりに右の三氏以外に取材範囲をひろげると収拾がつかなくなるので、体験をきくのは右の三氏だけにしぼった。しかし右の三氏それぞれの階級、立場、所属部隊、体験等は、ノモンハンでの戦場実感を味わってもらうためには、執筆者の条件として、たいへんよく恵まれていた、と私は思っている。右の三氏に厚く謝意を表する次第である。

第七師団関係のノモンハン資料については「ノモンハンの死闘」(三田真弘編。北海タイムス社刊)があり「北海タイムス」に連載されたものが、昭和四十年にまとめられている。この本は絶版になっていたが、当時の文化部長本野勝雄氏と同社員で作家でもある木野工氏にさがしてもらって入手出来、第七師団全般の戦闘行動を俯瞰するのに、ずいぶん役に立った。この「ノモンハンの死闘」の中にも、私の取材相手である鈴木、小野寺、鳥居氏らの名もむろん出てくる。八ポ二段組五百ページの大冊の中で、この三氏に関する記録は数行くらいずつしか出ていない。私が、ノモンハン事件を、密度の濃い戦闘といったのは、このことである。

ノモンハン関係の資料や戦記類は、非常に多く出ているが、私の場合は作戦研究でも軍事批判でもないので、主要資料にはかなり眼を通したが、眼を通しただけにとどまっている。ただ、「戦史叢書・関東軍(I)・対ソ戦備・ノモンハン事件」(防衛庁戦史室・朝雲新聞社刊)は、図面も多く、作戦事情にもくわしいので、解説として付した「序の章」をまとめるのになにかと参照させてもらった。

また当時、戦史室の史料係長をしておられた藤田豊氏から、軍事資料等についてなにかと助言を得ているので、あわせて謝意を表したい。

鈴木、小野寺、鳥居三氏は、ノモンハン事件以後も軍務がつづいたので、それぞれに階級も進んでいる。鈴木氏は伍長。小野寺氏は衛生准尉。鳥居氏は大尉。鈴木氏は終戦後は長く旭川市役所に勤務。現在は行政書士事務所を開設していられる。三氏ともそれぞれに健在に生活されていられるが、このうち小野寺氏については、少々補足的に記しておきたいことがある。氏は現在保育園の園長であり、また書道塾の主宰者でもある。

小野寺氏はノモンハン事件の折の働きによって、衛生兵としては師団でただひとり功七級金鵄勲章を授与されている。本来なら金鵄受章者は、部隊では格別にだいじに扱われてよいのだが、小野寺氏の場合だけは違っていた。

小野寺氏は、停戦後、ノモンハンの前線で、小指を切り合おうという盟約をした一人の仲間の実家へ、その仲間の死の状況を手紙で知らせた。ところが、その手紙が師団司令部の検閲に引っかかり、憲兵隊が介入してきて、小野寺伍長は三日間営倉に入れられて謹慎させられる破目になった。ただし、罪状は公にされなかった。むろん罪科は軍隊手帳にも記載されない。罪状は、手紙の文面に、ノモンハン前線での悲惨な状態に触れている部分があり、それが咎められたのである。また、そのために罰だけ受けて、罪状は明示されなかったのだ。これはきわめてふしぎな懲罰だった。

軍は、ノモンハンから還った下士官は、内地へ帰すな、という暗黙の指示を隷下部隊に与えていた。それで、第七師団のノモンハン帰りの下士官たちは、みな関東軍のさまざまな部署に転属になった。小野寺氏は師団の病馬廠に転属させられたが、昭和十五年の秋に軍医部長の好意で内地へ帰された。小野寺氏は内地に父母二人しかいないので、一度帰還させてほしい旨を軍医部長に話したら、軍医部長は小野寺伍長のノモンハンでの働きぶりをよく知っていて、帰れる手筈をとってくれたのである。

小野寺氏（当時軍曹になっていた）は、旭川の留守隊に着くと、浦河にあった上陸用舟艇中隊に廻されたが、ここでの勤務中に大東亜戦争がはじまり、小野寺氏は樺太の飛行場設営隊へ転属の命令が出ている。しかし舟艇隊が手離すのを渋ったので、浦河に残れた。

その後、聯隊区司令部付を命ぜられて旭川にもどっていたが、ここでの仕事は徴兵検査係である。その仕事で利尻方面へ出張している時、一木支隊の編成があり、編成要員になる命令が出たが、利尻から帰る日程の余裕がなく、取り消されている。（一木支隊はのちにガダルカナル島で玉砕している）

その後、アッツ島へ行く山崎部隊の編成要員に加えられたが、この時も徴兵検査任務で遠方にいて出発に間に合わず、見送られた。（山崎部隊はのちにアッツ島で玉砕している）

以上の事情でわかるように、ノモンハンの実情を知る下級幹部に対しては、軍はどこまでも監視の眼をゆるめず、事あるごとにその者を、遠方の危地に追いやろうと意図している。金鵄の与えられている功績者に対してさえ、こうした一種の「処分」がつきまとったのである。

「静かなノモンハン」は、たまたま縁あって話をきいた三氏の体験を、私なりの方法で記述することになったが、これはノモンハン事件によって散華された多くの将兵たちの思いを、代弁していることになるのは、もちろんである。記述者としても、胸を痛めつつ、筆を執らねばならなかった。

また、ノモンハン事件は、密度の濃い戦闘であるだけに、複雑な内容をもち、戦闘の主力であった第二十三師団、及び配属動員の諸隊にも、それぞれの体験、それによる軍事上の特殊の考え方がある。掘りさげて行けば、隠されている部分もたくさんあると思われる。機会をみて、今後も、視野の広い、公平な見方のもとに、私なりの方法で、この事件に触れて行きたい、と思っている。

終りに、江口真一氏（名古屋市・元従軍画家）、高須力氏（横浜市・元捜索第二十五聯隊）、仁平光太郎氏（東久留米市）、佐々木徳治氏（船橋市・元歩兵第二十八聯隊）、織田昇氏（長野県）、北島富男氏（北海道芽室町・元第五飛行師団司令部）、生田みのるさん（札幌市・元歩兵第二十六聯隊生田準三第一大隊長の未亡人）の諸氏に、助言や激励をいただいたので、記して謝意を表したい。

なお、本文中に、日付の誤記その他、不備や記述の間違いがあるやもしれず、識者のご教示を得られれば幸いである。

東京都練馬区桜台六ノ十八ノ十四の自宅にて

著者記す

文庫版の再刊について所感としてのあとがき

著者から読者へ

伊藤桂一

このたび「静かなノモンハン」が、文庫本として再刊される。十年がかりでこの作品をまとめた私には、格別の感慨がある。なにぶんにも戦後六十年、この本の初版が刊行された昭和五十八年から起算しても、かなりの年数を数える。世代交代も大きく、しかも、その変動ぶりの様相が異常で、日中戦争の内容についての一般の方たちの知識は、特に若い世代の人たちには、ほとんど無いといってもよいのではないだろうか。ことに、団塊の世代と呼ばれる年齢層の人たちは、終戦直後からアメリカ方式の教育に育てられているため、戦中世代そのものへの関心も、まったくないといっても過言ではないかもしれない。従って戦中世代の閲《けみ》した重要な戦火の記録にしても、いつどこでそんな戦闘があったのかさえ、ノモンハンという名称そのものさえ、首をかしげられてしまうほどである。「静かなノモンハン」という戦記作品は、戦中世代（大正世代）が経験した、もっとも重要な歴史的な意義を持つ戦争である。作者の私としては、われわれの世代以外の方たちに読まれることを何よりも願っている。その点、このたびの本書の再刊は、いろいろな意味で嬉しいことである。

「静かなノモンハン」をまとめながら、この戦いに加わった、多くの、死者生者の魂に、私は、とりかこまれ、励まされながら、執筆をつづけてきた、格別に切迫した経験がある。私をとりかこんでいる魂たちに、大丈夫です、あなた方に喜んでもらえるような作品に仕上げますから、と、いいつづけてきた記憶は、終生消えないであろう。この作品は、記録をリアリズムで書きながら、文体を叙事詩にまで昇華させる、きわめてむつかしい操作を必要としたので、自分だけの力不足を、魂たちの援護で、果たしてきたからである。もともと、戦記作品は、他の文芸作品のジャンルとは、まったく異った次元のものであるのかもしれない。表現そのものは平明に書きながら、一字一句の完全燃焼を必要としている作品であった。新たな文庫版の再刊に、この本にこめられた無数の戦中世代や、それにつらなる人々の思いが、新たな読者の方たちに、よき感動を与えられるよう、作者は祈らざるを得ない。

戦記文学は、鎮魂の文学ではあるけれども、作品の中に、死者、それに密接につながる生者を、いかに生き生きと再現するかの文学である、と私は思っている。初版の折は、私のもっとも身近な、同人誌「近代説話」の中心になっていた司馬遼太郎との対談を付載したが、ノモンハンのことは、いくら語っても語りつきないと、司馬氏と私は尽きぬ感慨を、当時もそののちも、会えば語り合って来ている。司馬遼太郎は関東軍の戦車聯隊の小隊長だったから、ノモンハン戦への思いは、私よりも深く真率であったと思う。この文庫本にも、司馬・伊藤対談を収録出来て、私は何よりもありがたいことに思っている。

時の流れのきびしさは、初版のころのあとがきで名を記させていただいた、既知未知の多くの方たちも、この世を去って行かれた。それらの方たちの、この世へ遺された思いも、作者である私にはよくわかっている。今後とも私は、そうした方たちと、ノモンハンについて、さまざまに、生あるかぎりは、私の精魂をこめて、語っていきたいと思う。

この本の初版では、講談社編集部の宮本近志氏のお世話になったが、このたびの再刊では長田道子さんのお世話になった。なお解説の勝又浩氏、年譜作製の久米勲氏にも、ご面倒をおかけしている。記して謝意を申しあげる次第である。

解説

「静か」さの底にあるもの

勝又浩

この三月、あるパーティーで三年ぶりくらいであろうか、伊藤桂一さんにお会いした。突くというほどではないが杖を持っておられて、やはりお年を召したのだ――数えてみれば、今年平成一七年には八八歳になられるわけだ――という感じはあったが、その他の点ではちっとも変わらずお元気そうに見えた。その会では来賓として初めにご挨拶なさり、あとも三時間近く付き合われて、主催者の用意した車でお帰りになった。私もその車までご一緒したが、そのとき若い社員が、伊藤さんの小ぶりのバッグを持って付き添った。私は、杖を突かれるようになっても、あのバッグ携行は変わらないのだなと、改めて伊藤さんの生きる姿勢を再認識するような思いであった。そのバッグには常にノート筆記用具や、軽い雨具が入っていて、伊藤さんは、何処へ行くにもこれを手放さないのだ。

もう二〇年の余も前のことになるが、『静かなノモンハン』(昭和58・2)を出された直後、私の関係する学会で伊藤さんに講演をお願いしたことがあった。その日、講演が終わって、近くの懇親会場に移るために会場の大学を出たところで、あいにく小雨がぱらつきだした。伊藤さんに付き添っていた私は、お客さんのために誰か傘を持った者はないのかときょろきょろしたのだが、そのとき伊藤さんは、まさに少しも慌てずといった趣で、お持ちのバッグから軽そうなヤッケを取り出された。驚いた私が、ご用意がいいですねと言ったところ、バッグ携行の習慣についてお話になったのだ。伺いながら私が思い出したのは、軍隊での行軍中にも短歌を作り書き留めていた伊藤さんのことであったが、おそらく、そのバッグは、かつての背嚢に代わるものなのであろう。今だから、まさか水筒や乾パンはないであろうが、小さなナイフや絆創膏、針と糸のセットくらいは入っているのかもしれない。旅先での疲れ直しというと、いまだに森永ミルクキャラメルになってしまうというエッセイもある。二〇代の大半を送った戦場での生活が、伊藤さんの生涯を形づくっているのであろう。言い換えれば、伊藤さんもまた、「未復員兵」の一人なのだ。「未復員兵」とは、戦争体験へのこだわりから生涯「離れられない」自分を指して、晩年の古山高麗雄が言ったことばだが、それはむろん、個人的な資質の問題などではない。いうならば、否応もなく戦場体験を持ってしまった者の、戦後の〝平和社会〟での実感、居心地をこそ言っている。自分のなかの最も大きな、最も重い体験はあそこにこそあり、それが時代のなかで日々伝わらなくなってゆく、そういう孤独感が、彼をいっそう戦争にこだわらせるのではないだろうか。あれは一体なんだったのか、と。
伊藤さんの詩「連翹の帯」には次のような一連がある。

いまでも　連翹の花をみますと
ふっと　めまいに似た　ふしぎな懐旧の情を覚えます
結局　あの山の中からは
だれも帰っては来なかったのですよ
むろん　こう申しあげている私自身でさえもが――です

中国山西省の黄土地帯にあったとき、策戦のたびに咲き乱れる連翹の花を越えて山嶺に分け入ったのだという。だからその連翹の花の帯は、いわば地獄の門、この世とあの世の境とも意識されたのだという。この詩について作者は、別のところで次のように解説している。

「連翹の帯」の詩のなかで「だれも帰っては来なかったのですよ」と歌っているのは、つまり、戦中の意識は、黄土高原の中にとじこめられてしまっていて、虚体だけが、高原から舞いもどってきているに過ぎない、という、黄土高原への、ふしぎな眷恋の思いを叙したのである。(『私の戦旅歌とその周辺』)

生死の境の暗闇を、ただ勘だけを頼りにひたすら突き進むのが戦場であるだろうが、そうした極度の緊張を強いられた地獄の時間の後では、おそらく、魂を抜かれてしまったような虚脱感に襲われたのであろう。そして、自分の本当の生命は、むしろあちらにこそあると、「ふしぎな眷恋」が残るのではないだろうか。そしてこんな心理は、おそらく前線と後方の間だけにあったのではない。終戦後の時間のなかでも、ずっと続いているのだ。伊藤さんの身に終始付き添っている小さなバッグが、そういうことを語っているようだ。

*

『静かなノモンハン』には次のような一節がある。

「われわれは、チチハルからここへ、何のために来たのだ? この、モグラしか住んでいない土地を、何のために、こんなにも苦しんで守らなければならないのだ? しかも、軍からは放り出されて、たった一個大隊八百五十名の兵力で、いったい何百台の戦車を屠ればこの戦いが終るのだ? いまは八百五十名の兵力が、たった百二十名になってしまっている。そうして一日ずつ、一刻ずつ、さらに消耗しつつある。しかも、だれも助けに来てはくれない。われわれはモグラになって地にもぐることもできない。鳥になって空を飛ぶこともできない。そうして、こんな思いでいることを、だれも知ってはくれない。こんな思いを抱いて死んでしまっても、それをみまもってくれるのは、ただこの草原ばかりだ。なんという、やりきれなさだろう。それでも、なお戦いつづけなければならないのか」

この「八百五十名の兵力が、たった百二十名になって」は、この後さらに進んで、最後には「三十六名」の「亡霊」のような一団となるのだが、そうした硝煙地獄のなかでの、「なにものかに向けて叫びたかった」という、小野寺衛生伍長の「憤りの叫び」である。

これは、公的には「戦争」とも「事変」とも呼ばない「ノモンハン事件」というものの実態、本質を、そして言うならば、この『静かなノモンハン』という戦場小説の性格を、よく示しているところではないかと思う。

この文庫にも採録されたが、最初の単行本『静かなノモンハン』には綴じ込み付録があって、伊藤桂一と司馬遼太郎の対談が収録されている（「ノモンハン　一兵卒と将校・下士官」）。そこで、学徒出陣で戦車聯隊に入り、中国にも出征している司馬遼太郎は、「もしぼくがノモンハンを書くとしたら、血管が破裂すると思う」と言っている。ノモンハン事件とは、一兵士の立場から見ればそれほどむちゃくちゃな、言語に絶する「事件」なのだ。

それは、司馬遼太郎に言わせれば、すっかり官僚組織化した日本の軍隊機構が生み出した愚行の典型――むろん、その終着が大東亜戦争に他ならないのだが――だということになる。高級軍人たちは中央にいて官僚としての出世や栄誉しか頭にない。彼らが地図の上で行う作戦を現場で指揮するのは、軍隊も戦争も学校でしか知らない連中ばかり。兵器についても地理風土についても、世界情勢についても生きた知識を持たなかった。だから何の疑いもなく日露戦争当時の装備で近代化したソ連軍に立ち向かわせるようなことができたのである。

それに対して日本の兵たちは、『静かなノモンハン』にもあるように、現場で追い詰められた一衛生兵が咄嗟の間の智恵で発明した火炎瓶、サイダーの瓶にガソリンを詰めた「兵器」で戦車に突撃するような戦闘を繰り返したのだった。これはまるで、我々が戦後さんざん観た西部劇映画、アメリカの騎兵隊に裸馬から弓矢を放つインディアンたちにも笑われそうな戦闘図だが、しかもさらに悲しいことには、こうした原始的な戦闘でも、日本の兵たちが決して逃げたりせず、それなりの成果をあげてきたことであった。

『静かなノモンハン』の第三章、「鳥居少尉の場合」には、彼の率いる速射砲小隊が無断で携帯口糧を食べたといって、「処罰」を言う大隊長が登場する。彼の言い分は、「独立隊長の許可なくして携帯口糧を食ってはならぬ、という規定がある」というのだ。砲弾の飛

伊藤桂一（昭和58年8月）

び交う最前線でこんな「規定」を持ち出す軍人、大隊長（少佐）がどんな人物か、これだけでも想像に余りあるが、鳥居少尉がなぜ隊員たちに携帯食を食べさせたかを知る読者は、いっそうこの大隊長に対する嫌悪、軍隊組織そのものに対しての不信を打ち消しがたいであろう。

もとはと言えば、常に部隊の先頭に陣取る速射砲隊がソ連軍を発見して報告すると、大隊長が直ちに撤退を命じた、そのことに原因があったのだ。一個中隊ほどにしか見えない敵、しかも彼らは明らかにこちらの存在に気づいていないから、戦えば充分勝算はあるという進言を無視して撤退を決める。そうして、通常なら専用トラックで運ぶ速射砲を、砂原のなかを人力で運んでいる困難など一顧だにせず、本隊をさっさと引き上げさせてしまう。置き去りにされた速射砲隊は、先ずソ連軍の偵察隊と戦い、これを斃すが、当然敵本隊の追い討ち襲撃があるものと覚悟して、砲を解体、砂中に隠して待機した。そのとき鳥居少尉は隊員たちに携帯食を食べるように指示したのだが、それはむろん、そこで全員玉砕を覚悟したからである。幸いにこの時はソ連軍も撤退したとみえて――おそらくは、敵の斥候兵を全滅させた効果があったのに違いない――襲撃を受けずに済んだが、この後鳥居小隊は、本隊に追いつくまで二昼夜かかっている。そうしてやっと本隊に合流して、その申告をしたときの大隊長の第一声が、「携帯口糧をみな食ってしまったそうだな」であった。遅れた部下への労《ねぎら》いのことばどころか、一番の責任者である自分が何をしたかの自覚もないのだ。

司馬遼太郎は前記の対談でこのエピソードを上げて、「読みながらほんとに鬼畜のようなヤツがいるものだと思って、腹が立って仕方がなかった」と言っている。彼にいわせれば、日本の、学校出の軍人たちがみな「軍事そのものがわからなかった」、その見本みたいな男が、この大隊長だということになろう。そして、日本の帝国軍隊をこういう方向、その無知、その倨傲、その不条理、その荒廃、その凄惨さ……という方向でみれば、「ぼくは、ノモンハンについて考えてゆくと敗戦までの日本国家そのものまで否定したくなります」ということになる。

先に引用した小野寺衛生伍長の「叫び」も、一度はこうした背景のなかに置いて見なければならない。「われわれは……何のために来たのだ？……何のために、こんなにも苦しんで守らなければならないのだ？」と。

しかし、この衛生兵の「叫び」の後半、「われわれはモグラになって地にもぐることもできない。鳥になって空を飛ぶこともできない。そうして、こんな思いでいることを、だれも知ってはくれない。こんな思いを抱いて死んでしまっても、それをみまもってくれるのは、ただこの草原ばかりだ。なんという、やりきれなさだろう」という叫びには、単に戦争の過酷さや軍隊の不合理を訴えるというだけではない、もっと大きい、深い叫び、言うならば旧約聖書のヨブの叫びにも似た実存的な孤独の声が聞えるのではないだろうか。

彼は確かに、下級の一兵士として、八五〇名の隊員をたった三六名にまで消耗させてしまうような組織上層部の無知無能を恨んでいる。しかし、それと同時に、この大自然のなかでの、人間そのものの無力を、絶対的な孤独を感じ取っている。そして、だからこそ、彼はやがて、こんなふうにも言うようになるのだ。

こうした人たちの戦いぶりを知れば知るほど、私自身も、やれるだけのことはやって、みんなと一緒に死んでゆこう、私たち仲間だけが、お互いに、この草原での戦いぶりを知り合い、認め合っていれば、もうそれでよいではないか……私たちだけで知っていればよいのではないか——と、そう思い、すべてを天命に任せたあとの、静かな諦観を得ることもできたのです。

まるで、すべては陰謀だと知りながらも法に従うことを選んだソクラテスの覚悟のようだが、これが、最後まで衛生兵としての、一兵卒としての任務を棄てなかった人、小野寺伍長の行きついた心境、「諦観」であった。この一冊が、あの悪名高い、無謀、凄愴、苛烈なノモンハン事件を扱いながら、作者がなお、「静かな」と冠したゆえんも、こういうところにあったのではないだろうか。

こんなふうに読んでくると、戦場小説——伊藤桂一は自身の書く戦争小説を、歴史を辿

『静かなノモンハン』カバー
（昭58・2 講談社）

『源流へ』函
（昭44・10 新潮社）

『黄塵の中』カバー
（昭54・5 光人社）

『私の戦旅歌とその周辺』カバー
（平10・7 講談社）

る戦史小説や作戦の後を追う、いわゆる戦記とは区別してそう呼ぶのだが——としては当然のことかもしれないが、『静かなノモンハン』一冊には、日常では決して覗き見ることのできない、人間についてのさまざまな発見が記されていることにも注意しなければならないであろう。この小野寺衛生伍長で言えば、こんなエピソードもある——彼らは次々に戦死してゆく仲間たちをもはや埋葬してやることもできなくなって、せめての弔いに、死者の小指を切り取って、認識票とともに持ち帰ることを申し合わせたが、八五〇人が三六人になってしまう現実のなかでは、それも既に限界を超えているし、第一自分自身の生還も望みがないとなってみると、小指の保管などに何の意味もないように思われてくる。それであるときから、もう止めようと決めるが、そう決めたとたん——「この、とりやめの申し合わせをしました時、私は、この世に対する物欲というものが、一切なくなってしまいました。生死についての、なんの感慨さえもなくなっていました」と、小野寺伍長は言う。こんな状態は、つまりは生きながら死んでいる、とでも言うのであろう。人の命として最悪の状態であるだろうが、しかしまた、人の生としては、案外理想の状態であったかもしれない。こうした極限の時間を持ったからこそ、彼は先ほど見たような「静かな諦観を得る」ことができたのに違いない。

この他、苦痛のために殺してくれと叫んでいた負傷兵が、敵機の襲来と知ると、転げまわって避難する不思議な光景、戦車から白旗を掲げて出てきた敵兵を、それと知りながら撃ってしまう自分たちの奇妙な行動——そのことを、鳥居少尉は「おめおめと生き残ろうとして」いる人間への憤りだろうと言いながら、なお、「戦場では、なぜそうするのかわからないのにそれを行っている」奇妙さが限りなくある、とも言っている——あるいは、戦死者たちの食料を剝いで食べた兵たちがみな「アメーバ赤痢」になって苦しんだ等々、戦場での裸の生命が露呈した不思議な現象、光景がたくさん言われ、描かれている。

いや、それを言うならばもう一つ、鳥居少尉最後の挿話についても触れておかなくてはならない。停戦後、遺体の収容に行った彼が、数日前、戦闘のさなかに埋めた同郷の兵が、目印に置いた背嚢をパタパタと鳴らして、自分の居場所、埋まっている所を知らせたという話である。この挿話を取り上げて、前記対談で司馬遼太郎は、あれは「本当の話ですか」と訊ねている。それに答えて伊藤桂一は、あんな「神秘的なできごと」もたくさんあるのだと言い、あの話を生かすためにこそ、「この作品全部を書いたといってもいいくらいなんです」と答えている。

『静かなノモンハン』とは、そういう戦場小説なのである。

司馬遼太郎は、ノモンハン事件のことを考えると「日本国家そのものまで否定したくな」ると言い、自分がそれを書けば「血管が破裂すると思う」とまで言う。それはノモンハン事件が日本軍隊上層部の無能無責任、堕落荒廃の極点にあるからだが、伊藤桂一は、そんな地獄のなかでも、最末端の兵士たちがいかに懸命に働いたか、彼らの生命の燃焼がいかに立派で美しかったかを見ようとしている。上層部の精神は腐っていたが、下層最前線の魂は健気に輝いていたのである。

二人の作家のこの視線の違いは、その根本には、歴史家である作家と、詩人である作家との違いがあるだろうが、もう一つには案外、もと戦車隊員だった作家と、もと騎兵隊員だった作家との、それぞれの戦場体験の違いがあったかもしれない。

このことを言い出すと、まだたくさんのことばが必要だが、また一方、『雲と植物の世界』など、伊藤桂一初期の作品を知る読者には、言うまでもないことかもしれない。ここではただ、伊藤桂一の「戦旅歌」から三首を引いて、その補いとしておこう。

馬あわれわれに添いきて頸を寄す飢えきびしきか汝もさみしきか

水嚢の水まず馬に飲ませ馬飲めばさてわれも飲む味のよろしも

このおれとお前にどれほどのけじめあるか今日もしみじみ馬にいいきかす

騎兵第四一聯隊での伊藤桂一は、「この聯隊がはじまって以来、お前くらい態度が悪く、お前くらいいじめられた兵隊もいないんじゃないのか」(『私の戦旅歌とその周辺』)

と言われるほどの兵隊だったという。そういうなかで彼を慰め救いもしたのが軍馬にほかならなかった。駆け引きも無ければ裏表もない動物が、人間の魂をどれだけ浄化してくれるか、動物好きな人なら誰でもみな知っている。伊藤桂一が、過酷な戦争体験のなかでも、最終的に人間への信頼を失わなかったのは、この無償の愛、ときに動物とも心を通わす人間というものを知っていたから、信じていたからではないだろうか。

年譜

伊藤桂一

一九一七年（大正六年）
八月二三日、三重県三重郡神前村の天台宗高角山大日寺に、父玄信、母イチの長男として生まれる。以後、妹が二人出来るが、真理子は生後旬日にして死亡、次妹愛子だけが成人する。

一九二一年（大正一〇年）　四歳
父玄信、湯ノ山温泉への途次、交通事故に遭い死亡。その後二年近くに亘って寺の奪い合いが醜く続く。

一九二四年（大正一三年）　七歳
寺院紛争から逃れるために寺を捨てて大阪に出る。母方の祖母かね、叔母栄子、千代子が加わり計六人の家族となる。居所は転々と変る。

一九二六年（大正一五年・昭和元年）　九歳
東京に移る。本郷、渋谷など転々として、小学校だけで八ヵ所変る。「従って小学校友達というものがほとんどない」（自筆年譜）

一九二八年（昭和三年）　一一歳
妹愛子の健康保持のため山口県徳山市郊外に付添って二年間を暮らす。

一九三一年（昭和六年）　一四歳
小学校教師になりたくて青山師範を受験するが不合格。

一九三二年（昭和七年）　一五歳

青山師範に再度受験するがまたも不合格。教師志望を断つ。四月、やむを得ず立正中学入学。校友会誌に詩や小品を発表。原稿が活字として印刷される面白さにとらわれる。以後、文学が生活の主流となり、明治大正文学全集を耽読、学業が疎かになる。

一九三三年（昭和八年）一六歳
鏡花、犀星、外国文学ではハーディ、メリメなどに傾倒し、散文の習作らしいものを書きはじめる。学校の成績は坂をころがるように低下する。授業を受けさせぬ教師もでてきて、退校を考える。

一九三四年（昭和九年）一七歳
教師になれないことが確実となったこの年、僧になろうと思い小石川の曹洞宗寺院に見習いとして入寺。とともに、曹洞宗関係の世田谷中学に転校。このころから投書家となる。「文芸首都」「蠟人形」「若草」「日本詩壇」などに投稿する。

一九三五年（昭和一〇年）一八歳
「文芸首都」（四月）に小説「祖父一家」が入選、掲載される。狂喜する。僧見習いの成果及び学校の成績あがらず、遂に寺を出るとともに、成績もだが、教練が嫌いだったため退校を再び考える。戦前、教練は学校の重要課目であった。それから逃れるには退校しかないと思った。「詩作に熱心となる。心情暗澹としていてそこに救いを求めた観がある。主として生活詩」（自筆年譜）

一九三六年（昭和一一年）一九歳
駒沢大学か日大芸術学部進学を思ったが、学業、教練に厭悪感強く、その上学資の問題もあって考慮の結果、進学を断念、就職する。上野車坂のゴム再生業店に月給一二円で勤める。「日本詩壇」主宰者・吉川則比古に期待され、それに応えて熱意をもって投稿する。が、同人費が払えぬため同人とならず。投稿家仲間で詩誌「黙示」発行するも一号で解散。
一九三七年（昭和一二年）二〇歳
商社事務員、切手売り（郵便局員ではない）、ビル清掃等、職を転々とする。いずれも薄給。文学に縋ることによって厭世観をわずかにしのぐ。徴兵検査、「皮肉にも」（自筆年譜）甲種合格。詩誌「紅艦」「饗」（のちに「馬車」「山河」）に関係する。「詩徒圏」他に寄稿。「日本詩壇」に反戦詩を主に書いたため、友人の検挙が相次ぐのを見て、我身にも危険を感じる。
一九三八年（昭和一三年）二一歳
一月、習志野騎兵第一五連隊に入隊。付添う人なく単身で入隊したため、班長が怪しみもし感心もする。が、単身軍隊と戦う気魄であった。そのためか私的制裁を受けること多し。その下で詩作続行。生活詩から耽美的な抒情詩に作品の傾向は変っている。
一九三九年（昭和一四年）二二歳
七月、動員令が下され、朝鮮龍山の騎兵第四一連隊編制要員になる。九月、北支那山西省臨汾県劉村に駐屯する。このころには軍隊にも馴れ、駐屯の間に詩作をつづける。
一九四〇年（昭和一五年）二三歳
四月、晋南作戦参加。作戦中に短歌二〇〇首詠む。「感情を端的に把握する文学形式はこれしかなかった。この作戦間に人間的な変貌を深める」（自筆年譜）
一九四一年（昭和一六年）二四歳
五月、中原作戦参加。二〇〇首作歌。七月、連隊解散、九月、塘沽より船にて大阪に帰還。宇都宮第三六部隊にて除隊。一一月、清水三郎の紹介で青年書房入社、月給二〇円。詩誌「馬車」に参加して詩作をつづける。
一九四二年（昭和一七年）二五歳
「馬車」の中心であった虚木一が死んで「山河」と改題、安西均、岡部隆介、堀口太平、前田純敬、森田勝寿らが集う。ほとんど他のことをせずに詩作に没頭する。このように社会生活に馴染まず異端者のような気がしたため、この年、北支那の戦場に時々もどりたくなる。「精神の純度を思ったのだろう」（自筆年譜）

一九四三年（昭和一八年）　二六歳
思いが通じたのか、三月、佐倉歩兵第一五七連隊に召集され、第六一師団編制要員となり、直ちに中支那安徽省に向かう。南京警備兵団として分屯任務を転々し、蕪湖の部隊本部勤務となる。

一九四五年（昭和二〇年）　二八歳
五月、上海郊外へ移動、八月、最終階級伍長で終戦。

一九四六年（昭和二一年）　二九歳
一月、佐世保に復員して、六年一〇ヵ月に亘った軍務から解放され、母と妹の疎開先である三重県三重郡川島村に落ちつく。精神は虚脱状態だったが、詩作は順調で、それに専念する。四月、愛知県豊川に、六月、同県豊橋に移転。この転居は衆議院選挙を手伝うこととなった母に伴なったもの。その縁で六坪の市営住宅に入居できた。けれど収入はなく生活はたびたび危機に瀕するが、一一月に母と始めた婦人啓蒙雑誌「婦妃」によって救われる。

一九四七年（昭和二二年）　三〇歳
「職なく、金なく、気力なく、詩作にあけくれる」（自筆年譜）。わずかな生きがいとして詩誌「午前」「母音」「九州詩人」「瑠璃光」等に詩を発表しつづける。

一九四八年（昭和二三年）　三一歳
五月、参議院選挙の手伝い報酬の幾らかを持って単身上京、友人の下宿に居候し、間なしに中西金属工業に、月給二五〇〇円で入社。上京と同時に小説の習作を重ね、三〇枚の作品「鈴鹿」を「午前」に発表する。同人誌「文芸塔」に加わるも、二号で解散。「文壇」

「不同調」「現代詩」「国際タイムズ」等に、相変らず詩を発表しつづける。

一九四九年（昭和二四年）　三二歳

終戦直後からの住宅難で中西金属東京出張所の倉庫に起居していたが、北区稲付西町に一部屋借りる。「晩春」が「群像」の第一回懸賞小説の佳作入選となる。同じ入選者である斎藤芳樹、有馬次郎助を知る。真鍋呉夫の勧めで少女小説を書いたが上梓されず。このころ、檀一雄宅に真鍋呉夫、前田純敬らと屢々集まる。宇佐美義治に勧められて日本研究社発行の学習雑誌「私たちの社会科」に少年小説「地底の秘密」を連載。連載中に同社編集部に転職、教材掛図、学習雑誌「学習と読物」の編集に携わる。

一九五〇年（昭和二五年）　三三歳

一月、童話「お月さまの匂い」（「幼年クラブ」）、二月、「廟」（「群像」）を発表。

一九五一年（昭和二六年）　三四歳

一月、「伊藤桂一詩集」を編集してもらう。四月、斎藤芳樹が窮乏を見かねて紹介の労をとってくれ、中谷孝雄の勧めで金園社編集部に転職。以後、実用書、日記等の編集担当となる。庄司総一を中心として鍵山博史、田代義三郎、川上宗薫、牧章造、西垣脩等で同人誌「新表現」を発刊。創刊号に「母の上京」を発表。

一九五二年（昭和二七年）　三五歳

五月、「アリラン国境線」（「講談倶楽部」）第三回講談倶楽部賞次席、筆名・春桂多）、「雲と植物の世界」（「新表現」）第二七回芥川賞候補、九月、「文芸春秋」再録）、八月、「夏の鶯」（「サンデー毎日」）大衆文芸入選、千葉亀雄賞受賞）、一一月、「鷺を撃つ」（「文学界」）等を発表。松下忠（東宝）、永井路子、杉本苑子と「四人会」結成。母と妹が上京、北区志茂町に転居。この年から休日を魚釣りで過ごすことが多くなる。

一九五三年（昭和二八年）　三六歳
五月、「黄土の牡丹」（「文芸日本」第二九回芥川賞候補）、八月、「水の上」（「近代文学」）、一一月、「猫の上京」（「文学界」）等を発表。牧野吉晴、浅野晃、富沢有為男、榊山潤、外村繁ら「文芸日本」の同人、および大森光章、今日泊亜蘭、林富士馬、尾崎秀樹、小台斉らと親交を深める。
一九五四年（昭和二九年）　三七歳
一月、「辺土抄」、三月、「還ってきた男」（「文芸日本」）、一二月、「最後の戦闘機」（「オール讀物」新人杯次席、第三三回直木賞候補、筆名・三ノ瀬渓男）等を発表。
一九五五年（昭和三〇年）　三八歳
二月、「形と影」（「三田文学」）、五月、「雉を撃つ」（「文芸日本」）、「轢断」（「近代文学」）等を発表。同人誌「小説会議」に参加。
一九五六年（昭和三一年）　三九歳
一月、「ナルシスの鏡」（「近代文学」）、四月、「日々好日」（「三田文学」）、七月、最初の時代小説「敵は左内だ！」（「講談倶楽部」）、八月、「氾濫」（「文芸日本」）等を、「果樹園」「内在」「光線」「詩苑」等に詩を発表。
一九五七年（昭和三二年）　四〇歳
五月、「演技と観客」（「文芸日本」）、七月、「罌粟の河」（「小説会議」）等を発表。
一九五八年（昭和三三年）　四一歳
同人誌「近代説話」に参加。五月、「海から来た男」（「近代説話」）、七月、「逮捕の瞬間」（「週刊新潮」）、一二月、「押絵の女」（「講談倶楽部」）等を発表。この年、「婦人倶楽部」に種々取材記事等を執筆。また、六年越しの魚釣りにますます熱中する。
一九五九年（昭和三四年）　四二歳
一月、「釣の美学」（「文芸日本」）、二月、「夜の菊」（「講談倶楽部」）、「暗い陸橋」（「週刊新潮」）、一〇月、「産卵」（「文芸日本」）等を発表。
一九六〇年（昭和三五年）　四三歳
一月、「軽業剣法」（「講談倶楽部」）、五月、「女の枝折戸」（「面白倶楽部」）、一二月、「水の匂い」（「近代説話」）等発表。五月、尾崎秀樹と第三次「文芸日本」に参加するが、両名とも一号で脱退。
一九六一年（昭和三六年）　四四歳
四月、「黄土の記憶」（「近代説話」第四五回芥川賞候補）、一〇月、「螢の河」（「近代説話」）、一一月、「雲の誘惑」（「講談倶楽部」）等を発表。「通算三十年に及ぶ文学修業の末、生涯恵まれなくてもよい、という覚悟も出来、かつ昨年発病せし妹の容態捗らず、母も痩衰をきわめ、一家潰滅を予感し、せめて一巻の詩集を挨拶代りに知友に配布せん」（自筆年譜）と思い、一二月、私家版詩集『竹の思想』（三五〇部限定）刊行。
一九六二年（昭和三七年）　四五歳
一昨年来のことで「正直なところ疲れ果てていた」（自筆年譜）。一月、「螢の河」にて第四六回直木賞受賞。二月、「腰紐」（「講談倶楽部」）、四月、「水の琴」（「オール読物」）、「花盗人」（「講談倶楽部」）、六月、「夕の葦」（「文学界」）、一〇月、「黄土の女狼」（「小説中央公論」）等を発表。九月、「悲しき戦記」を「週刊新潮」に連載開始（六三回）。四月に積年の過労で倒れる。八月一八日夕、妹愛子死す。九月、心身の消耗が甚しく整体操法を受けはじめる。
一九六三年（昭和三八年）　四六歳
一月、「影と貝殻」（「オール読物」）、「雀の国」（「小説中央公論」）、二月、「溯り鮒」（「新潮」）、三月、戦記シリーズ「孤独な陣地」（「驚異の記録」一年連載）、五月、「灯の記憶」（「文学界」）、「急流」（「オール読物」）、一一月、「遠い砲烟」（「新潮」）、「滝の奏鳴」（「小説中央公論」）等を発表。九月、金園社を退社、作家として筆一本の生活となる。
一九六四年（昭和三九年）　四七歳
二月、「耳と掌」（「文学界」）、四月、「奇妙な患い」（「新潮」）、「遠い目撃者」（「小説倶楽部」）、七月、「白い椿」（「小説新潮」）、一〇月、「雨季」（「オール読物」）、一二月、「簪」（「小説新潮」）等を、「近代文学」「無限」「詩学」「草原」等に詩を発表。この年、立正学園短期大学で「創作鑑賞」「編集技術」の講座をもつ。また、六二年四月に倒れてまる二年を経たこの年春、ようやく復調の萌し出てくる。整体操法による体質改善五ヵ年計画も一年半が過ぎた。
一九六五年（昭和四〇年）　四八歳
二月、「名を呼ぶとき」（「オール読物」）、三月、「酒中の人」（「文学界」）、六月、「湖水の虹」（「小説新潮」、シリーズ「生きている戦場」一年連載）、九月、「寒い旅」（「文学界」）、「渡河点へ」（「小説新潮」）、一〇月、「参謀記」（「別冊文芸春秋」、シリーズ「かかる軍人ありき」連載）等を発表。
一九六六年（昭和四一年）　四九歳
四月、「蜆」（「小説現代」）、九月、「二人の捕虜」（「オール読物」）、「彷徨者」（「別冊小説新潮」）、「山麓の敵」（「小説現代」）等を発表。
一九六七年（昭和四二年）　五〇歳
四月、「岬での告白」（「小説現代」）、一〇月、「山雀」（「小説新潮」）、「戦場のなかの英雄」（「オール読物」）、一二月、「川止め」（「週刊新潮」）等を発表。一二月八日、嵯峨山康子と結婚。
一九六八年（昭和四三年）　五一歳
一月、「円形行進」（「新潮」）、三月、「虹立つ湖」（「小説現代」）、七月、「草の声」（「小説現代」）、九月、「椿の散るとき」（「小説新潮」）等を発表。他に「おぼろ夜」（歌舞伎座上演）、「愛の樹海（樹海の合唱）」ＮＥＴＴ

Vで三〇回放送。
一九六九年（昭和四四年）　五二歳
四月、「源流へ」（「新潮」）、七月、「藤の咲くころ」（「小説現代」）、一二月、「背中の新太郎」（「小説現代」）等を発表。
一九七〇年（昭和四五年）　五三歳
四月、「ブーゲンビリアよ咲け」（「小説新潮」）、七月、「奔敵者の周辺」（「問題小説」）、八月、「魔の薄明」（「小説サンデー毎日」）、「鶏公山の麓」（「小説新潮」）等を発表。二月一二日、司馬遼太郎、黒岩重吾、尾崎秀樹、寺内大吉、永井路子、杉本苑子らと「近代説話の会」で名古屋に集う。
一九七一年（昭和四六年）　五四歳
四月、「石薬師への道」（「小説サンデー毎日」）、「天城の残月」（「歴史と人物」）、七月、「花菖蒲を剪る」（「別冊小説新潮」）、九月、「当番兵の子守唄」（「小説現代」）、一一月、「茶の花匂う」（「オール読物」）等、また七四年五月には「名のない犬」（「群像」）を発表。以下、七五年まで、地道に作品を発表しつづける。それは、いわゆる「戦記小説」「時代小説」「身辺小説」「動物小説」「釣り小説」「随筆」「紀行」等である。そして伊藤桂一本来の仕事としての詩も書きつづけていた。その間、七三年には「山梨日日新聞」の懸賞小説の選考委員になる。
一九七六年（昭和五一年）　五九歳
この年も仕事に励む。が、六月、「長年お世話になった整体協会野口晴哉理事長逝去。甚だ落胆す」（自筆年譜）。一一月末日より約半月、日中友好日本作家代表団（井上靖団長）の一員として中国訪問。
一九七七年（昭和五二年）　六〇歳
八月、三重芸文協会の小説研究ゼミ（於津市）に駒田信二と出席、以後、九三年まで毎年出席する。一二月、林富士馬の提唱で駒田信二、大森光章、松村肇、真鍋呉夫他と同人誌「公園」発刊を計画する。
一九七八年（昭和五三年）六一歳
九月、野火の会訪中団（高田敏子団長）の副団長として中国江南の旅。八五年にもこの訪中団に参加する。
一九八二年（昭和五七年）六五歳
相変らず作品はいわゆるマイペースで発表しつづける。三月二八日、母イチ老衰にて死去（九〇歳）。「落鳥」は「群像」八二年二月号に発表。
一九八四年（昭和五九年）六七歳
四月、前年二月に刊行した『静かなノモンハン』で第三四回芸術選奨文部大臣賞及び、第一八回吉川英治文学賞受賞。一一月、紫綬褒章受章。
一九八五年（昭和六〇年）六八歳
九月、日本現代詩人会会長（任期二年）就任。
一九八六年（昭和六一年）六九歳
この年から吉川英治文学賞選考委員となる。
二月、タイへ旅行、泰緬鉄道に乗る。三月、高田敏子発行人で創刊の詩誌「桃花鳥」に参加。
一九八八年（昭和六三年）七一歳
八月、第一回伊東静雄賞選考委員となる。
一九八九年（昭和六四年・平成元年）七二歳
二月、作詩した古河三中校歌発表会。五月二八日、高田敏子死去。この年から新田次郎文学賞選考委員となる。
一九九二年（平成四年）七五歳
八年間つづけた講談社フェーマススクールズ小説講座閉講。読売文化センター小説講座開講。詩の受講者も多い。九月、第一回日中大衆文学シンポジウム（尾崎秀樹団長）に副団長として北京訪。九七年に催された杭州での第二回シンポジウムにも参加。
一九九三年（平成五年）七六歳
四月、中国旅行。九月、第一回丸山薫賞選考委員。

一九九四年（平成六年）　七七歳

二月、安西均死去。葬儀委員長。六月、母と妹の法事（大船・黙仙寺）。「妻のほか係累一切ないので死後は無縁墓地となる」（自筆年譜）。一一月、駒田信二死去。葬儀委員長。

一九九五年（平成七年）七八歳

四月、「私の戦旅歌とその周辺」（「短歌研究」）連載。戦中に詠んだ短歌にエッセイを添えたもの。九月、師・中谷孝雄死去（九三歳）。翌九六年一一月に義仲寺の芭蕉翁時雨忌に出席、義仲寺、落柿舎保存会理事となり、中谷孝雄のあとを継いで無名庵庵主となり、義仲寺の諸行事を手伝うこととなる。そして九七年五月刊『中谷孝雄全集』（全三巻）の編集委員をつとめる。

一九九八年（平成一〇年）　八一歳

「丸」に「秘めたる戦記」を連載する他は、年に五本から七本のペースで短篇を発表する。「八十歳の周辺」は「群像」（一月）に発表。三月、「安西均を語る会」開催。四月、秋谷豊、新川和江、金光林ら企画の韓国旅行に妻と参加。「詩的収穫の多い旅」（自筆年譜）

一九九九年（平成一一年）八二歳

二月末より過労で腰痛、脊椎故障、その上に帯状疱疹で難渋する。六月、五〇年来の友・斎藤芳樹死去。九月二一日、尾崎秀樹死去。葬儀委員長。病気療養中だった妻康子、一二月一八日死去。この年は単純な過労から始まったが、それが癒える暇なく、心身ともに疲れきって暮れた。

二〇〇〇年（平成一二年）八三歳

年が改まり、精神も身体も徐々に回復し、仕事も順調に熟せるようになる。五月、財団法人新田次郎記念会理事長に就任。七月、石原八束三回忌「秋」で講演。この一年、数本のエッセイと講演を数回。そして一二月一八日の妻康子一周忌で暮れる。
二〇〇一年（平成一三年）八四歳
四月、芥川龍之介「上海游記・江南游記」（「講談社文芸文庫」）解説。五月には高田敏子一三回忌、六月に野口晴哉二十五年祭、九月には炫火忌（保田与重郎忌）二〇年祭に出席。ここ数年、炫火忌出席が多い。また、五月には独混三旅戦友会に、六月、寺内大吉（成田有恒）の増上寺晋山式にてスピーチ。七月、早乙女貢祝賀会に出席祝辞。九月、新学社重役奥西保、高鳥賢司お別れ会に義仲寺庵主として出席。一〇月、亡妻の友人住吉千代美と陸中海岸を歩く。一二月一八日、康子三回忌。同月二一日、中谷（平林）英子（中谷孝雄夫人）九九歳にて死去。芸術院会員辞令を貰う。いわば国家公務員ということだ。
二〇〇二年（平成一四年）八五歳
一月、那珂太郎、真鍋呉夫の誘いで沼津の大中寺の梅花会に参加。病中の清岡卓行を見舞いがてら訪う。四月、高千穂に遊ぶ。六月、昨年陸中海岸を歩いた住吉千代美と再婚。七月、菩提寺の黙仙寺にて施餓鬼。八月、尾崎秀樹三年祭に出席。一一月、館山市布良での高田敏子を偲ぶ会に出席。一二月、志摩半島を旅行。エッセイ数本、講演、文学・詩賞の選考で一年を過ごす。
二〇〇三年（平成一五年）八六歳
一月、宮中歌会始に招かれる。義仲寺にて義仲八二〇年遠忌。「村上兵衛追悼」（「丸」）発表。三月、大三島へ妻と旅し、大山祇神社参拝。文芸美術家健保五〇周年の会。パンフレットに掲載の西原比呂志理事長と伊藤桂一副理事長の並んだ写真を見た病中の丹羽文雄会長が「フタゴみたいだね」と言われたとか。四月、甲州一宮へ妻と桃見物。五月、俳句文学館幹事に就任。黒岩重吾お別れ会にて挨拶。六月、戦記取材で非常に世話になった独混三旅戦友会の冨田茂男と会う。七月、義母の法事のため妻と加古川へ行く。八月、自転車で転倒、脊髄骨折、以後二年の間苦しむ。一〇月、文芸家協会墓前祭司式。この司式もこの年で四〇年務めたことになる。

二〇〇四年（平成一六年）八七歳

住吉千代美編集の詩誌「花筏」を後援する。二月、前田純敬の通夜。三月、古山高麗雄を偲ぶ会出席。徳山、岩国、倉敷取材旅行。七月、「土用波」（「群像」）を発表。八月、四〇年通っている整体協会理事長野口昭子葬儀で弔辞を読む。九月、尾崎秀樹五年祭にて挨拶。水上勉を偲ぶ会に出席。追悼、偲ぶ会が、年々増えていく。血圧が二三〇を超え、練馬南野医院で降圧剤を貰う。一〇月、文芸家協会文学碑公苑講演会のあと、義母の一周忌のため加古川へ行く。一一月、長年さいたまスポーツ賞の選考をしていたことにより、さいたま市文化賞受賞。一二月、宮中茶会に、吉村昭（芸術院文芸部長）、津村節子、馬場あき子とともに招かれ、両陛下、紀宮殿下と親しくお話をする。

二〇〇五年（平成一七年）八八歳

三月、「桜のころ」（「東京新聞」）を執筆、同時に、コラム「放射線」六ヵ月執筆の打合せ。四月、吉川英治文学賞選考委員を辞す。農民文学賞五〇周年となる。新学社運営の全日本家庭教育研究会の第四代総裁に就任。二一世紀に入ってからは、やりたい仕事を、自らのペースに合わせて出来るようになる。

（久米勲編）

著書目録

伊藤桂一

【単行本】

竹の思想	昭36・12	私家版
螢の河	昭37・3	文芸春秋新社
花盗人	昭37・3	講談社
夏の鶯	昭37・3	東京文芸社
ナルシスの鏡	昭37・4	南北社
水と微風の世界	昭37・4	中央公論社
落日の悲歌	昭38・1	東京文芸社
悲しき戦記	昭38・8	新潮社
海の葬礼	昭38・11	東都書房
水の天女	昭38・11	東方社
続・悲しき戦記	昭39・1	新潮社
夕陽と兵隊	昭39・3	双葉社
媚態	昭39・4	東京文芸社
溯り鮒	昭39・11	新潮社
落日の戦場	昭40・3	講談社
黄土の狼	昭40・11	講談社
生きている戦場	昭41・8	南北社
樹海の合唱	昭41・8	集英社
淵の底	昭42・8	新潮社
かるわざ剣法	昭42・9	人物往来社
「沖の島よ」私の愛と献身を	昭42・11	講談社
回天	昭43・1	講談社
定本・竹の思想	昭43・2	南北社
実作のための抒情詩入門	昭43・11	大泉書店

兵隊たちの陸軍史　昭44・4　番町書房
かかる軍人ありき　昭44・8　文芸春秋
戦場の孤愁　昭44・8　東京文芸社
源流へ　昭44・10　新潮社
おもかげ　昭44・12　東京文芸社
椿の散るとき　昭45・3　新潮社
草の海　昭45・8　文化出版局
遥かな戦場　昭45・11　三笠書房
藤の咲くころ　昭46・2　新潮社
遠い岬の物語　昭47・1　新潮社
石薬師への道　昭47・5　講談社
女のいる戦場　昭47・6　番町書房
ひとりぼっちの監視哨　昭47・12　講談社
イラワジは渦巻くとも　昭48・9　文芸春秋
あの橋を渡るとき　昭49・4　新潮社
夜明け前の牧場　昭49・4　家の光協会
伊藤桂一詩集　昭50・4　五月書房
燃える大利根　昭50・12　実業之日本社
虹　昭52・3　新潮社
ひまわりの勲章　昭52・5　光人社
警備隊の鯉のぼり　昭52・10　光人社
紅梅屋敷の女　昭52・12　講談社
深山の梅　昭53・5　毎日新聞社
病みたる秘剣　昭53・9　新潮社
釣りの歳時記　昭53・12　ティビーエス・ブリタニカ
峠を歩く　昭54・3　日本交通公社出版事業局
黄塵の中　昭54・5　光人社
釣りの風景　昭54・12　六興出版
川霧の女　昭55・3　講談社
捜索隊、山峡を行く　昭55・7　光人社
密偵たちの国境　昭56・3　講談社
黄砂の刻　昭56・12　潮流社
静かなノモンハン　昭58・2　講談社
伊藤桂一詩集　昭58・6　土曜美術社
戦場の旅愁　昭58・8　光人社
雨の中の犬　昭58・9　講談社

桃花洞葛飾ごよみ 昭58・9 毎日新聞社
黄色い蝶 昭59・4 東京文芸社
水の景色 昭59・9 構想社
戦旅の四季 昭60・1 光人社
遠花火 昭60・2 毎日新聞社
河鹿の鳴く夜 昭60・8 東京文芸社
最後の戦闘機 昭60・10 光人社
戦旅の手帳 昭61・1 光人社
風媒花（手強）＊ 昭62・5 光人社
秘剣・飛蝶斬り 昭62・7 新潮社
鬼怒の渡し 昭62・11 毎日新聞社
秘めたる戦記 昭63・12 光人社
月あかりの摩周湖 平元・2 実業之日本社
亡霊剣法 平元・5 徳間書店
犬と戦友 平元・9 講談社
鈴虫供養 平3・1 光人社
秘剣 やませみ 平3・2 講談社
隠し金の絵図 平3・8 毎日新聞社
銀の鳥籠 平3・8 光人社
花ざかりの渡し場 平4・9 実業之日本社
遥かなインパール 平5・2 新潮社
月下の剣法者 平6・1 新潮社
月夜駕籠 平7・2 新潮社
旅ゆく剣芸師 平8・1 光風社出版
連翹の帯 平9・3 潮流社
文章作法 小説の書き方 平9・4 講談社
軍人たちの伝統 平9・8 文芸春秋
新・秘めたる戦記（第一巻） 平10・6 光人社
私の戦旅歌とその周辺 平10・7 講談社
新・秘めたる戦記（第二巻） 平10・10 光人社
秋草の渡し 平11・2 毎日新聞社
新・秘めたる戦記（第三巻） 平11・12 光人社
大浜軍曹の体験 平12・1 光人社
南京城外にて 平13・3 光人社
黄河を渡って 平14・3 光人社

鎮南関をめざして　平15・9 光人社

【全集】

伊藤桂一時代小説自選集　全3巻　平9・1〜4 光人社
戦後の文学2　昭40・5 東都書房
昭和戦争文学全集3　昭41・5 集英社
日本の詩歌27　昭45・3 中央公論社
戦後詩大系1　昭45・9 三一書房
戦争文学全集5　昭47・1 毎日新聞社
現代作家掌編小説集　下　昭49・8 朝日ソノラマ
日本現代詩大系11　昭50・12 河出書房新社
日本剣豪列伝　下　昭62・6 旺文社
昭和文学全集32　平元・8 小学館
日本の名随筆　別巻41　平6・7 作品社
集成日本の釣り文学　第2巻　平7・8 作品社

【文庫】

遥かな戦場（あとがき）　平6・7 光人社NF文庫
秘めたる戦記（解＝著者）　平6・9 光人社NF文庫
黄塵の中（解＝著者）　平8・3 光人社NF文庫
ひまわりの勲章（解＝著者）　平8・6 光人社NF文庫
螢の河・源流へ　伊藤桂一作品集（解＝大河内昭爾　年＝久米勲）　平12・7 文芸文庫

【単行本】は原則として初刊本に限り、共著・編著は省いた。＊は翻訳を示す。【文庫】は本書初刷刊行日現在の各社最新版「解説目録」

に記載されているものに限った。（　）内の略号は、解=解説、年=年譜を示す。

（作成・久米勲）

本書は、一九八六年三月刊講談社文庫『静かなノモンハン』を底本として使用し、多少ふりがなを加えました。

静《しず》かなノモンハン
伊藤桂一《いとうけいいち》

二〇〇五年七月一〇日第一刷発行
二〇二五年四月一一日第一二刷発行

発行者——篠木和久
発行所——株式会社 講談社
東京都文京区音羽2・12・21 〒112-8001
電話 編集（03）5395・3513
販売（03）5395・5817
業務（03）5395・3615

デザイン—菊地信義
印刷——株式会社KPSプロダクツ
製本——株式会社国宝社
本文データ制作—講談社デジタル製作

定価はカバーに表示してあります。

講談社
文芸文庫

ISBN4-06-198410-1

講談社文芸文庫

青木淳選	建築文学傑作選	青木 淳——解
青山二郎	眼の哲学|利休伝ノート	森 孝一——人／森 孝一——年
阿川弘之	舷燈	岡田 睦——解／進藤純孝——案
阿川弘之	鮎の宿	岡田 睦——年
阿川弘之	論語知らずの論語読み	高島俊男——解／岡田 睦——年
阿川弘之	亡き母や	小山鉄郎——解／岡田 睦——年
秋山 駿	小林秀雄と中原中也	井口時男——解／著者他——年
芥川龍之介	上海游記|江南游記	伊藤桂一——解／藤本寿彦——年
芥川龍之介 谷崎潤一郎	文芸的な、余りに文芸的な|饒舌録ほか 芥川vs.谷崎論争 千葉俊二編	千葉俊二——解
安部公房	砂漠の思想	沼野充義——人／谷 真介——年
安部公房	終りし道の標べに	リービ英雄-解／谷 真介——案
安部ヨリミ	スフィンクスは笑う	三浦雅士——解
有吉佐和子	地唄|三婆 有吉佐和子作品集	宮内淳子——解／宮内淳子——年
有吉佐和子	有田川	半田美永——解／宮内淳子——年
安藤礼二	光の曼陀羅 日本文学論	大江健三郎賞選評-解／著者——年
安藤礼二	神々の闘争 折口信夫論	斎藤英喜——解／著者——年
李良枝	由熙|ナビ・タリョン	渡部直己——解／編集部——年
李良枝	石の聲 完全版	李 栄——解／編集部——年
石川桂郎	妻の温泉	富岡幸一郎-解
石川 淳	紫苑物語	立石 伯——解／鈴木貞美——案
石川 淳	黄金伝説|雪のイヴ	立石 伯——解／日高昭二——案
石川 淳	普賢|佳人	立石 伯——解／石和 鷹——案
石川 淳	焼跡のイエス|善財	立石 伯——解／立石 伯——年
石川啄木	雲は天才である	関川夏央——解／佐藤清文——年
石坂洋次郎	乳母車|最後の女 石坂洋次郎傑作短編選	三浦雅士——解／森 英一——年
石原吉郎	石原吉郎詩文集	佐々木幹郎-解／小柳玲子——年
石牟礼道子	妣たちの国 石牟礼道子詩歌文集	伊藤比呂美-解／渡辺京二——年
石牟礼道子	西南役伝説	赤坂憲雄——解／渡辺京二——年
磯﨑憲一郎	鳥獣戯画|我が人生最悪の時	乗代雄介——解／著者——年
伊藤桂一	静かなノモンハン	勝又 浩——解／久米 勲——年
伊藤痴遊	隠れたる事実 明治裏面史	木村 洋——解
伊藤痴遊	続 隠れたる事実 明治裏面史	奈良岡聰智-解
伊藤比呂美	とげ抜き 新巣鴨地蔵縁起	栩木伸明——解／著者——年

▶解=解説 案=作家案内 人=人と作品 年=年譜を示す。 2025年3月現在

講談社文芸文庫

稲垣足穂	稲垣足穂詩文集	高橋孝次—解／高橋孝次—年
稲葉真弓	半島へ	木村朗子—解
井上ひさし	京伝店の烟草入れ 井上ひさし江戸小説集	野口武彦—解／渡辺昭夫—年
井上靖	補陀落渡海記 井上靖短篇名作集	曾根博義—解／曾根博義—年
井上靖	本覚坊遺文	高橋英夫—解／曾根博義—年
井上靖	崑崙の玉|漂流 井上靖歴史小説傑作選	島内景二—解／曾根博義—年
井伏鱒二	還暦の鯉	庄野潤三—人／松本武夫—年
井伏鱒二	厄除け詩集	河盛好蔵—人／松本武夫—年
井伏鱒二	夜ふけと梅の花|山椒魚	秋山 駿—解／松本武夫—年
井伏鱒二	鞆ノ津茶会記	加藤典洋—解／寺横武夫—年
井伏鱒二	釣師・釣場	夢枕 獏—解／寺横武夫—年
色川武大	生家へ	平岡篤頼—解／著者—年
色川武大	狂人日記	佐伯一麦—解／著者—年
色川武大	小さな部屋|明日泣く	内藤 誠—解／著者—年
岩阪恵子	木山さん、捷平さん	蜂飼 耳—解／著者—年
内田百閒	百閒随筆 II 池内紀編	池内 紀—解／佐藤 聖—年
内田百閒	[ワイド版]百閒随筆 I 池内紀編	池内 紀—解
宇野浩二	思い川|枯木のある風景|蔵の中	水上 勉—解／柳沢孝子—案
梅崎春生	桜島|日の果て|幻化	川村 湊—解／古林 尚—案
梅崎春生	ボロ家の春秋	菅野昭正—解／編集部—年
梅崎春生	狂い凧	戸塚麻子—解／編集部—年
梅崎春生	悪酒の時代 猫のことなど —梅崎春生随筆集—	外岡秀俊—解／編集部—年
江藤 淳	成熟と喪失 —“母”の崩壊—	上野千鶴子—解／平岡敏夫—案
江藤 淳	考えるよろこび	田中和生—解／武藤康史—年
江藤 淳	旅の話・犬の夢	富岡幸一郎—解／武藤康史—年
江藤 淳	海舟余波 わが読史余滴	武藤康史—解／武藤康史—年
江藤 淳 蓮實重彥	オールド・ファッション 普通の会話	高橋源一郎—解
遠藤周作	青い小さな葡萄	上総英郎—解／古屋健三—案
遠藤周作	白い人|黄色い人	若林 真—解／広石廉二—年
遠藤周作	遠藤周作短篇名作選	加藤宗哉—解／加藤宗哉—年
遠藤周作	『深い河』創作日記	加藤宗哉—解／加藤宗哉—年
遠藤周作	[ワイド版]哀歌	上総英郎—解／高山鉄男—案
大江健三郎	万延元年のフットボール	加藤典洋—解／古林 尚—案

講談社文芸文庫

大江健三郎-叫び声　新井敏記—解／井口時男—案
大江健三郎-みずから我が涙をぬぐいたまう日　渡辺広士—解／高田知波—案
大江健三郎-懐かしい年への手紙　小森陽一—解／黒古一夫—案
大江健三郎-静かな生活　伊丹十三—解／栗坪良樹—案
大江健三郎-僕が本当に若かった頃　井口時男—解／中島国彦—案
大江健三郎-新しい人よ眼ざめよ　リービ英雄-解／編集部——年
大岡昇平—中原中也　粟津則雄—解／佐々木幹郎-案
大岡昇平—花影　小谷野 敦—解／吉田凞生—年
大岡 信——私の万葉集一　東 直子——解
大岡 信——私の万葉集二　丸谷才一—解
大岡 信——私の万葉集三　嵐山光三郎-解
大岡 信——私の万葉集四　正岡子規—附
大岡 信——私の万葉集五　高橋順子—解
大岡 信——現代詩試論｜詩人の設計図　三浦雅士—解
大澤真幸—〈自由〉の条件
大澤真幸—〈世界史〉の哲学 1　古代篇　山本貴光—解
大澤真幸—〈世界史〉の哲学 2　中世篇　熊野純彦—解
大澤真幸—〈世界史〉の哲学 3　東洋篇　橋爪大三郎-解
大澤真幸—〈世界史〉の哲学 4　イスラーム篇　吉川浩満—解
大西巨人—春秋の花　城戸朱理—解／齋藤秀昭—年
大原富枝—婉という女｜正妻　高橋英夫—解／福江泰太—年
岡田 睦——明日なき身　富岡幸一郎-解／編集部——年
岡本かの子-食魔 岡本かの子食文学傑作選 大久保喬樹編　大久保喬樹-解／小松邦宏—年
岡本太郎—原色の呪文 現代の芸術精神　安藤礼二—解／岡本太郎記念館-年
小川国夫—アポロンの島　森川達也—解／山本恵一郎-年
小川国夫—試みの岸　長谷川郁夫-解／山本恵一郎-年
奥泉 光——石の来歴｜浪漫的な行軍の記録　前田 塁——解／著者——年
奥泉 光 群像編集部 編-戦後文学を読む
大佛次郎—旅の誘い 大佛次郎随筆集　福島行一—解／福島行一—年
織田作之助-夫婦善哉　種村季弘—解／矢島道弘—年
織田作之助-世相｜競馬　稲垣眞美—解／矢島道弘—年
小田 実——オモニ太平記　金 石範——解／編集部——年
小沼 丹——懐中時計　秋山 駿——解／中村 明——案